La Baronne

Marianne Brandstetter
Henry-Jean Servat

La Baronne

Flammarion

Toutes les photos du cahier central font partie de la collection privée de la Baronne Marianne Brandstetter.

ISBN : 2-08-068251-2

Je souhaite remercier ici tous ceux et toutes celles qui, à un moment ou à un autre de mon existence, m'ont aidée à croire en ma bonne étoile. Et je leur dédie ce livre en témoignage de reconnaissance pour m'avoir appris que, dans la vie, jamais, jamais, il ne faut abandonner.

Marianne Brandstetter

Chapitre 1

En l'espace d'une seconde, l'effroi la saisit. Elle se demanda si elle n'avait pas avalé sa bague en rubis à la place d'une amande grillée. D'une main, elle rangeait la première et, de l'autre, picorait la seconde. Elle avait dû se tromper, confondre, et patatrac, c'était la catastrophe. Déjà une fois, dans un palais en Sardaigne, elle avait retrouvé de grosses amandes dans son sac à bijoux. Aujourd'hui, à Miami, elle ne parvenait pas à remettre les doigts sur une de ses bagues. L'avait-elle vraiment avalée sans y prendre garde ? Si maintenant, au réveil, elle se mettait à gober des pierres précieuses à cinquante mille dollars, où allait-elle ? Et, en plus, où était passé son sac d'amandes ?

En arrivant, ce matin de mi-décembre 2001 en Floride, à Cap Everglades, le port de Miami, après avoir traversé la Méditerranée, l'Atlantique et la mer des Caraïbes en bateau, elle s'était aperçue qu'elle avait effectivement perdu non seulement l'un de ses bijoux mais encore son gros sac d'un kilo d'amandes biologiques achetées une douzaine de jours auparavant sur le marché de Santa Cruz de Ténériffe et c'était la catastrophe. Elle ne pouvait pas vivre, en effet, sans son sac d'amandes en lequel elle aimait, dès le réveil, piocher comme un oiseau des îles. Elle ne pouvait pas non plus vivre sans sa bague en rubis. Ni sans aucun autre de ses bijoux. À force d'avoir vécu en Afrique au milieu d'animaux de toutes sortes, elle en avait adopté certains comportements.

Et pas les plus doux. Dans la jungle des bêtes comme dans celle des hommes, elle avait appris à se battre et à rendre coup pour coup. Elle ferait un scandale d'enfer si elle ne retrouvait pas et la pierre et même les amandes. Peut-être l'une des femmes de chambre philippines du bateau les avait-elle rangées au fond de l'une de ses malles en l'aidant à boucler ses six valises, en prévision du débarquement de ce matin, hier au soir, ou alors, pis, les avait volées.

Elle se réveillait à l'instant et, à la veille de quitter les lieux, n'avait ni le temps ni l'envie de rouvrir ses paquetages pour remettre la main dessus. Elle regarda l'heure. Il était presque dix heures du matin : elle avait oublié de se réveiller, les somnifères avalés la veille n'avaient que trop bien agi. Les passagers, selon les instructions de l'équipage, devaient quitter le navire aux aurores. Par dérogation spéciale, elle avait obtenu le privilège d'être la dernière à s'en aller mais elle était d'évidence atrocement en retard. Sur la plage de Catalina, dans les îles Vierges du Royaume-Uni, pour quarante-six dollars elle s'était fait coiffer de dreadlocks à la façon des chanteurs rastas. Elle n'eut donc pas de temps à perdre pour mettre de l'ordre dans sa chevelure et ses idées. Ses perles torsadées gris et or étaient qui plus est superbement accordées à ses diamants jonquille portés en boucles d'oreilles. Elle s'habilla d'un tailleur-pantalon de soie blanche d'un grand couturier parisien qu'elle avait acheté trois mille dollars à Monaco et d'une paire de chaussures scintillante mauves qu'elle avait payée, en solde, un dollar dans une arrière-boutique perdue de l'île de Tortola en pleine mer des Caraïbes où le navire avait fait une escale après celles de la Martinique et de Saint-Martin. L'ensemble était original et impressionnant. Elle ouvrit le coffre-fort de sa cabine et, empoignant un gros sac de plastique qu'elle y avait enfermé, le fourra dans son grand sac de voyage en peau de serpent. Elle pria mentalement la Madone des causes désespérées pour que, tous comptes faits, la fameuse bague en rubis se trouvât dans le paquetage. Il y avait dedans, selon ses dernières estimations, pour un million de dollars de bijoux.

À la porte de sa suite, numéro 4237, le commandant du navire, casquette à la main, entouré de son état-major, l'attendait en montrant quelques signes d'impatience. Tenant son passeport suisse d'une main, son sac de l'autre, portant sur le nez une paire de lunettes noires vastes comme des hublots de Boeing, elle fit enfin son apparition sur le seuil. Mi-figue, mi-raisin, le capitaine lui fit remarquer qu'elle faisait à elle seule attendre un paquebot de quatre-vingt-quatre mille tonnes mais cela n'eut pas l'air de la plonger dans des affres terrifiantes. De sa démarche sautillante comme si elle était montée sur ressorts, elle se mit à presser le pas dans la coursive et, aussitôt, se plaignit d'un profond mal de dos. Ce qui plongea le capitaine, en revanche, dans les affres. Allait-on vers des complications ? Elle expliqua être allée au spa, la veille en fin d'après-midi, où cet âne de masseur n'avait vraiment pas su la masser assez fort. Elle avait dû le houspiller et finir par carrément descendre, furieuse, de la table de massage et lui claquer la porte au nez. Revenue dans sa chambre, elle s'était allongée, ainsi qu'elle avait l'habitude de le faire, à même le sol sur une serviette de bain et elle avait demandé à un de ses amis pesant quatre-vingts bons kilos de lui marcher sur le dos, pieds nus, pendant de longues minutes, ce qui lui remettait toujours les os en place. Ils craquaient d'ailleurs beaucoup pendant la manœuvre.

Arpentant les couloirs à enjambées élastiques et écoutant distraitement les commentaires du commandant de bord, elle se remémorait la croisière qu'elle venait de faire. Et qui s'était déroulée sur des mers calmées. Elle avait sorti des toilettes ébouriffantes comme à Monaco, joué au backgammon comme à Acapulco, bu des thés verts comme à Venise, lu *Trois contes* de Flaubert et acheté, sans aucune exception, toutes les boîtes peintes russes de la boutique cadeaux, ne se refusant rien comme partout dans le monde quand elle effectue ses achats.

Partie de Gênes sur un paquebot de ligne et de luxe, elle avait mis dix-sept jours pour traverser les vagues avec des escales dans toutes les îles des Caraïbes, depuis les Barbades où une copine avait une maison jusqu'aux Bahamas où elle avait habité quand elle y vivait avec un des hommes les plus riches des États-Unis. Elle avait d'ailleurs emmené les amis voyageant à sa suite voir son ancienne maison noyée dans la verdure tropicale et installée à même le rivage de sable blanc.

Ne mangeant que de la nourriture macrobiotique, elle avait au long de la croisière rendu chèvres les maîtres d'hôtel et les serveurs cubains de la salle à manger en commandant des légumes bouillis sans beurre, des gâteaux sans sucre, des poissons sans arêtes, des consommés sans graisse, des pains sans levure, du poulet sans os, des fruits sans sirop, du fromage sans sel et des apéritifs sans alcool. Sa table, la 33, lui restait réservée pour les deux services, ce qui lui permettait de venir déjeuner et dîner à l'heure qui lui plaisait, traitement de faveur à elle seule réservé. Elle réclamait du pain noir, des grains de cumin et de l'eau avec bulles dès son arrivée à table. Ainsi, parfois, qu'une bouteille d'huile d'olive extra-vierge qu'elle emportait dans sa cabine. Elle mobilisait une brigade entière qui galopait en d'incessants va-et-vient entre sa table et les cuisines. Et qu'elle couvrait de pourboires royaux.

Sur le navire, elle avait emménagé une fois, au départ, et déménagé deux fois ensuite, avant de goûter enfin la paix dans une grande suite claire de trois pièces et de cent vingt mètres carrés avec balcon tournant de soixante mètres carrés. Là, et pas comme ailleurs, aucun voisin ne fumait sur la terrasse, ne buvait des bouteilles de bière ou ne papotait au clair de lune. Elle pouvait donc, loin des piapiatages de Manhattan dont elle était une des reines avec sa photo en couverture ou dans les rubriques mondaines de nombreux magazines, dormir sur ses deux oreilles, harassée par les journées difficiles qu'elle vivait.

Elle était, dès l'aube, dans les brumes de chaque petit matin, la première à courir sur la piste de jogging extérieure délavée par les embruns du grand large, au dernier étage, autour des énormes cheminées. Elle faisait ensuite une bonne heure et demie d'exercices de gymnastique sur des appareils dans la salle de l'avant-dernier étage et, le soir avant de se coucher, elle marchait, sur les ponts extérieurs, emmitouflée comme la fiancée du Docteur Jivago, en faisant trois tours entiers du paquebot à une allure de grenadier de la garde. Ce faisant, elle avait, lentement mais sûrement, réussi à traverser les fuseaux horaires sans les désagréments du jet-lag, ce qui l'enchantait comme une petite fille modèle de la comtesse de Ségur découvrant un nouveau jouet.

Elle retrouvait, dans la journée, ses chers amis Manfredo et Jasmine Horowitz effectuant la traversée en sa compagnie. Fred avait été l'un des grands directeurs du joaillier Harry Winston dont il avait vendu les plus belles pierres à toute l'aristocratie européenne ainsi qu'à d'autres célébrités comme le sultan de Bruneï. Quittant sa villa de Lugano, il venait passer l'hiver à West Palm Beach, paradis des milliardaires américains élégants où Jasmine, parée comme une reine, assistait chaque soir de la semaine à des bals dorés sur tronches. Tous deux ne mangeaient que des légumes biologiques qu'ils avaient apportés et stockés dans la cabine de leur cuisinier, voyageant avec eux et les mitonnant à sa façon, par autorisation spéciale, dans les cuisines du navire. Elle était invitée à partager leurs agapes. Son conseiller financier faisant office de banquier privé, un Tchèque de trente-cinq ans, lui téléphonait ou lui faxait quotidiennement depuis Monaco des ordres de banque qui n'étaient pas exécutés sans son accord écrit et oral. Et elle avait ainsi, tout en voguant sur une mer d'huile, réussi, au figuré et surtout pas au propre, à mettre du beurre dans ses épinards en réussissant à gagner un peu d'argent.

Souriant à cette idée, elle parvint enfin à la sortie du

bateau située sur le pont 2. Elle y fut saluée par le quarteron d'officiers en tenue immaculée qui lui avait fait escorte. Une armada de garçons d'étage philippins portait à sa suite ses bagages dont un inénarrable sac digne de Barbès-Rochechouart acheté cinquante francs sur le marché de Fort-de-France pour abriter les cachemires nécessaires en cas de climatisation intempestive et les thermos d'eau glacée obligatoires en cas de chaleur tout aussi intempestive. Elle partit sans se retourner, emprunta le long couloir menant aux services d'immigration et de douanes.

Les formalités, bien qu'en période de crise (les attentats lui avaient fait prendre la voie des mers plutôt que celle des airs), furent rondement accomplies. Elles durèrent moins de quatre minutes. Son passeport dûment tamponné, elle retrouva en bas du débarcadère ses six valises qui avaient, sur sa recommandation, été emballées dans du plastique afin que personne ne pût, sans éveiller l'attention, les ouvrir pour y subtiliser quoi que ce soit. Quelqu'un, mais qui, avait pourtant trouvé moyen de lui dérober deux robes du soir, du moins le pensa-t-elle en constatant plus tard qu'elles n'étaient plus dans la valise. Mais tout le problème était de savoir si elle les avait emportées ou laissées à Monaco. L'esprit agacé mais le cœur néanmoins léger, posant donc le pied sur le sol américain à Cap Everglades, le port de Miami, au terminal 21, elle vérifia, en l'appelant avec son portable, que le chauffeur était bel et bien à proximité avec la limousine à rallonges. Il attendait et vint se garer devant la porte de sortie des passagers où il n'y avait plus personne tandis qu'elle distribuait des dollars aux porteurs qui n'en revenaient pas de voir tant de bagages pour une seule et même personne, qui plus est aussi mince. Elle plaisantait d'ailleurs avec eux tous, les appelant de son inimitable accent, « honey », ce qui les amusait. Le plus grand d'entre eux lui fit remarquer en riant qu'ainsi pourvue, elle aurait dû réserver une camionnette de location en lui montrant un véhicule Avis qui passait. Elle eut le bon goût de ne pas lui répliquer qu'elle aurait pu, il y a quelques années, en envoûter le P-DG lorsqu'elle était championne de ski nautique en Suisse. Elle surveilla l'installation des valises à l'arrière de la limousine blanche (elle n'utilise les noires qu'à New York), appela sa bonne pour annoncer son arrivée et lui demander d'être au garde-à-vous pour l'accueillir puisqu'elle n'avait pas son jeu de clés avec elle. Elle ne trimballait pas avec elle, non plus, les clés de la maison d'Acapulco, ni du chalet de Suisse, ni de l'appartement de New York, ni de la suite de l'hôtel de Monaco.

Elle était ravie de retrouver son appartement de Miami Beach où elle se rendait maintenant pour y passer une partie de l'hiver. Elle pensait, même si la superficie en était trop grande pour elle seule avec ses six pièces, ses trois salles de bains et ses deux terrasses, qu'elle y serait bien, au trente-troisième étage de la plus belle (et quasi unique) tour construite au bout du bout de la pointe de South Beach, au début du quartier Art Déco.

Il faisait beau et chaud. Elle pourrait se baigner avec son bonnet de grosses fleurs multicolores, juste en bas, sur la plage de sable blanc à l'endroit précis qu'envahissaient, les jours de hautes vagues, les surfeurs à peau caramel. Son club de ski nautique se trouvait aussi en bas et son club de golf dans l'île en face. Championne incontestée en ces deux disciplines depuis des décennies, elle ne venait en Floride, quatre mois par an, que pour y faire du sport à longueur de journées. Les réceptions, les coquetèles et autres mondanités restaient cantonnés à New York et à Monaco.

En son appartement (vue à cent quatre-vingt degrés avec cloisons extérieures de verre de bas en haut), elle comptait deux petites pièces de rangement emplies, une fois n'était pas coutume, d'autant de tenues sportives que de robes et de chapeaux. D'ailleurs, son fournisseur attitré lui ayant fabriqué quatorze buissons de fleurs et de plumes pour lui couvrir le chef avec élégance et sans discrétion, avait pignon sur rue à une centaine de mètres dans Washington Avenue, entre un sex-shop et un cabinet de tatouage. Il faisait, le soir, des numéros de drag-queen et la faisait pleurer de rire en lui racontant ses exploits artistiques dans les cabarets homos. Elle était d'ailleurs adorée de tous les gays du quartier et de la ville mais elle n'aurait pas le temps de sortir avec eux le soir sinon pour se rendre à l'anniversaire de sa copine Régine fêté dans sa boîte en compagnie de Babette et Davy Sardou, l'ex-femme et l'un des fils de Michel.

Elle se couchait, en effet, comme les poules. À la nuit tombée, avec des châles de matriochka russe autour de la tête par crainte des courants d'air, dans sa chambre avec un immense lit à trois places garni de dizaines de coussins de velours rouge. Réveillée comme un coq, elle partait courir sur la plage et occuper, une heure et demie chaque jour, les appareils de gymnastique de la grandiose salle, un étage entier de sa tour où, d'autorité, elle faisait taire ceux qui téléphonaient trop fort.

Dans l'appartement, outre les ahurissants bibis, trônaient aussi, pêle-mêle, une photo d'elle, seule en robe du soir au côté de Son Altesse Sérénissime le prince Albert de Monaco, encadrée sur une table basse et prise lors du bal de la soirée Fondation Princesse Grace à New York, la collection entière sur un dessus d'armoire mexicaine de tous les livres de Roger Peyrefitte qui avait voulu et l'épouser (elle gardait la lettre manuscrite de demande en mariage) et rédiger sa biographie, une baignoire avec jacuzzi vaste comme une pataugeoire accolée à la paroi vitrée de sa salle de bains semblable à celle de la star Kim Novak à Big Sur en Californie, ce qui lui donnait l'impression, suspendue dans le vide, de se baigner au milieu de l'océan, le dernier cabriolet Jaguar immaculé avec capote couleur de miel, et deux vélos de randonnée bleus dans le garage. Refusant le service des valets de parking de sa tour, elle tenait à chercher et à ranger en personne son véhicule.

Mais le jour de son arrivée, la limousine à rallonges après avoir quitté les quais du port et emprunté l'autoroute 95 en direction du sud, sortit à Miami Beach, franchit les barrières de sécurité de sa résidence, grimpa la côte d'accès entourée d'une haie de palmiers décorés de guirlandes lumineuses et arriva devant la gigantesque entrée en forme de péristyle antique. Pas moins de trois chariots furent nécessaires pour le déchargement des malles et valises. En ses bagages, elle rapportait, notamment, une ombrelle en dentelles et tellement de tenues haute couture qu'elle ne les porterait assurément pas toutes. Qu'avait-elle à faire de si important à Miami pour en avoir autant emportées ? s'interrogeait-elle. Et où diable avaient bien pu passer son sac d'amandes grillées et sa bague de rubis ? s'angoissait-elle soudain en se rappelant qu'elle n'avait toujours rien récupéré de ce qu'elle avait égaré.

C'est donc en cet état actuel de son esprit, à savoir oscillant entre le doute existentiel et l'enquête policière que, quittant le fauteuil de cuir de la limousine à rallonges, elle pénétrait dans le hall lumineux avec bassin rond empli de gros poissons rouges et entouré de troncs de hauts palmiers de son immeuble de très grand standing. Les gardes de sécurité en uniforme la saluèrent. Ignorant l'enchevêtrement des tracas ordinaires de tout un chacun, rêvant à ses courses futures sur les rivages du Nouveau Monde et oubliant ses frivolités passées sur le Vieux Continent mais pestant, encore et toujours, contre la perte de sa bague en rubis et de son sac d'amandes grillées, madame la baronne rentrait à la maison. Enfin. Presque. Écrivons plutôt dans l'une de ses maisons. Elle venait se mettre en maillot de bain deux-pièces au soleil et se remettre des aléas d'une grande vie qui l'avaient menée, là, après lui avoir fait parcourir, de si loin et depuis si longtemps, la surface du monde et la carte des sentiments. Comme un ouragan.

Chapitre 2

Marianne, créature du bon Dieu, vit le diable, pour la première fois de sa vie, à l'âge de cinq ans.

En Allemagne. Elle était une petite fille très sage dans les bras de sa mère et, accompagnée par sa grand-mère maternelle, assistait aux gesticulations d'un personnage agité qui lui faisait très peur. Il avait l'air d'un méchant diable venant de jaillir avec furie de sa boîte à ressorts. Mais il n'avait rien d'un pantin sorti d'un théâtre de Guignol. Arborant une moustache couleur de charbon et une mèche à l'unisson lui dégringolant sur l'œil, il s'époumonait à attirer les foudres sur les foules. La petite Marianne, en voyant cet énergumène exalté qui, glapissant sur une haute estrade derrière un bouquet de micros, tressautait au rythme de ses incantations et de ses invectives, fut effrayée. Il paraissait ou fou furieux ou affublé d'une pile électrique coincée quelque part. Elle ne comprenait rien à ses propos qu'il débitait en hurlant mais les dizaines de milliers de gens, à son entour, tous debout dans le gigantesque stade de Nuremberg cerné d'oriflammes, bras levé et regard exalté vers le ciel, ne lui en laissaient rien augurer de bon. Les citoyens allemands de l'époque, dans leur quasi-totalité, et au cœur de la Bavière profonde encore plus qu'ailleurs, emboîtaient le pas de l'oie à cet effrayant personnage.

Inconsciente des cataclysmes qu'il allait déclencher à travers le monde, la famille de Marianne faisait partie du lot. Toute la famille, à l'exception du grand-père, ne manquait, en effet, aucune des grandes réunions publiques orchestrées par le parti nazi. Les parents prenaient le chemin du stade comme le prenaient les voisins d'à côté et les voisins de plus loin encore. Dans le flot de la foule allant au rassemblement et revenant ensuite à la maison, beaucoup, paraissant galvanisés, chantaient et brandissaient d'immenses drapeaux rouges à croix gammée qu'ils déployaient en chemin. Josef, le grand-père maternel, pour de mystérieuses raisons tenant vraisemblablement au fait qu'il avait participé comme combattant des débuts et des tranchées aux horreurs de la Première Guerre mondiale, détestait le chancelier du Reich, annonciateur de l'apocalypse. Il voulait la paix mais il était bien un cas unique à des kilomètres à la ronde. Chez les Porzel, les discussions, à table, s'envenimaient constamment. Chacun énonçait ses idées, personne ne se taisait et tous s'emportaient, unanimement ligués contre le grand-père qui ne supportait pas les idées d'Adolf Hitler et qui le clamait haut et fort dans les cafés.

« Vous allez voir où ce monsieur va vous mener ! » Stimulé par des chopes de bière et les verres de schnaps qu'il descendait prestement, il levait parfois le coude sans être alcoolique plus qu'il ne l'aurait fallu, le dimanche, avec ses amis au sortir de la messe et, grimpant sur ses grands chevaux et sur les tables des brasseries, insultait copieusement le maître du pays. À plusieurs reprises, des membres de la Gestapo étaient venus lui commander de se calmer et menacer de l'arrêter. Son statut d'ex-combattant décoré sur le front et sous le feu du premier conflit mondial le protégeait des poursuites. Le matin, il promettait, ce qui était presque le cas de le dire, de mettre de l'eau dans son vin mais le soir, il repiquait du nez dans la bière et réentonnait ses cris de bataille.

Les Porzel habitaient alors à Nuremberg, capitale des jouets, assemblage de maisons à pignons historiés, berceau d'Albrecht Dürer et ville phare de l'histoire du nazisme.

Le père, George, était médecin mais, à la déclaration de guerre, il se trouva rappelé sous les drapeaux. Enrôlé dans la Wermarcht, il servit un temps de chauffeur à Hitler, remplaçant l'attitré prénommé Erick, après avoir fait partie de l'armée d'occupation en France, à Bordeaux et à Paris, et avant de gagner le front russe où il fut fait prisonnier. L'oncle, frère de la mère de Marianne, servait, lui, comme fantassin dans l'armée du Reich.

À chacun des retours à la maison de l'un ou l'autre des deux combattants de la famille, le schnaps coulait, les larmes roulaient, les esprits s'échauffaient et les conversations s'enflammaient. Tétanisée par les cris des siens, la petite Marianne courait s'enfermer dans le placard de la cuisine où s'entassaient les vieilles bouteilles d'alcool et où elle sirotait, à même le goulot, de longues rasades de liqueur d'œuf avant de gagner son lit d'enfant en titubant. La mère, n'ayant pas même l'idée de soupçonner sa fille, accusait tour à tour son mari, son père et son frère qui, comme un seul homme, juraient n'avoir pas touché aux bouteilles. Dès lors, elle voyait un mystère insoluble en ces baisses de niveau qui se produisaient dès qu'on parlait d'Hitler et qu'elle ne s'expliquait pas.

Lorsque Nuremberg fut bombardée par l'aviation américaine, et plus encore que d'autres villes allemandes en raison de la proximité immédiate des usines Krupp et Siemens, la famille descendait, avec ses valises qui semblaient devoir stationner dans le couloir pour l'éternité, se réfugier à la cave. Les sirènes hurlaient et le sinistre vrombissement des bombardiers épouvantait tout le monde en faisant dresser les cheveux sur les têtes. La mère, fragile, ne pouvant rien porter, la pauvre grand-mère empoignait les valises bourrées de sucre et de pommes de terre et, chargée comme un mulet, trébuchait plus souvent qu'à son tour dans les escaliers. Des tonnes et des tonnes de bombes dégringolaient sur la ville expédiées du haut des cieux par des gens que personne, dans le quartier, ne considérait comme des libérateurs. Les ruines s'amoncelaient, assemblage disparate de pierres calcinées et de pans de murs béants sur le vide, de part et d'autre de chaussées labourées et creusées de cratères. Terrés dans l'obscurité, tassés en des pièces sans air ni lumières, tremblant en entendant les secousses en surface qui ébranlaient les fondations à chaque impact d'obus, les dames et demoiselle Porzel se voyaient souvent rejointes par des voisins qui, terrorisés, abattaient les murs des caves mitoyennes des leurs, perçaient les abris et arrivaient, blessés, ensanglantés et mutilés, un bras ou une jambe en moins, pour se réfugier, après avoir pris une bombe et leur appartement sur la tête, en un endroit leur semblant relativement préservé. Là, serrés les uns contre les autres, souvent des jours et des nuits durant, tous espéraient la fin des horreurs qu'ils attendaient en leur trou moisi, parmi les gravats, sous les débris, au milieu de nuages de poussière et de relents de déjections, la terreur et l'attente les rendaient tous malades, dans une odeur de peur et de sueur, de transpiration et d'urine. Tous attendaient de vivre ou de mourir dans un parfum de mort pendant que se déroulait l'apocalypse. Marianne, sa mère et sa grand-mère qui les serrait contre elle en leur disant que rien ne leur arriverait, tremblaient et priaient à haute voix. Le grand-père qui vivait avec elles mais passait son temps à arpenter les rues, s'arrêter dans les cafés et tenter de trouver un peu de nourriture n'était pas toujours là.

Lorsqu'à Nuremberg, cette famille composée de femmes en majorité ne trouva plus rien à manger, lorsqu'il fallut passer des soupes de lentilles aux soupes d'épluchures de pommes de terre puis aux soupes de plus rien du tout, la grand-mère décida de partir pour la campagne avec les siens et d'aller s'établir près du vieux gros château de Wörishofen, à dix kilomètres de Regensburg où vivaient encore ses parents.

Les bombes pleuvaient aussi sur cette ville dont Marianne voyait régulièrement le ciel embrasé de lueurs rougeoyantes et de noires fumées mais les pilonnages y étaient moins répétés qu'à Nuremberg et la campagne aux alentours paraissait plus préservée. Le château où habitaient ses arrière-grands-parents était nu et glacial. Il n'y avait ni électricité, ni eau (il fallait la pomper dans la cour), ni toilettes (il fallait sortir dans le jardin et entrer dans une cabane édifiée autour d'un tronc de bois troué avec des feuilles de journaux en guise de papier de soie).

La famille mangeait ce qu'elle réussissait à acheter ou à trouver parmi ce qui était encore trouvable dans la région. Marianne avalait donc, sans cesse, les poules subsistant en nombre, des omelettes servies entre deux tranches de pain noir qu'elle échangeait parfois avec ses petits camarades contre des sandwichs au lard, repas (très convoités par les autres) des fillettes dont les parents élevaient des cochons avant de les tuer dans une ambiance qui ne ressemblait plus à celle des kermesses d'antan. Elle se faufilait aussi dans les salles spéciales des fermes voisines, il n'y en avait pas au château, où les paysans accrochaient aux poutres de bois du plafond de gros quartiers de jambon fumé. Parfois, elle en récupérait une tranche qu'elle mastiquait longuement pour la faire durer le plus longtemps possible. La bande de mômes qu'elle dirigeait haut la main, lorsqu'il n'y eut plus de pain pour se rassasier, fit main basse sur les kilos de provisions de pommes mises à sécher à l'abri sur de la paille au fin fond des granges. La faim était telle que les paysans qui s'apercevaient des larcins menaçaient de tuer les gosses qui les volaient et ils manquèrent, de peu, de le faire à plusieurs reprises à coups de fourche. Un jour, un môme, ulcéré de s'être fait dérober pour la troisième fois son pain au lard, se précipita dans la cour de l'école sur celui qu'il soupçonnait et, tirant de sa poche un couteau à cran d'arrêt, le planta dans le ventre du présumé coupable, ami de Marianne. Des morceaux d'intestin jaillirent de cette entaille et le blessé, vacillant mais conscient, tenta de les ramasser à pleine main et de les contenir sans parvenir à les remettre en place tandis qu'ils se répandaient par terre avant que Marianne, chavirée par cette vision, ne courût au presbytère pour avertir le curé qui fit transporter le malheureux garçon à l'hôpital où il décéda trois jours plus tard.

Née et élevée dans la religion catholique, Marianne avait été inscrite au commencement de sa scolarité dans une institution religieuse à Nuremberg. Ses parents ne voulurent pas qu'elle arrêtât ses études. Pour continuer à fréquenter une école catholique alors qu'elle se trouvait à la campagne, elle devait marcher des kilomètres et des kilomètres dans les champs déserts d'où tous les animaux avaient disparu pour être abattus et mangés. L'hiver, le trajet était le même mais il lui fallait le double de temps pour l'accomplir car la neige lui arrivait alors à mi-genoux. Pour réussir à mieux marcher dans la boue, elle mettait des morceaux de vieux journaux dans ses chaussures. Comme la neige les détrempait, elle devait passer ses journées les pieds trempés par l'humidité.

En toutes saisons, elle courait dans les bois après les renards, attrapait des griffes aux genoux, jouait avec des copains, ignorait les garçons qui se déshabillaient dans les coins, lui exhibaient leur anatomie et voulaient la rouler dans les foins. La forêt allemande sentait alors la brimbelle et la fraise des bois, la mousse humide et l'aiguille de sapin et Marianne et ses copains, ne comprenant pas toujours le désordre du monde, s'y ébattaient en se promenant dans les futaies. Désireuse de dénicher d'autres nourritures que les pommes, sources d'histoires, elle fouinait et farfouillait dans tout le château de bas en haut. Arpentant les greniers tapissés de toiles d'araignées et habités de silences pesants qui l'angoissaient, elle apprenait à vaincre ses peurs, à marcher dans le noir et à courir après les rats à l'âge où les petites filles, habituellement, jouent au baigneur avec leur ours en peluche.

Marianne, de toute façon, aurait préféré s'amuser avec sa collection de maisons de poupées que lui enviaient les autres gamines mais elle avait dû la laisser à Nuremberg.

Passant un jour à proximité d'une ferme, elle vit jaillir d'une niche un chien affamé, habituellement attaché, qui, ne l'étant pas ce jour-là, lui sauta dessus, la mordit et lui emporta un morceau de cuisse non sans s'être également attaqué à sa grand-mère. De ce jour, elle acquit une peur irraisonnée des chiens. Qui la poursuit toujours et l'a constamment dissuadée d'en avoir un.

Dans ses pérégrinations aventureuses à travers les combles du vieux château, elle arracha, une autre fois, des planches disjointes et découvrit, tassés à six dans une soupente secrète, des hommes, des femmes et des enfants qui se cachaient et manifestèrent beaucoup d'effroi à sa vue. Elle courut le raconter à sa grand-mère qui fit mine de ne pas la croire et la persuada qu'elle avait rêvé. Marianne ne la crut pas non plus. Elle eut l'intelligence de se taire et ne comprit que plus tard que son grand-père et sa grand-mère, en cachette des leurs, abritaient sous les toits deux familles de juifs qui étaient leurs voisins. Doutant à la longue de la version officielle des dirigeants nazis qui prétendait alors qu'aucun citoyen germanique n'était arrêté mais simplement transféré ailleurs en d'autres appartements, le grand-père, voyant disparaître beaucoup de ses voisins, avait compris que les juifs du pays ne prenaient pas d'eux-mêmes la clé des champs et que leur disparition paraissait bel et bien programmée à des fins mystérieuses. Il avait donc offert l'hospitalité à des voisins essentiellement parce qu'ils étaient des amis, porteurs de l'étoile jaune, en danger.

Un soir, hélas, ses propos de café et ses discours de

politique s'étant révélés trop virulents, il fut, cette fois pour de bon ou plutôt pour de mal, arrêté par la Gestapo qui vint le chercher et l'emmener. Le château fut fouillé mais heureusement la soupente ne livra pas ses occupants et la grand-mère monta, en remplacement du grand-père, quotidiennement ravitailler les emprisonnés volontaires pendant que le reste de la famille continuait à guerroyer ou à militer au service du IIIe Reich. Le grand-père partit pour un centre de détention inconnu entre plusieurs soldats en uniforme noir marqué au col du svastika, l'emblème de la croix gammée, traversant les rues du village comme le faisaient, d'ordinaire, sous les huées, les prisonniers des Allemands, Tchèques, Polonais, gitans et autres, bombardés d'épluchures de pommes de terre, conspués d'insultes, constellés de crachats et couverts de coups de poing ou de pied au passage.

Six semaines après le départ du grand-père pour les camps de concentration, Marianne fut la première à le voir revenir au village. Son convoi, en route vers Auschwitz, avait été arrêté par l'armée américaine et les chars alliés le ramenaient à la maison. Il était juché, debout, sur le premier de la colonne à pénétrer dans Wörishofen. En l'apercevant, la grand-mère, Maria, tomba à genoux et en pleurs. Le grand-père, hissé dans le camp des vainqueurs presque malgré lui, ne chercha pas à se venger des tenants de l'idéologie nazie et vécut, grand comme une asperge, mince comme un fil et blond comme les blés, jusqu'à l'âge de cent six ans.

À la fin de la guerre perdue par leur pays, lorsque le père fut revenu de captivité nanti d'une ribambelle de médailles qu'il épinglait avec fierté sur sa vareuse, les membres de la famille regagnèrent enfin Nuremberg. L'immeuble où se trouvait leur appartement, miraculeusement préservé des bombes, avait été pillé par les troupes alliées et menaçait de s'effondrer.

Exténuée par les privations, laminée par la peur, Marianne, à peine la guerre terminée, attrapa un début de tuberculose. La découverte d'un léger voile sur ses poumons, lors d'un contrôle radiologique opéré par les soldats alliés, l'obligea à prendre le chemin du sanatorium de Bad-Tölz où une centaine d'enfants étaient réunis. Il n'y avait, dans le pays ravagé, à manger pour personne, et encore moins pour les petits malades qui devaient ingurgiter des repas de pommes aigres et de légumes pourris. Les malheureux qui ne pouvaient garder ces horreurs dans l'estomac et qui les rejetaient étaient obligés, par les infirmiers ayant charge de les faire grossir, de remanger leur vomi. Marianne n'eut jamais à s'y résoudre. Cette perspective l'épouvantait tellement qu'elle s'astreignait à refréner ses haut-le-cœur et à conserver en elle la nourriture. Il y avait, de toute façon, longtemps qu'elle ne savait plus ce que pouvait bien représenter un bon repas.

Elle revint chez ses parents au printemps. Rien, dans un avenir qui s'annonçait teinté de rose, ne pourrait jamais être pire que le présent. Du moins, Marianne, enfant de la guerre, habituée à toutes les privations, le croyait-elle. Or, précisément, le pire ne lui avait pas dégringolé sur la tête. Pas encore.

Chapitre 3

Ne pouvant réintégrer leur appartement dévasté et branlant de Nuremberg, les Porzel s'installèrent dans une villa avec jardin à la périphérie de la ville. Le père racontait avoir, au long de ses campagnes militaires, beaucoup souffert à cause des Français qui, de l'autre côté du Rhin, avaient multiplié les actions terroristes contre les soldats allemands. Il avait ainsi échappé, de peu, à deux attentats fomentés par des Résistants et il n'avait pu réchapper du second que grâce à l'aide d'une Polonaise vivant à Paris qu'il gardait dans son cœur et avec laquelle il correspondait. Il l'avoua à sa femme. Et il lui fit de la peine inutilement. Marianne le comprit et elle lui en voulut. Sa mère, Kreszenz, souffrait d'un cancer des lymphes qui la minait. Malade et affaiblie, elle se tenait toujours le dos avec la main sur le côté, ce qui provoquait les ricanements des gosses la voyant afficher un maintien différent de celui des autres femmes. Belle et douce, elle ne s'habillait que de mauve et fascinait sa fille qui, ne l'ayant jamais vue en bonne santé, la trouvait plus pâle, plus diaphane, plus irréelle que les autres femmes et les autres mamans. Marianne adorait sa mère mais n'avait pas réalisé la gravité du mal qui la rongeait et qui l'emporta. Elle avait neuf ans lorsque Kreszenz succomba, à trente-six ans, à sa maladie qui s'était généralisée. Elle eut du remords de ne pas l'avoir mieux soignée, alors qu'elle n'aurait rien pu faire et que son départ la dévasta. La grand-mère, effondrée, ne s'en remit jamais. Après l'enterrement, tous les jours, elle se rendait au cimetière situé à six kilomètres de sa maison et se jetait sur la tombe de sa fille en gémissant. Elle restait ainsi pendant des heures, couchée sur la pierre froide, pendant que Marianne qu'elle avait récupérée à la campagne à sa sortie du sanatorium, pleurait et grelottait à son côté.

Exsangue et ravagé, le pays était maintenant envahi par les troupes alliées qui l'occupaient. Dans la rue, un grand Noir offrit à Marianne une plaquette de chocolat. C'était et le premier homme et la première friandise de cette couleur que voyait la fillette. Sa grand-mère lui expliqua qu'assurément le premier avait empoisonné la seconde. Elle l'obligea donc à jeter au loin la tablette qui avait pourtant bon goût. Marianne, se partageant entre Nuremberg avec son père et la campagne avec ses grands-parents, demeura pendant plusieurs mois sous la coupe de sa seule grand-mère qui la maternait au-delà de l'imaginable. Ayant perdu sa fille, Maria ne voulait pas, en plus, perdre sa petite-fille. La surveillant donc comme une casserole de lait sur le feu, elle avait peur de tout pour elle. La grand-mère ne voulait pas que Marianne nageât, ni qu'elle montât à bicyclette, ni qu'elle fît quoi que ce fût pouvant poser le moindre problème ou lui occasionner la moindre peine. Marianne devait donc se tenir tranquille, avaler des cuillerées d'huile de foie de morue le matin, ne pas bouger dans la journée et attendre ainsi que le temps passât en se préservant de tout danger éventuel. En réaction, quand sa grand-mère avait le dos tourné, elle faisait les quatre cents coups, allant même jusqu'à rosser les garçons qu'elle envoyait régulièrement au tapis et à lancer et à piétiner les casquettes de ceux qui l'embêtaient dans les bouses de vache.

À Nuremberg arriva un soir, près d'un an environ après le décès de la mère et le retour de Marianne, à la grille du jardin, une femme avec des valises. Vera, la maîtresse polonaise de son père, débarquait d'un train de Paris pour le retrouver. Ils s'aimaient, ils se marièrent. D'emblée, Marianne détesta cette belle-mère à la chevelure rousse et à l'accent rude qui s'installa sans douceur dans la place laissée vide. Le grand-père et la grand-mère, furieux du remariage de leur gendre qu'ils déshéritèrent, ne purent l'empêcher. Le père leur enleva sa fille et la retira définitivement de la campagne, ce qui frustra Marianne. Il l'inscrivit dans une école privée catholique à Nuremberg et ses beaux-parents ne lui adressèrent, dès lors, plus jamais la parole.

À la ville, dans Nuremberg occupée, la paix et la sérénité ne régnaient toujours pas. Au long des rues, le soir, toutes les filles étaient embêtées. Les soldats américains leur couraient après partout. Et celles qui fricotaient avec eux se voyaient insultées et tabassées par des nostalgiques de l'hitlérisme qui leur reprochaient d'avoir trop vite oublié les phrases magiques de leur guide leur promettant mille années de bonheurs et de richesses.

Marianne se souvient qu'à toute heure du jour les soldats américains réclamaient des œufs au bacon auprès des cafetiers comme auprès des particuliers qu'ils accostaient. La majorité des gens mettaient du temps à sortir de l'aveuglement idolâtre qui avait été le leur pour Hitler. Les méchants ne devenaient pas bons du jour au lendemain. Le procès des dirigeants nazis, jugés par les gouvernements étrangers, ne suscitait pas de réactions d'indulgence ou d'indignation de la part des habitants de Nuremberg. Après avoir vécu au cœur de la tourmente, ils ne cherchaient plus qu'à l'oublier et à avoir la paix. Les mentalités évoluaient lentement. La vision que tout un chacun avait du monde était changée.

Un soir, Vera réveilla Marianne, la sortit de sa chambre et l'expédia dans son lit d'enfant installé près de la couche parentale. Elle installa dans la chambre de la fillette un soldat américain avec une fiancée allemande et, le lendemain, reçut en cadeau beaucoup de nourriture. Elle voulait tout simplement manger à sa faim. En assistant à tous ces dérèglements multiples qui marquaient le déglinguage d'une époque et le début d'une ère nouvelle, Marianne apprit à se battre pour survivre. Et à survivre pour se faire une place au soleil. Dans la rue. À l'école. À la maison. Rien, en ce temps-là, ne s'obtenait pour rien. Chez les Porzel, la vie devint difficile. Le père qui ne travaillait plus et percevait une retraite fit venir de Pologne à la demande de Vera, et la mère et la sœur (avec laquelle il ne tarda pas à coucher) de celle-ci. Marianne eut bientôt une petite demi-sœur qui, des années plus tard, tomba amoureuse d'un prêtre catholique qui, pour elle, quitta les ordres religieux et avec lequel elle eut trois enfants. Aujourd'hui avocate, elle habite une grande ville allemande et revoit Marianne, à l'occasion d'apparitions télévisées que cette dernière vient y effectuer.

Son père et sa femme n'en avaient plus que pour la demi-sœur (la gamine n'y pouvait rien) qu'ils cajolaient à l'extrême en lui serinant qu'elle était très belle et que Marianne était très laide. Vera, jalouse de sa belle-fille dont la simple présence rappelait la beauté de sa mère, la détestait. Habillée uniquement de couleurs sombres, elle lui taillait ses vêtements de fillette dans ceux, trop vastes, mauves et démodés, de sa mère décédée. La venimeuse Vera interdisait aussi à Marianne de jouer avec sa sœur cadette, rapportait en mal à son père tout ce qu'elle pouvait faire et surtout la battait comme plâtre en ne lui laissant strictement rien passer. Vera ne faisait pas d'ailleurs que la battre : elle la griffait en laissant de longues traînées d'ongles sur son visage et sur ses jambes. Le simple fait de boire un verre de lait sans autorisation valait, par exemple, une sévère correction. George Porzel, faible, ne disait rien et la tapait aussi parfois. S'étant mis à boire, il faillit même la tuer, un jour, en lui coinçant la tête dans le battant d'une porte et, une autre fois, en manquant de peu de l'étrangler. Immuablement, il l'envoyait manger seule à la cuisine une grosse soupe de moelle, d'os, d'oignons et de céleris cuits et recuits pendant des heures. Lorsque les rations alimentaires devinrent plus fournies, Marianne ne fut cependant pas mieux lotie. Les enfants de la guerre, dans l'Allemagne ruinée, délabrée, humiliée, servaient souvent d'exutoires aux ressentiments et aux rancunes de leurs parents. L'institutrice de Marianne, Melle Irmgard, qu'elle a revue et à laquelle elle adresse une carte chaque année à Noël, dut intervenir et multiplier les observations aux parents en leur demandant, oralement et par écrit, de ne plus maltraiter leur fille.

Une nuit, Marianne fut réveillée par des bruits étonnants poussés conjointement par son père et sa femme. Vera gémissait de façon étouffée. Ses plaintes, de plus en plus fortes, allaient crescendo et Marianne en gloussait d'aise sur son oreiller où elle avait, à cause d'eux, tant pleuré, en pensant : « Enfin, il la tue ! » Elle fut donc très déçue lorsqu'elle revit Vera, vivante, le lendemain... n'ayant pas compris qu'ils avaient fait l'amour. La fillette ne voulait, pour rien au monde, ressembler à cette méchante marâtre qui affichait trop de rigueur et pas assez de fantaisie. Elle voulait, dans l'instant présent comme dans l'avenir, être à l'image de sa mère. Qui s'était montrée différente. Qui lui avait laissé le souvenir d'une créature élégante, accordant ses tenues dans toutes les nuances du violet, assistant aux concerts et s'intéressant aux arts.

Marianne, qui portait de longues tresses blondes, fut placée par son père, soucieux de plaire à sa femme en la débarrassant de sa fille, en pension chez les sœurs anglaises qui entreprirent de lui apprendre non seulement la broderie et la cuisine mais encore les bonnes manières. L'expérience fut toutefois de courte durée. L'institution religieuse était située hors de Nuremberg mais Marianne, à quatorze ans, voulait s'amuser. Avec deux copines, elle fit un jour le mur pour aller boire des limonades en ville, puis recommença un deuxième soir puis un troisième. Il n'y en eut pas de quatrième. Au retour, sautant dans la cour pour regagner leur dortoir, les trois adolescentes atterrirent devant la cornette de la mère supérieure qui, outrée de l'escapade dont elle avait eu vent, les attendait de pied ferme.

Illico presto, l'élève Porzel fut renvoyée dans ses foyers où son père, après une grosse fessée, décida, peu incité à l'indulgence par Vera, de lui faire arrêter ses études. Et de la placer comme bonne à tout faire, en dépit des annotations de ses professeurs qui la considéraient très intelligente et exceptionnellement éveillée. Sauf dans le domaine des chiffres où elle se révélait peu douée pour le calcul, ce qui, par la suite, allait bien changer. Marianne, affolée à l'idée de tomber n'importe où, décida de choisir elle-même, tant qu'à faire, l'endroit où elle irait travailler. En farfouillant dans la rubrique des petites annonces, elle se dénicha un entretien dans un institut de beauté. Et elle ne soupçonnait pas, en s'y rendant en boitant, que toute sa destinée allait découler de ce qui serait l'un des plus importants rendez-vous de sa vie.

Chapitre 4

Marianne avait parcouru les offres d'emploi de la page des petites annonces et déniché une proposition de boulot d'employée de maison dans un institut de beauté représentant à Nuremberg les produits Payot. En robe rouge (avec col blanc) et chaussures assorties (avec petits talons), elle se rendit donc, seule, à seize ans, à l'adresse indiquée. Quarante filles au moins attendaient déjà dans le salon. Arrivée à neuf heures, elle fut reçue la dernière à midi. La patronne ne lui réserva pas bonne figure en la voyant claudiquer. En descendant de l'autobus, Marianne avait, en effet, arraché l'un de ses talons dans le marchepied et boitait. Pour montrer qu'elle pouvait marcher droit, elle enleva ses chaussures, ce qui amusa la patronne qui était enceinte. Pour décrocher la place, rare et chère aux lendemains de la guerre, elle assura être prête à tout faire et qu'elle adorerait promener le futur bébé puisque à la maison sa belle-mère lui interdisait de jouer avec sa petite sœur. Cela émut la patronne, Mme Jacoby, qui l'engagea et qui, après trois mois de bons services où elle lava le linge, nettoya les murs, lessiva le sol, remplit le poêle à charbon, se décida à lui apprendre les rudiments du métier d'esthéticienne. Marianne apprit vite. Elle était nourrie et même, à l'occasion, hébergée dans un coin sur un lit d'appoint, Mme Jacoby ayant remarqué qu'elle portait, parfois, et même souvent, des traces de bleus, signes de coups reçus à la maison. Elle demanda à rencontrer George et Vera Porzel et les admonesta, menaçant de les dénoncer à la police s'ils n'arrêtaient pas leurs mauvais traitements.

Un après-midi, la patronne qui avait pris Marianne en sympathie lui fit un shampooing éclaircissant ainsi qu'une sorte de permanente ondulant ses mèches. Lorsqu'elle rentra à la maison, en fin de journée, son père se trouvait dans le jardin. Elle poussa la grille. Les derniers rayons du soleil couchant donnaient des reflets dorés à sa chevelure blonde. George, en la voyant, faillit attraper une syncope. Il gifla sa fille à la volée en lui disant qu'elle pouvait repartir d'où elle venait et qu'il ne voulait pas héberger une putain chez lui. Marianne, chavirée, retourna illico presto au salon. Mme Jacoby lui dénicha, le soir même, une petite chambre pas chauffée à proximité. Marianne n'eut curieusement aucun moment d'abattement en tirant le loquet derrière elle, même si toutes les conditions étaient réunies pour qu'elle fût découragée. Elle n'avait pas d'affaires, pas de bagage, pas d'argent, pas de relations, plus de parents mais elle croyait en sa bonne étoile. Elle savait qu'elle ne manquait ni de courage ni d'énergie et qu'à l'impossible elle se trouvait désormais tenue. Il lui fallait commencer sa vraie vie.

En fait, tout lui paraissait préférable à une cohabitation avec sa terrible famille. Elle comprenait qu'elle pouvait tout se permettre sauf se laisser abattre : elle n'en avait pas les moyens. Marianne travaillait depuis deux ans chez Mme Jacoby. Elle avait alors dix-sept ans. Et des atouts. Une splendide chevelure blonde qui lui dégringolait jusqu'au milieu du dos. Une plastique allurale. Des formes sculpturales. Une démarche qui la faisait sautiller comme si elle avait été montée sur ressort. Et une poitrine dressée vers le ciel tels des obus lance-torpilles sur lesquels chacun se cassait les yeux. Marianne était bel et bien un superbe brin de fille.

Se croyant toujours laide, elle ne fut vraiment convaincue du contraire que lorsqu'un homme, dénicheur de talents de son métier, l'arrêta dans la rue pour lui proposer d'être mannequin à ses heures perdues. Engagée à la prestation à raison de dix marks par soir, elle défila ainsi dans les salons de l'hôtel Carlton en portant robes et manteaux de boutiques de Nuremberg. Elle avait du succès mais le travail n'était qu'occasionnel. Elle se refusa, pas assez sûre d'elle, à partir pour Berlin ainsi qu'elle en reçut la proposition.

Après sa période d'apprentissage, elle dut quitter son travail dans le salon de beauté de Mme Jacoby, devenant, grâce au diplôme obtenu, trop chère pour sa patronne. Elle postula pour un emploi similaire dans le plus beau salon de la ville. Ne recevant pas de réponse et n'ayant plus de travail, elle partit se réfugier à la campagne chez sa grand-mère. Elle y rencontra deux garçons qui ne la quittèrent pas d'une semelle pendant les quatre semaines de son séjour. Fritz et Sepp l'emmenaient faire de la motocyclette dans la campagne, lui proposaient, tour à tour ou ensemble, de régner sur leurs troupeaux de veaux, de vaches et de chevaux mais n'osaient rien entreprendre de concret. Ils l'aimaient platoniquement. Les enserrant dans ses bras lorsqu'elle se promenait sur les chemins avec leurs engins à moteur, elle se collait tour à tour contre leur dos, se cramponnait à leur taille, découvrant avec eux ces odeurs masculines qui ne sont jamais les mêmes et qui n'ont rien à voir avec les eaux de parfum. Préférant celle de Fritz plus sucrée que celle de Sepp, elle apprit à flairer les différences. L'odeur de la forêt allemande qu'elle retrouvait n'était plus la même non plus : elle puait encore le cadavre. Souvent, dans les sous-bois, les gens découvraient des corps mal enterrés. La mort avait tout pourri. À son oncle, le frère de sa mère qui, rendant visite à sa grand-mère, lui demanda un jour si la campagne n'était pas le plus bel endroit du monde, elle répondit que non. Selon elle, le plus bel endroit du monde était un tabouret de bar sur lequel elle pourrait poser ses fesses. Réplique qui lui valut une paire de claques de la part du tonton, avant qu'il ne la traînât, presque par les cheveux, jusqu'à la salle de bains où il lui savonna le visage afin de le débarrasser des nuages de poudre qui le recouvraient. Marianne ne pensa pas pour autant qu'elle agissait mal en se maquillant. Faisant comme avait fait sa mère, elle comprit que la différence n'est pas appréciée par les gens.

Prenant la conduite de sa vie en main, le rose aux joues elle téléphona à l'institut de beauté appelé « Le Salon » auprès duquel elle avait postulé sans obtenir de réponse, parlementa, argumenta et finalement décrocha la timbale. Mais le patron qui lui avait promis de l'engager continuait, quatre semaines après, à réserver son avis définitif. Lui ayant téléphoné depuis la campagne tous les quatre jours, elle finit par réclamer comme un dû le poste promis en invoquant la parole donnée. Marianne comprit alors qu'à une femme décidée peu de choses peuvent résister quand elle s'accroche pour arriver au but. Les gens, depuis longtemps, ne lui faisaient plus peur. Elle avait saisi aussi qu'un employeur reste un homme comme les autres et qu'il ne faut pas se laisser impressionner.

En pénétrant, contrat en poche, dans ce nouvel endroit astiqué comme les cuivres d'un yacht avec son immense vitrine et sa clientèle élégante, elle sut que, là, et nulle part ailleurs, tout pouvait démarrer. Elle avait véritablement souhaité ce poste et voulait manger à sa faim. Elle désirait travailler pour gagner sa vie, bénéficier d'un statut social et ne pas être simplement une belle fille qu'on sifflait dans la rue.

Fine mouche, à la veille de prendre le poste, elle décida, fidèle à sa manière d'être, de ne pas se fondre dans la masse. Elle se confectionna donc une tenue qui n'avait rien de commun avec celles de ses consœurs. Toutes les employées étaient, jusqu'alors, habillées de gris souris. Et toutes portaient des uniformes proches de la vêture d'une chaisière bigote. Marianne mena aux limites extrêmes de l'apoplexie et le personnel et l'assistance en effectuant une première apparition cousue de fil blanc. Elle évoluait serrée dans une robe-blouse de satin bleuté étranglant sa taille et découvrant la moitié de sa poitrine. Or dans l'Allemagne calviniste et austère du début des années cinquante, l'atmosphère n'était pas à la coquetterie exacerbée. Dans leurs fauteuils de soins, le salon n'étant pas exclusivement féminin, les messieurs desserrèrent leurs cravates et se calèrent à leur aise pour mieux jouir de la vision panoramique, inhabituelle alors, qui s'offrait à eux et qui, pour finir de donner le vertige, était juchée sur de gigantesques talons aiguilles noirs. Plusieurs employées, pincées et coincées, firent remarquer que la couleur préconisée dans l'institut était le gris. Marianne, du tac au tac, leur répliqua que sa robe-blouse était « gris bleu » et qu'il fallait être de bien mauvaise foi pour prétendre le contraire. Le patron tenta d'intervenir mais s'en garda bien lorsqu'il constata l'effet ravageur que sa nouvelle recrue provoquait sur sa clientèle mâle qui en ouvrait des yeux comme des billes de loto.

Dès lors, le carnet des demandes de rendez-vous avec Marianne ne désemplit pas. Les clients, multipliant les ronds de jambes, l'invitaient à boire des citronnades et postulaient pour une rencontre. Tous, sans exception, lui couraient après. À commencer par un riche avocat qui s'engageait à divorcer pour elle et à finir par le chasseur de l'hôtel voisin qui lui proposa de l'emmener au loin après avoir réuni ses économies. Dans les rues, c'était du pareil au même. Les beaux garçons sifflaient Marianne et l'arrêtaient pour lui proposer des galipettes mais rien n'y faisait. Tous faisaient chou blanc. Marianne voulait plaire. Et uniquement plaire.

Elle plaisait et cette idée lui plaisait. Les êtres du sexe opposé avaient beau la regarder avec les yeux de l'amour et les pulsions du désir, elle s'en souciait comme de ses premiers dessous. À dix-huit ans, la plus jolie fille de Bavière était vierge et entendait le demeurer jusqu'à ce qu'elle rencontrât un homme qui saurait la séduire en parvenant à la faire rêver. Autrement que d'habitude. Elle ne rêvait pas, en effet, d'être comme toutes les autres filles qui ne cherchaient qu'à s'établir et à se ranger en s'assurant une vie confortable de petite-bourgeoise, elle avait envie d'autre chose. Encouragée par l'exemple que lui avait laissé sa mère, Marianne voulait une existence intense, loin de la monotonie et de la routine, différente. Autre. Mieux.

Elle était en quête de lointains rivages et de multiples ailleurs. Elle voulait aller au loin. Plus loin. En haut. Plus haut. Elle savait qu'elle garderait ce rêve impossible toujours en tête. Elle acceptait des invitations à boire le thé mais n'invitait personne à prendre un petit biscuit chez elle. Lorsqu'elle prit froid, se soigna au chaud et garda le lit, un carrousel de soupirants, tous clients du salon, se bouscula dans son escalier en apportant, à la file indienne, des fleurs et des chocolats mais aucun ne fut prié de séjourner sur la courtepointe. Plus d'un avait du charme mais, dans le nombre, Marianne ne savait lequel choisir et son instinct secret lui conseillait d'attendre. Jusqu'au jour où, rentrant un soir dans la rue vers sa chambrette au loyer mensuel de quarante-cinq marks, elle s'aperçut qu'elle était suivie. Par une Volkswagen grise. Un manège qui recommença le lendemain et aussi le surlendemain. Ce n'est que le quatrième soir que l'individu osa se présenter. Pour entrer dans sa vie.

Chapitre 5

Profitant de ce que sa voiture était bloquée par la barrière d'un passage à niveau, l'individu en sortit précipitamment et, à toute vitesse, expliqua s'appeler Gerhard, être représentant en objets métalliques et trouver Marianne extraordinairement attirante. Il l'invita à un dîner dansant dans une auberge des environs. Elle accepta. Il renouvela l'invitation. Elle l'agréa. À plusieurs reprises. Il fit le pied de grue pendant plusieurs semaines, lui envoya des fleurs, lui adressa des chocolats, se montra prévenant, se révéla délicat, joua de son charme et... elle finit par succomber à ses avances pour la toute toute première fois.

Gerhard habitait chez ses parents. Marianne devait compter avec sa logeuse. Ils firent donc l'amour dans la Volkswagen. En hiver. Alors qu'il faisait froid à geler les pierres au-dehors. Les vitres étaient couvertes de buée à l'intérieur et des roses de gel les tapissaient à l'extérieur. Les amants étaient mal à l'aise à l'intérieur du véhicule dont il laissait tourner le moteur pour profiter de la chaleur. Il ne se lassait pas de manger sa peau. Elle découvrait le corps d'un homme et aimait le caresser partout. En rentrant dans sa chambre, elle était meurtrie, courbaturée mais heureuse d'être devenue femme. L'attirance qui les poussait l'un vers l'autre se révélait forte et sauvage. Rien que de se toucher du bout des doigts, tous deux étaient comme électrifiés.

Gerhard, la peau mate, l'allure robuste et de l'énergie à revendre, adorait emmener Marianne se promener en voiture, faire l'amour dans la voiture en hiver et dans les bois au printemps et aussi dîner le soir avec des copains et des copines dans des auberges de campagne. Marianne tomba vraiment amoureuse de lui lorsqu'elle s'aperçut que son amant, excellent danseur, n'invitait qu'elle sur la piste. Le geste lui plut parce qu'il lui montrait qu'il savait ne pas se disperser. La romance dura et Marianne s'attacha à Gerhard. Un peu, beaucoup, passionnément. Elle l'aimait mais elle adorait tout autant, et cette manie ne l'a jamais quittée, dormir seule. Au milieu de la nuit, quand elle rentrait chez elle, elle glissait dans les draps froids ses pieds glacés et éprouvait beaucoup de mal à se réchauffer.

Une de ses collègues du salon l'emmena un jour de repos se faire coiffer chez Miguel, le grand coiffeur de Nuremberg qui, vraie vedette dans son genre, roulait en Cadillac blanche et ne se prenait pas pour un moins que rien. Le soir même, le monsieur invitait Marianne à l'apéritif dans son appartement, l'emmenait dîner à la campagne et la ramenait chez elle. Garant sa voiture devant la porte, il l'embrassa à pleine bouche pour lui souhaiter une nuit douce. Le baiser prit du temps, dura mais Marianne en resta là. Et quitta son cavalier. Au moment où elle tournait la clé dans la serrure de sa porte d'entrée, elle fut agrippée au col par le dénommé Gerhard qui, ne l'ayant pas trouvée chez elle, l'avait attendue caché dans le noir. Ayant profité du spectacle qu'elle lui avait infligé en embrassant un autre homme, il la gifla sur la joue droite puis sur la joue gauche. Très fort. En l'insultant. Puis, tournant les talons en jurant, il sortit de son existence.

Miguel continuait sa cour, mais Marianne attendit. Trois semaines durant. Malheureuse, elle espérait un message de Gerhard qui lui manquait. Chaque appel téléphonique adressé au Salon la faisait sursauter et tressaillir. N'ayant pas reçu le moindre signe de vie de Gerhard pendant un bon mois, elle accepta à nouveau de dîner avec Miguel qui l'emmena, à bord de sa longue voiture immaculée, dans un restaurant au cœur d'une forêt près de Nuremberg. Le moment fut romantique. Au retour, il voulut absolument qu'elle vînt prendre un café chez lui, lui fit boire de grandes rasades de liqueur de Grand Marnier et, quand elle fut saoule, la poussa vers le lit. Marianne trompa donc Gerhard, un soir de blues et d'ivresse, avec Miguel. Elle cherchait à se distraire mais elle baignait dans la tristesse, persuadée que Gerhard l'avait quittée pour de bon. En dépit de la villa spacieuse et de la piscine olympique de son nouvel amant, elle ne parvenait pas à oublier son premier amour.

Un mois plus tard, enfin, et pour son plus grand bonheur, Gerhard la rappela. Elle le revit avec joie. Ils se retrouvèrent avec plaisir. Ils retournèrent faire l'amour au cœur de la forêt dans la Volkswagen blanche. Les positions n'étaient pas faciles mais tout était parfait. Presque parfait. Car à chaque déjeuner ou dîner, elle se mit à le trouver fort agaçant. Il la pressait de questions et la stressait. À dix reprises, vingt reprises, trente reprises par heure, il lui demandait si oui ou non, elle l'avait trompé avec son rival. Marianne lui répondait ce qu'elle croyait qu'il voulait entendre. « Non, non et non et re-non ! » Et, sans faiblir, Gerhard revenait et revenait à la tâche. « M'as-tu trompé avec lui ? » clamait-il à ses oreilles sur l'air des lampions. Après des semaines de ce supplice, elle lui dit ce qu'il devait attendre d'entendre. « Oui, oui, oui et re-oui. Avec lui, je t'ai trompé ! Avec lui. Une fois ! » En énonçant sa réponse, Marianne se rendait compte qu'elle avait commis une énorme bêtise. Elle n'aurait, en fait, jamais dû coucher avec Miguel qui ne représentait strictement rien pour elle. Il faisait partie de cette cohorte d'hommes plus ou moins connus, roulant des mécaniques en voitures de luxe et sachant y faire avec leur langue bien pendue de beaux parleurs embobinant des jeunes filles auxquelles ils n'apporteront jamais rien d'intéressant mais qu'ils épingleront à leur tableau de chasse. Marianne pensait qu'en couchant avec Miguel elle avait caressé sa vanité, mais elle s'aperçut surtout qu'elle avait froissé celle de Gerhard. Pour rien car elle ne désirait que lui. Et profondément. À la fois blanc de rage et rouge de colère, Gerhard se leva de table, gagna la porte et partit sans se retourner. Marianne crut que le sol se dérobait sous elle. Elle ne voulait que lui, n'aimait que lui, n'espérait que lui. Pendant les dix années qui allaient suivre, elle espéra constamment qu'il lui reviendrait. Pendant dix ans, elle ne put l'oublier. Ce fut une grande souffrance. Une immense perte. Et une profonde fêlure qui la brisa à jamais.

Un premier amour déçu laisse toujours des cicatrices indélébiles. Elle passa des mois et des mois à ne plus pouvoir avaler un morceau, à ne plus dormir la nuit, à ne plus rire comme de coutume. Elle fut dès lors convaincue qu'aucune femme, jamais, au grand jamais, ne doit avouer à l'homme qu'elle aime qu'elle l'a trompé : même s'il n'attend que cela, il ne veut pas l'entendre. Elle n'a, depuis, jamais dit à un homme avec lequel elle vivait qu'elle l'avait trahi. D'abord parce qu'elle ne l'a pas fait souvent. Ensuite, parce qu'il n'est point besoin d'infliger de la souffrance à quelqu'un pour rien, même s'il la réclame.

Revenant à Nuremberg dix ans après leur rupture, Marianne décida d'appeler Gerhard au téléphone. Tous deux convinrent d'un rendez-vous. Marianne qui arrivait alors de Genève où elle vivait y alla parée, maquillée et pomponnée comme pour son premier bal. L'aimant toujours autant, elle espérait le reconquérir. Son cœur battait la chamade. Elle le retrouvait enfin. Il la regarda droit dans les yeux et, avec autant de dédain que de commisération, laissa tomber : « Tu es atroce ! » « En te voyant, lui déclara-t-il en substance, je vois ce à quoi j'ai échappé. Si tu étais restée avec moi, tu ne serais jamais devenue ce que tu es devenue. Avec moi, tu aurais gardé l'allure d'une femme simple, sans fards, sans fanfreluches. Je te déteste telle que tu es ! Tu as changé en mal ! » En trois phrases, Marianne fut dégrisée et vidée de cet amour fou de jeunesse qu'elle avait gardé scellé au cœur depuis si longtemps. Elle ramassa ses affaires, ferma son sac à main, enfila ses gants et, à son tour, partit sans se retourner. Elle a compris, depuis, qu'il est des souvenirs dont il ne faut pas chercher à retrouver le fil.

Au Salon, les clients, pour en revenir aux vingt ans de Marianne, continuaient, eux, à se retourner sur son passage. Mais ils ignoraient que la si jolie demoiselle vivait un drame. Peu après le départ de Gerhard, Marianne, en effet, se découvrit enceinte. De deux mois et demi. Elle savait que l'enfant était de Gerhard mais aussi qu'il ne la croirait jamais, vu sa réaction à l'annonce de sa relation avec Miguel. Ne sachant où retrouver le père de son futur bébé, elle décida, abandonnée et solitaire, de se faire avorter. Elle dénicha après de longues recherches et non sans difficultés un médecin à Fürth qui accepta pour deux mille marks de pratiquer l'intervention en lui ordonnant de ne pas rester seule dans les jours qui suivraient.

Vera lui ayant écrit pour lui dire que son père, buvant de plus en plus, était devenu insupportable et qu'elle ne savait plus qu'en faire, Marianne choisit de profiter de la main qui lui était vaguement tendue pour remettre, provisoirement, les pieds dans la maison d'où elle avait été chassée. Surmontant et sa fierté et sa rancune, acceptant de se réconcilier, elle rentra donc habiter chez son père, préférant cette solution à l'idée de demeurer, après l'intervention, seule dans sa chambre sans téléphone ni fiancé.

Mais les choses allèrent mal. Le médecin plaça une sonde pour provoquer une fausse couche et Marianne revint s'installer chez son père pour la soirée et la nuit. À la maison, dans son lit, elle saignait abondamment. Et souffrait atrocement. Sa belle-mère, devinant ce qui lui advenait en découvrant les draps maculés de sang, l'insulta copieusement et la laissa partir, titubante, à son travail. Marianne, au Salon, ne put rester debout. En se traînant, elle sortit téléphoner depuis une cabine au médecin qui, entendant qu'elle perdait son sang en abondance, lui commanda de revenir le voir sur-le-champ. Elle y alla en autobus, avec une forte fièvre et des douleurs terribles, tremblant comme une feuille et frôlant l'évanouissement à chaque seconde. Le médecin procéda à un curetage à vif, sans anesthésie afin d'éviter d'éventuelles complications avec la police si l'affaire était découverte. Marianne, souffrant comme jamais, dut s'aliter chez lui une partie de la journée. Sous d'épaisses couvertures, elle grelottait de froid et tremblait de chaud. Elle ne put rentrer, vacillante, à la maison qu'en milieu de soirée, non parce qu'elle se sentait mieux mais parce qu'il le fallait. Elle arriva dans un état lamentable.

Le lendemain, après une nuit épouvantable, quand elle descendit l'escalier, le père et sa femme, et aussi la belle-sœur et la belle-mère de George redoublèrent d'insultes et se comportèrent envers elle avec ignominie. Non seulement, ils ne lui portèrent pas secours mais ils la mirent dehors manu militari alors qu'au plus mal elle souffrait terriblement. Sous les insultes des trois femmes, son père la mit à la porte en lui criant que sa place n'était plus là et qu'elle n'était désormais plus digne d'être catholique. Son père, très pieux, mais appliquant plus en théorie qu'en pratique les préceptes de la religion chrétienne, recevait, une fois l'an, l'évêque de Nuremberg et les avortements lui paraissaient dignes de Lucifer. Il la voua donc aux gémonies. Elle eut, en cet instant précis, le sentiment qu'elle pouvait mourir, qu'elle allait mourir, qu'elle devait mourir. Marianne se sentait coupable.

Se traînant sans forces, elle ne réagit que parce que son instinct et sa volonté la poussaient à ne pas se laisser crever comme un chien sur un morceau de trottoir. Elle résolut, confusément, de s'en sortir. Lentement, à petits pas, tordue par la douleur, elle prit le chemin de la gare, monta dans un train, se réfugia dans son petit studio, s'allongea sur son lit et se jura que, plus jamais, sous aucun prétexte, elle ne reverrait son père ainsi que les femmes qui habitaient sous son toit. Marianne tint parole. À son père, elle ne donna, à dater de ce jour, plus aucune nouvelle. Elle ne lui écrivit pas. Elle ne lui téléphona pas. Elle refusa de se déplacer pour assister à son enterrement qui survint en mai 2001, quatre mois après celui de Vera. Elle n'envoya ni fleurs ni messages. Elle ne pardonna, en fait, à son père les méchancetés qu'il lui avait fait subir qu'après sa mort, se réfugiant le lendemain de son décès dans une chapelle de Monaco afin d'y prier pour la paix de son âme. Elle ne lui en voulait plus. Ce qui n'avait pas laminé Marianne en la mettant au tapis lui avait donné des ailes. Mais pour aller où ?

Chapitre 6

Se remettant peu à peu de son épreuve à Nuremberg, elle reprit goût à l'existence. Marianne retrouva Le Salon et son fan-club d'admirateurs de tous âges et de tous poils qui, évidemment, ignoraient ce qui venait de lui arriver.

Elle tapa d'ailleurs dans l'œil de l'héritier, millionnaire, des crayons Schwanhäuser. Il prenait soin d'elle et la sortait dans le beau monde. De haute stature, il avait beaucoup de charme, des dents blanches et des yeux bleu-vert. À son bras, fraîche comme un rhume de cœur, elle découvrit les sorties mondaines et les réceptions élégantes. Les unes et les autres lui plurent. L'héritier millionnaire lui proposa le mariage... sans succès. Rescapée d'expériences douloureuses, elle s'était mis en tête qu'il pouvait y avoir dans la vie d'autres ambitions que celles de se marier, faire des enfants et courir le risque d'être abandonnée après vingt ans d'union avec trois mômes sur les bras et zéro mark en poche. Ce n'était ni son but ni son idéal. À vingt ans, Marianne attendait d'autres choses et était prête à se démener pour les obtenir. Elle éluda donc sa réponse, la remettant aux calendes grecques. Plus son soupirant s'obstinait, plus Marianne le repoussait. Elle l'aimait bien mais ne voulait pas d'une noce.

Le millionnaire s'éloigna mais revint peu après, un matin de bonne heure avec de belles fleurs. Marianne, à quatre pattes, nettoyait le sol de sa chambre. Elle continua son travail avec son chiffon à poussière tandis qu'il lui parlait, cérémonieusement, en gants beurre frais. Il avait rencontré une jolie fille, mannequin, qui voulait se faire épouser. Et à laquelle il avait promis de passer la bague au doigt. Mais il avait réfléchi toute la nuit et venait, une ultime fois, proposer le mariage à celle qu'il adorait. Désireux de passer devant le maire et le curé, il était prêt à prendre pour femme la demoiselle en question mais il préférait de loin Marianne. Aussi, si elle le souhaitait, il quitterait l'autre sur-le-champ pour convoler avec celle qu'il voulait plus que tout. Gentiment car elle ne souhaitait pas le peiner, Marianne lui conseilla de l'oublier, d'épouser le joli mannequin et de se faire une raison.

Des années plus tard, elle le regretta. Ce prétendant avait en effet toutes les qualités requises pour faire un excellent mari. « Intelligent, beau, sensible, attentionné, il m'aurait rendue heureuse », pensait Marianne qui admettait que si elle avait été abordée autrement qu'en faisant son ménage et si son joli cœur n'avait pas sorti de sous sa manche ce mannequin comme moyen de pression, elle aurait, assurément, accepté de convoler avec lui. Melle Porzel ne laissait personne indifférent. D'autres courtisans attendaient au portillon. Elle aimait, par une sorte de fidélité inconsciente à son premier amour, les hommes à forte carrure, aux cheveux bruns et aux yeux bleus. Elle n'aima que ce genre d'hommes toute sa vie durant, n'étant, en ce milieu des années cinquante, absolument pas sensible au modèle aryen.

Lors de la soirée inaugurale d'un des carnavals de Nuremberg, elle croisa dans le hall de l'hôtel où se déroulait la réception officielle un richissime industriel qui fabriquait et vendait des vêtements sur une grande échelle. Otto-Lutz avait, bien sûr, les cheveux noirs et une fine moustache. Il se dirigea directement, à la seconde où il la vit, vers Marianne qu'il adora d'emblée mais, sa femme l'ayant trompé et quitté pour son meilleur ami, il ne pouvait parvenir à l'oublier et ne souhaitait ni se remarier ni même entretenir une liaison trop longtemps. Il n'avait plus confiance en personne.

Elle aima entendre ce qu'il lui disait. Il lui disait qu'elle était belle. « Quand on te voit, chuchotait-il à son oreille, on a envie de te faire l'amour. Toujours. Tout le temps. » Marianne garda la phrase en mémoire mais ne la mit pas en pratique pour autant. Elle avait, à cet âge-là, des principes... qu'elle a gardés. Les gens, selon Marianne, peuvent faire ce que bon leur semble mais le panache et la morale ne doivent pas être absents des relations humaines. Elle avait trouvé détestable que son père ne respectât pas la mémoire de sa mère, qu'il trompât sa seconde femme avec sa belle-sœur, que son grand-père couchât aussi avec la sœur de sa femme. Après tout, que les gens couchent avec qui leur plaît, soit, mais pourquoi faire de la peine, piétiner les sentiments, bafouer l'honneur ? « Je ne suis pas pour le n'importe quoi » précise, depuis ce temps, Marianne.

Elle n'oublia pas non plus ce que lui énonça, un jour qu'il l'attendait en bas de chez elle au volant de sa Porsche, un autre de ses admirateurs. Au sortir de la chambre qu'elle occupait dans un immeuble à rénover, elle se glissa dans la voiture et dans les bras d'Oscar Pillestein, un industriel fortuné qui avait les cheveux noirs, les yeux bleus, de larges épaules, une carrure d'armoire à glace, une fille de son âge et qu'elle appelait « mon oncle ». Elle se serra contre lui. « Tu ne peux pas rester à habiter là. Lorsque tu sors de ta chambre, tu as, sur toi, une odeur de pauvre. C'est une terrible odeur ! » Logique avec lui-même et généreux avec sa belle, il apporta le lendemain, dans une enveloppe, dix mille marks à Marianne afin qu'elle se trouvât un autre appartement, plus conforme à ses souhaits et au standing qu'il voulait lui voir adopter. « Tu auras là de quoi te louer un autre studio pendant au moins six mois, te dégotter des meubles chic et te débarrasser, enfin, de cette odeur de pauvre ! » Marianne ne comprit que plus tard en quoi consistait, selon cet homme avec lequel elle a d'ailleurs gardé d'excellentes relations, cette odeur de pauvre. C'était un mélange de cuisson de choux, de fumée de cigarettes et de parfum bon marché. C'était concret et abstrait à la fois. C'était un symbole.

Marianne n'aimait pourtant rien tant que la forêt où elle adorait se retrouver et se perdre. Elle se plaisait à en respirer les odeurs à pleins poumons. Oscar lui avait appris à monter à cheval et à tirer le cerf. Elle aimait la première occupation, elle détestait la seconde. Elle avait même trouvé un truc qui l'enchantait. Chaque fois que son amant l'emmenait dans les bois, la faisant grimper dans une petite hutte juchée au sommet d'un grand arbre surmontant la clairière où les cerfs aimaient se rassembler, Marianne s'arrangeait pour lui heurter le bras, le coude ou l'épaule à l'instant précis où, après avoir visé, il allait tirer. Et, à tous les coups, le chasseur manquait sa cible, ce qui la réjouissait profondément. Elle aimait les animaux pour leur aptitude à vivre solitaires et libres. Elle aimait les animaux sauvages parce qu'ils n'avaient pas besoin des hommes. La maison de Pillï – le surnom d'Oscar – était entourée de larges baies vitrées auprès desquelles venaient paître les cerfs apprivoisés que Marianne se refusait à voir abattre.

De chaque homme qu'elle fréquentait, Marianne apprenait quelque chose. Comme des leçons de vie. De Pillï, concessionnaire de Porsche et de Volkswagen, elle aimait la façon qu'il avait de parler aux gens, y compris à son personnel, avec gentillesse et respect. Elle appréciait aussi son talent à prendre soin de son corps. Il passait du temps dans son sauna personnel avant de se rouler ensuite, nu, dans la neige et nageait à contre-courant dans la piscine à remous qu'il s'était fait installer. Elle-même l'imita et acquit l'habitude de prendre soin de son corps, ne restant jamais une seule journée sans exercer un sport ou pratiquer de l'exercice. Mais le jour où Pillï annonça à Marianne qu'il allait épouser la riche veuve de son meilleur ami qui possédait une jolie maison à Capri, elle imprima la marque de ses lèvres peinturlurées de rouge sur le col de sa chemise, ravie de la scène qu'il aurait en courant la retrouver. Ensuite elle décida de le quitter puisqu'il n'avait pas, lui, la délicatesse de le faire.

Il aurait dû. Mais il souhaitait posséder deux femmes en même temps. Lorsqu'il expliqua noir sur blanc à

Marianne qu'il voulait une femme de son âge avec une résidence de vacances en Italie et une jeune maîtresse pimpante avec laquelle croquer l'argent du ménage, elle se fâcha. Elle ne voulait pas partager. Pas de cette façon. La situation lui paraissant sans panache, elle prit sa décision après avoir passé une journée à se promener dans la forêt de Furth. Parmi les senteurs de cette forêt allemande qu'elle adorait et qui, peu à peu, reprenait le goût des champignons et des myrtilles, elle se promit qu'elle chercherait à agir toujours avec classe. Mais aussi que, plus jamais, à elle qui avait survécu aux bombes et à la faim, à la Gestapo et aux soldats américains, qu'aucun homme ne dirait en l'embrassant dans le cou qu'elle avait, sur elle, lui collant à la peau, une vilaine odeur de pauvre.

Chapitre 7

Marianne, à vingt et un ans, à l'exception d'une excursion au bord du lac de Garde quand elle était gamine, n'était jamais sortie de Nuremberg. Mais elle ne rêvait que d'aller se promener ailleurs et de voir à quoi pouvaient ressembler les alentours. La chance lui sourit lorsqu'un de ses clients, un homme éléphantesque qui la courtisait sans espoir mais pour la forme lui raconta, tandis qu'il se faisait masser le visage au salon de beauté, qu'il partait la semaine suivante pour Genève afin d'y trouver de nouvelles filles pour ses clubs. L'important, dans tous les sens de l'expression, monsieur qui dirigeait plusieurs établissements de strip-tease fut étonné lorsque la si jolie et si distinguée mademoiselle Marianne lui demanda de l'emmener avec lui de l'autre côté de la frontière car elle désirait voir du pays. Il accéda néanmoins à sa requête et, au jour dit, flanqué de deux sbires, vint en longue Chevrolet bleue chercher Marianne, alors en congé pour une semaine chez sa grand-mère. Et il l'emmena en Suisse en traversant par ferry le lac de Constance.

À Genève, le quatuor s'installa dans un hôtel cossu aux chambres tendues de velours rouge et les recherches de l'énorme patron de boîtes de nuit pour trouver des strip-teaseuses commencèrent. À Marianne qu'il trouvait tout à fait à son goût, il ficha cependant la paix. Elle lui avait clairement indiqué qu'elle ne voulait pas se faire pincer les fesses et elle n'eut d'ailleurs pas à s'inquiéter car, le soir même de leur arrivée, son compagnon de route avait, d'un cabaret l'autre, une fille assise sur chaque genou. Il ne s'ennuya pas et la laissa tranquille. La tournée des grands-ducs débuta au Bataclan où la directrice, Mme Irène, proposa d'emblée à Marianne un contrat chez elle. « Avec les seins et les fesses que tu as, lui déclara cette Française à la chevelure flamboyante et à la voix rauque, tu les mettras tous à tes pieds ! » Amusée, Marianne fit pour son interlocutrice un vague essai en coulisses. Elle leva la jambe et baissa les bras. Mais le métier de strip-teaseuse ne la branchait pas. Dans tous les endroits où le quatuor faisait un tour, des auditions étaient organisées. Immanquablement, les propositions pleuvaient sur Marianne. La voyant avec un gros ponte du déshabillage professionnel, les directeurs d'établissements, pensant qu'elle en faisait son métier, voulaient absolument l'engager, mais elle les envoyait promener. Le mélange verres d'alcool, paquets de cigarettes, chairs dénudées, contacts faciles, ne lui plaisait absolument pas. Elle donnait néanmoins son avis sur les effeuilleuses, toutes affolantes, qu'elle examinait d'un œil sourcilleux sous toutes les coutures avec ses trois amis. Sans jalousie aucune et avec une sincérité certaine.

Au jour annoncé du retour à Nuremberg, Marianne ne voulut pas repartir avec le patron de boîtes de nuit et ses deux sbires. Tombée follement amoureuse de Genève, de son geyser et de l'accent français qui se répandait dans les rues, elle adorait traverser et retraverser les ponts de la ville pour mieux admirer le jet d'eau de cent vingt mètres de haut qu'elle considérait comme l'une des merveilles du monde. Elle ne comprenait rien à la langue mais la trouvait chic et poétique. Pour rien au monde, elle ne désirait reprendre la route de l'Allemagne. Elle y avait fait ses classes, découvert les hommes, appris les manières. Maintenant, il fallait passer à autre chose. Cela lui avait frappé l'esprit, comme une évidence, à Genève.

N'ayant, avant de venir, pas une seconde envisagé l'idée de demeurer en Suisse sans permis de travail, elle n'avait rien emporté, sinon quatre de ses robes sous housses de plastique, deux paires de chaussures, sa trousse de maquillage, deux cents marks que lui avait donnés sa grand-mère et quatre cents autres marks tirés de sa tirelire. Elle demanda à ses amis de prévenir le patron du Salon, économisant ainsi un appel téléphonique, et comprit qu'il allait dorénavant lui falloir préserver son petit pactole. Grâce à une famille de juifs convertis qu'elle rencontra à l'église – elle suivait les préceptes de son éducation religieuse et allait à la messe –, elle dégota un petit hôtel entre le Richmond et la gare. Il s'avéra, en prenant possession de sa chambre où elle trouva des mégots tièdes sur le rebord de l'évier et constata les allées et venues incessantes dans l'escalier ainsi que les gémissements derrière les volets clos, qu'elle avait posé ses valises dans un hôtel de passe. Elle s'y installa néanmoins, quittant sa chambre rouge à cinquante-cinq francs la nuit pour une autre moins rutilante à sept francs et déménageant dans les rues avec ses housses à vêtements sur le dos.

Elle entreprit, sur-le-champ, d'obtenir un emploi en sonnant aux portes des amis de ses vagues relations de boîtes de nuit, lesquels, hélas, ne lui trouvèrent rien. Elle ne parvint à rien non plus seule. Il est vrai que l'ignorance complète qu'elle avait du français s'avérait préjudiciable. Elle se promenait au bord du lac, demandant des renseignements à tous les promeneurs qu'elle rencontrait afin d'avoir une occasion d'apprendre du vocabulaire nouveau, de se familiariser avec l'accent et de grappiller des mots à la volée mais ne pouvait soutenir un entretien d'embauche ni même lire les petites annonces. Elle fréquentait les brasseries à bon marché, commandant seulement ce qu'il y avait de moins cher et ne trouvait rien à faire. Pour la première fois de son existence, Marianne qui jamais ne s'était lamentée sur son sort s'inquiétait. Lorsque ne lui restèrent plus dans son sac à main que deux cents marks, elle envisagea même de repartir à Nuremberg. Devait-elle rentrer ou rester ?

Deux semaines auparavant, elle avait pris soin de téléphoner à Vera pour lui demander de liquider son studio afin qu'elle n'eût pas à continuer à en payer le loyer. Charge à cette dernière de vendre les meubles de Marianne et d'en récupérer l'argent à son profit ainsi qu'à celui de sa petite demi-sœur. Grâce à cela, elle était sûre au moins que sa résiliation de loyer serait faite. Revers de la médaille, elle n'avait désormais plus de point de chute à Nuremberg. Et il était hors de question d'envisager de revenir chez son père, plutôt crever de faim au bord du lac de Genève. Retourner à Nuremberg, c'était renoncer à tout espoir de changement, c'était admettre que ses rêves ne se réaliseraient jamais, c'était capituler devant l'adversité, c'était manquer de courage.

Mais ses réserves financières continuaient à fondre. Elle revint au Bataclan revoir Mme Irène qui l'engagea ou à se déshabiller ou à grimper sur un tabouret de bar avec une jupe fendue. Marianne, elle, ne pouvait, fût-ce pour survivre, se résoudre à se mettre nue ou à se vendre. Non, décidément, elle n'était pas encore parvenue à cette dernière extrémité. Elle refusa donc les propositions qu'elle jugea malhonnêtes. « Avec ta chute de reins et ta paire de seins, tournée comme ça, tu es une belle bécasse de ne pas en profiter : tu ne manquerais jamais de travail ! » Mme Irène lui versa plusieurs coupes de champagne, mais Marianne ne se laissa pas griser.

Dans la rue, au sortir de son hôtel, un homme d'une soixantaine d'années l'aborda, chapeau à la main, pour lui dire qu'il l'observait depuis quelques jours et la trouvait ravissante. Il possédait plusieurs usines, avait été marié quatre fois et avait divorcé quatre fois. Sa dernière femme recevait une pension de quatre mille marks par mois. Il lui proposa de lui allouer la même somme d'argent si elle consentait à l'épouser. Elle refusa. Gentiment, car on ne peut reprocher aux gens le désir qu'on leur inspire. Marianne qui savait qu'elle n'était pas vilaine admettait parfaitement que les hommes manifestassent leurs sentiments à son égard une fois mais une seule. Elle n'admettait pas qu'ils insistassent sans fin lorsqu'elle leur avait clairement opposé une fin de non-recevoir. Chacun peut tenter sa chance mais personne ne doit devenir pesant.

Elle en fut donc réduite à manger un unique hot-dog par jour. Voyant qu'il n'y avait pas d'issue à son problème, elle en pleurait chaque soir de désespoir, allongée sur le lit de la chambre de son hôtel de passe sans vue sur le geyser, ce qui aurait constitué une piètre consolation tant sa vue la comblait. Regrettant quand même d'avoir éconduit le vieux soupirant qui avait voulu faire d'elle sa cinquième femme, elle restait des heures à traîner dans la rue, à l'endroit où il l'avait abordée, dans l'espoir de le rencontrer à nouveau pour, cette fois c'était sûr, accepter sa demande en mariage. Elle ne le retrouvait pas et pleurait de plus belle.

Elle ne réalisa donc pas d'emblée, abîmée dans son chagrin, que le salut lui arrivait lorsque la porte de sa chambrette s'ouvrit. Le patron de l'hôtel de passe, intrigué par les sanglots de sa cliente, venait aux nouvelles. Marianne lui raconta ses malheurs et pleura sur son plastron. Compatissant, l'hôtelier l'emmena dans sa cuisine où sa femme, maquillée comme une voiture volée et laquée comme un paravent chinois, lui réchauffa du café. Marianne, reniflant et hoquetant, en avala trois tasses accompagnées de sept croissants. Elle mangea aussi du beurre et du fromage, des figues et de la confiture. Et elle en eut le hoquet tandis qu'elle entendait ses hôtes converser à son sujet. Ils parlaient en français. Elle ne comprit ce qui se tramait que lorsque le patron lui expliqua en allemand qu'il allait s'occuper d'elle et lui dégotter quelque chose de bien. Sur-le-champ, il téléphona à quelqu'un, parlementa et raccrocha, visiblement satisfait.

« Mon ami, lui dit-il, m'a interrogé à ton sujet. Il m'a demandé si tu étais belle. J'ai répondu que j'avais rarement vu une fille aussi belle et aussi sexy que toi. Il m'a dit de te conduire jusque chez lui. » Sortant du garage sa Peugeot brinquebalante qui mit du temps à démarrer dans un bruit de casserole et calait toutes les deux minutes, il installa en pleine nuit Marianne à son côté. Et l'emmena vers les beaux quartiers de la ville. Un quart d'heure plus tard, la vieille automobile pilait net devant le plus bel immeuble de Château-Banquet, le quartier chicissime de Genève. En posant le pied sur l'allée de graviers blancs qui crissa doucement dans la nuit silencieuse, elle marcha vers la porte d'entrée, à peine anxieuse de ce qui allait lui arriver. Elle ignorait alors que, dans les secondes à venir, elle allait tomber, sans dot, sans bagages, sans calcul, sans tralalas, sans chi-chis dans les bras de son premier mari.

Chapitre 8

Il paraissait grand, fort et très beau. Trop beau. Elle n'en crut pas ses yeux. Il devait avoir trente-cinq ans, un visage régulier, une peau lumineuse, le nez droit, des cheveux noirs qui brillaient, des yeux bleus qui changeaient de nuances, des fesses musclées, de larges épaules, des mains solides. Quand elle le vit, au milieu du hall de marbre, Marianne n'en revint pas. Et elle n'en est, aujourd'hui, toujours pas revenue. Ce monsieur Jean présentait au mieux dans son blazer bleu à boutons dorés. À son côté, son ami Jacky ne le quittait pas d'un pouce. D'emblée, le patron de l'hôtel de passe rapporta à M. Jean, patron d'un grand salon de beauté genevois, les propres propos de Marianne, ceux qu'elle lui avait tenus lorsqu'elle inondait son oreiller de larmes. Ne mangeant pas à sa faim, elle était prête à tout accepter en guise de travail.

« Quel est ton métier ?

— Je suis esthéticienne !, avait-elle fièrement déclaré.

— Je m'en fiche, lui répliqua-t-il en ajoutant, ici, on

ne fait pas de soins de beauté. On ne s'occupe que des cheveux. On les coupe, on les frise, on les teint. On fait ce que tu ne sais pas faire !

— Je peux apprendre ! Je veux apprendre ! Je peux faire des soins de beauté en plus, lâcha-t-elle.

— Tu parles français ? Tu parles anglais ? », lui avait-il demandé.

Elle avait répondu que non. Il avait alors hoché la tête avec commisération avant d'ajouter : « Ce n'est pas possible. Ici, dans mon institut, d'abord, il ne s'agit pas de mettre de la crème. Ensuite, si tu ne parles que l'allemand et si tu ne parles pas le français ni l'anglais, le boulot n'est pas pour toi. » Marianne s'emporta. « Je vais apprendre le français en un mois, pas un jour de plus, pas un jour de moins ». M. Jean, à son tour, s'emporta. « Tu ne le pourras pas ! » s'écria-t-il. Marianne, froidement, répliqua que si. Et elle continua en poursuivant à haute voix qu'elle était prête, en attendant la fin de la période d'un mois qu'elle demandait pour apprendre le français, à accomplir les besognes dont personne ne voulait. Ramasser les serviettes sales. Lessiver le sol. Ranger le linge propre. Il était tard. Il ne voulait pas discuter. Il la trouvait énergique et volontaire, sachant ce qu'elle voulait, sans minauder. Il accepta. Elle fut ainsi, au beau milieu de la nuit, engagée pour le lendemain.

Le patron de l'hôtel de passe, M. Jean et son ami Jacky ayant tourné les talons, rembarqua Marianne dans sa voiture et la ramena dans son lit. Au long des journées qui suivirent, elle tint parole et fit ce qu'elle avait promis. Elle demanda et obtint une avance financière afin d'acheter des cassettes enregistrées à l'aide desquelles, matin et soir, avant et après le travail, elle apprenait le français. Dans le salon de beauté, au milieu duquel se trouvait un aquarium où nageaient des poissons rouges avec des reflets dorés, elle ramassait les serviettes sales, lessivait le sol et rangeait le linge propre. Tous les samedis, elle allait à la blanchisserie voisine et remplissait entre quinze et vingt machines qu'elle surveillait.

Elle quitta sa chambre de l'hôtel de passe, embrassa le patron et la patronne qui mettait trop de maquillage et déménagea pour une grande pièce avec vue sur le lac à quarante-huit francs de loyer par semaine, soit la moitié de son salaire. Sa nouvelle logeuse lui confectionnait des gâteaux de noix qui, à la longue, finirent par arrondir ses formes. M. Jean la trouvait cependant ravissante. Il n'arrêtait pas de le faire remarquer à tous ses amis mais n'esquissait aucune manœuvre d'approche. Il passait ses journées avec son ami Jacky et trouvait son employée d'autant plus épatante qu'elle s'occupait de tout et lui était devenue indispensable. Il la laissait au travail pendant qu'il effectuait la tournée des cafés et bronzait sur une plage avec Jacky (elle les imaginait en ménage) à l'heure du déjeuner alors que Marianne, elle, recomptait la caisse et mettait de l'ordre dans les livres de banque. Elle réussit ainsi, en presque un an, à remettre à flot l'entreprise criblée de dettes par une mauvaise gestion. Reprenant les comptes en main, elle appliqua des principes d'économie et parvint à effacer une ardoise de cinquante mille francs.

M. Jean la prit alors, à son tour, en main. En lui préconisant un régime sans pain, sans beurre et sans charcuterie, tout ce à quoi elle avait été habituée dès le petit déjeuner de ses jours florissants en Allemagne, il lui fit perdre ses quelques kilos en trop afin qu'elle acquît la taille de reine des guêpes qui est toujours la sienne. Elle passa en effet sous la férule de M. Jean, de soixante-cinq à cinquante-cinq kilos. Lorsqu'elle mourait de faim, elle sortait du salon et s'enfermait dans une cabine téléphonique pour croquer des tablettes de chocolat noir en cachette. M. Jean lui fit aussi couper ses longs cheveux et lui donna un vrai chic. Elle fut, un temps, teinte en rousse mais revint à sa couleur d'origine.

Tout souriait donc à Marianne, mince et lookée, tout sauf M. Jean qui, en dépit de sa sollicitude, semblait sentimentalement et sexuellement rester de glace, ce qui n'arrangeait en rien les affaires affectives de Marianne qui le voulait. Lui et pas un autre.

Elle avait appris qu'il était marié à une danseuse classique sans cesse en tournée avec laquelle il avait des problèmes. Mais il ne tentait aucun geste. N'étant parvenue à rien au bout de presque un an de présence et de réflexion, elle décida d'entreprendre, elle, de grandes manœuvres de séduction. Avec un aplomb insensé, elle lui demanda un rendez-vous en privé pour lui parler d'un problème personnel. Il voulut savoir ce qu'il en était. Elle ne voulut rien lui en dire sinon lors d'un tête-à-tête. « Je ne suis pas libre à déjeuner », annonça-t-il. « Alors, à dîner ! », énonça-t-elle. Quand il lui précisa qu'il l'emmenait manger des escargots au persil et à l'ail, elle fut effondrée : le bouche-à-bouche espéré au dessert ne paraissait pas prévu au menu. Mais quand il ajouta qu'il était en train de divorcer, elle reprit du poil de la bête et espéra un rapprochement pour le café. Elle se lança dès lors à l'assaut de la forteresse en déclarant qu'un des concurrents de M. Jean lui avait offert le double du salaire qu'il lui octroyait pour la même place. Ce n'était pas vrai mais le mensonge le mettrait au pied du mur. Il accusa le coup, comprit peut-être qu'elle risquait de lui échapper et n'hésita pas. « Restez ! » lui dit-il en la fixant droit dans les yeux. En la ramenant chez elle, il proposa de s'arrêter pour boire un café. Chez lui. Marianne qui attendait cet instant ne voulut pas faire la mijaurée. Elle accepta et se pâma dans ses bras. Elle en fut très heureuse et M. Jean également puisqu'il la fit déménager dès le lendemain aux aurores afin qu'elle s'installât dans son appartement abandonné par la danseuse, partie sur la pointe des pieds. Visiblement, il avait attendu qu'elle effectuât le premier pas.

Marianne triomphait. Elle comprit ce jour-là qu'il faut parfois aider (forcer ?) les hommes à croire à leur bonheur. Les aider à être heureux. Il lui dit qu'il était amoureux d'elle, qu'elle lui était devenue indispensable. Peu après, Marianne se retrouva enceinte et épousa d'autant plus volontiers son amant à la mairie de Genève qu'elle obtenait ainsi un passeport suisse. Et, sept mois plus tard, elle accoucha en 1959 d'un beau (comme son père) gros garçon qu'elle appela Jean.

Mais à la naissance de son fils, hélas, la romance n'était déjà plus ce qu'elle avait été. Les époux qui ne se quittaient jamais puisqu'ils vivaient et travaillaient constamment ensemble voyaient leur parfaite harmonie se fissurer. Ils ne se trouvaient pas sur les mêmes longueurs d'ondes. Son mari aimait les pique-niques dans la montagne et recherchait une existence paisible et harmonieuse. Marianne rêvait, elle, d'épisodes mouvementés et d'une vie plus pimentée. Sans se fâcher, à l'amiable, ils décidèrent de se séparer. Jean trouva assez vite une autre fiancée, une belle Autrichienne brune dont il fit sa cinquième épouse.

Marianne restée seule se mit à sortir, parfois, danser le soir. Et à partir skier chaque week-end. Par un de ses amis, directeur d'une boîte de nuit, le Club 58 de Genève, elle fut présentée au baron Edmond de Rothschild. Qui ne manqua pas de lui dire qu'il la trouvait charmante. Grâce à l'étude de ses cassettes enregistrées et à ses contacts au Salon, elle parlait couramment le français, bien que cela ne l'empêchât pas, de temps à autre, de commettre une bourde magistrale. À son cavalier, elle glissa ainsi à haute voix, attablée dans un restaurant très chic de Genève dans lequel il l'avait invitée à diner : « Je suis vraiment très chaude ce soir ! » Comprenant qu'elle parlait plus de la température ambiante que de ses appétits sexuels, le baron lui conseilla d'enlever sa veste. Ce qu'elle fit, découvrant sa superbe poitrine ronde et ferme sur laquelle, tout en mangeant, il se cassa les yeux et les lunettes. Le baron sortit avec elle à plusieurs reprises, l'emmenant notamment danser joue contre joue au Club 58 où il lui disait des choses douces à l'oreille du bout de la langue et en allemand qu'il était très fier de parler couramment. Le directeur, grand copain de Marianne, venait chuchoter à son oreille, lorsqu'elle s'y trouvait seule, que M. de Rothschild ne souhaitait pas qu'elle dansât avec d'autre cavalier que lui. Le baron avait pourtant, ce n'était un mystère pour personne, une maîtresse officielle à Genève. Et il épousa par la suite la comédienne Nadine Tallier que Marianne connut, lorsque toutes deux étaient baronnes, en séjournant dans un hôtel que possédait la femme de son exsoupirant.

Marianne, par des amis allemands, rencontra un jeune étudiant péruvien qui la faisait rire et s'était amouraché d'elle au point de vouloir la ramener vivre avec lui au Pérou. Rien ne pouvait l'en dissuader. Marianne adorait la musique exotique. Pedro lui jouait de la guitare, dans les parcs et sous les châtaigniers, sur les bancs publics. Elle trouvait cela d'autant plus romantique et exotique qu'il lui chantait, en même temps en italien, la célèbre rengaine « *Tu sei per me la piu bella del mondo* ». Pour ses beaux yeux noirs – pour une fois il n'avait pas les yeux bleus –, elle quitta le domicile conjugal où elle cohabitait sans trop de heurts avec son mari qui entama, dès lors, une procédure de divorce. Lui laissant leur fils en garde, elle vint s'installer chez son nouvel amant, fidèle à sa théorie de se refuser à se partager entre deux hommes.

Avec Pedro, Marianne, tout en continuant de travailler au salon, découvrit le monde étudiant. Elle venait attendre son petit ami à la sortie de la faculté et partageait sa vie universitaire. Sur le campus comme dans les pubs. Les parents de Pedro chez lesquels le jeune étudiant résidait en Amérique du Sud vinrent voir la fiancée à Genève mais, lorsqu'ils apprirent que la demoiselle en question était en train de divorcer et avait un bébé, ils furent pris de panique et s'empressèrent de mettre le holà à cette aventure en menaçant de couper les vivres à leur fils qui ne démordait pourtant pas de son idée. Ils auraient, à la limite, fermé les yeux sur le divorce mais pas sur l'enfant. Et Marianne ne voulait pour rien au monde abandonner son petit Jean. Elle le signifia à Pedro qui pleura et se prépara à retraverser l'Atlantique en solitaire à la fin de l'année universitaire.

Deux jours plus tard, lors d'une conférence pour

esthéticiens à l'hôtel Ambassadeur de Genève, Marianne rencontra un prince arabe affirmant être descendant du dernier bey d'Alger et se promenant avec une mallette de joyaux qu'il présentait comme des bijoux de famille et qu'il ne laissait jamais un instant sans surveillance. Il avait une quarantaine d'années, possédait deux Cadillac, une noire et une verte, et se servait tantôt de l'une tantôt de l'autre. Il fit un grand numéro à Marianne qu'il voulut, illico presto, emmener à la montagne passer deux mois au Palace de Saint-Moritz, station de ski mondaine où se retrouvait la crème de la crème. Conduisant une de ses Cadillac pendant que l'autre suivait avec ses malles, le prince embrassait dans les virages sa passagère qui pleurait comme une madeleine d'avoir quitté son Pedro.

Pour leur premier dîner dans la grande salle à manger de l'hôtel, le prince couvrit son invitée de tous les bijoux de sa cassette. En pénétrant dans la salle, elle fit un effet sidérant sur les convives (dont quelques-unes de ses clientes du salon de Genève) qui, en voyant arriver ce sapin de Noël ambulant, cessèrent de souper, ébahies par la transformation de leur petite esthéticienne. Les couverts demeurèrent, un temps, suspendus dans l'air. Marianne n'en fut pas fâchée même si sa transformation en vitrine de bijoutier la faisait sourire. Les parures étaient de très belles pièces de collection, authentiques et anciennes. Le prince avait toutefois une manie ahurissante qui agaçait Marianne. Chaque soir, en regagnant sa suite, il obligeait sa conquête à lui restituer immédiatement les bijoux prêtés qu'il remettait dans la mallette sous clé. Il les donnait uniquement pour la parade mais il ne les offrait pas. Il agissait de même avec une collection de robes et de manteaux impressionnante qu'il sortait de ses malles de voyage pour les lui confier et qu'il s'empressait d'y enfouir à nouveau dès qu'elle les ôtait. Avec Marianne, il agissait comme avec ses émeraudes, ses perles, ses diamants et ses fourrures. Il ne la lâchait pas de la prunelle à longueur de journée, assistant aux leçons de patinage sur glace qu'elle prenait l'après-midi et reprochant à son professeur de la serrer de trop près pour lui apprendre l'art du patin. Il ne la quittait pas d'une semelle et la bouclait dans sa suite dès qu'il avait à s'en absenter.

Excédée d'être utilisée comme vitrine ambulante et enfermée à double tour dès que le prince allait se faire tailler la barbe en pointe ou laver les cheveux à l'étage inférieur, la jeune femme pestait. Un beau soir, alors qu'elle était, comme d'habitude, transformée en châsse papale, Marianne dînait dans la grande salle à manger du Palace, face au prince, à une table voisine de celle de la reine Sirikit de Thaïlande en villégiature à la neige avec le monarque, son mari. La souveraine se cassait les yeux sur les parures de Marianne qui étincelait au moins autant que tout le trésor de son royaume. Soudain, dans un silence quasi religieux, passant en vol plané par-dessus l'épaule et l'assiette de Sa Majesté, traversant l'air guindé de la pièce lambrissée, atterrit dans l'assiette à consommé de Marianne un objet volant non identifié qui fit des bulles et des étincelles en y plongeant. Trempant sa cuiller dans le potage, Marianne rapporta à la surface un soutien-gorge de dentelles noires qu'elle reconnut immédiatement comme étant le sien. Sa pêche en main, elle n'eut guère le temps de s'interroger sur la provenance de sa lingerie intime. Face à elle, debout, surmontant la reine de toute sa stature de créature pulpeuse, une femme tirait une tête de dix pieds de long, sortait d'autres sous-vêtements de Marianne de son sac en crocodile et menaçait de mordre. « Je suis l'amie du prince », hurla-t-elle à Marianne. « Moi aussi ! » répliqua Marianne avec suavité en la regardant droit dans les yeux. Le roi de Thaïlande, gêné d'être au cœur d'un pareil affrontement sentimental menaçant de dégénérer, affichait un air circonspect et tous les clients du restaurant cherchaient à comprendre le pourquoi et le comment d'une telle altercation. Se souciant comme d'une guigne et des états d'âme du monarque et du protocole en vigueur à l'occasion de ses déplacements à l'étranger, la créature continua de plus belle. Elle expliqua être américaine, originaire de Chicago et habiter aux États-Unis avec le fameux prince arabe qui ne vivait que grâce aux subsides qu'elle lui avait prêtés. Elle avait fait le voyage d'outre-Atlantique avec sa mère, propriétaire d'une chaîne de restaurants, pour le(s) récupérer sur son lieu de vacances. Ayant pu pénétrer dans la suite, elle y avait trouvé des sous-vêtements féminins et entendait déloger l'intruse et récupérer son promis, fût-ce à force de taloches. Marianne aimait bien le prince mais pas au point d'en venir aux poings, précisément, pour cet homme qu'elle soupçonnait n'être qu'un aventurier, avec cette virago excitée devant une assistance choisie dont certains membres la connaissaient et attendaient fébrilement la suite des événements. Comprenant que rien de sérieux ni de bien ne pourrait lui arriver avec un homme aussi volage, craignant de se retrouver un jour dans la position de la lanceuse de soutien-gorge, elle choisit de baisser les bras. Elle se leva donc de table, non sans saluer dignement Leurs Majestés thaïlandaises aux regards amusés et, laissant le prince finir son dîner au cours duquel il lui avait d'ailleurs demandé de l'épouser, écartant la fiancée pas calmée, passant devant la table où Aristote et Tina Onassis dégustaient des crèmes glacées, elle regagna les étages et appela au secours son Pedro, qui, à Genève, s'apprêtait à repartir pour le Pérou afin d'y retrouver les siens. Elle en avait soupé de son prince.

L'ex-fiancé péruvien déboula le lendemain matin à Saint-Moritz à un moment parmi tant d'autres où Marianne était prisonnière dans la suite, le prince se trouvant, lui, dans le salon de pédicure avec la clé dans sa poche. S'enquérant de son numéro de chambre, grimpant dans les étages, lui parlant à travers la porte, Pedro conçut l'idée de la faire évader. « Comment ? », s'inquiéta-t-elle. « Tu vas sauter par la fenêtre ! », préconisa le Péruvien. Ils convinrent donc d'un rendez-vous à deux heures du matin lorsque le prince dormirait. Du deuxième étage où elle résidait, à l'horaire convenu, Marianne sortit sur le balcon. Le prince ronflait. Elle vit Pedro, sur un tapis de flocons, l'inciter à faire le grand saut en agitant les bras. Elle hésita quelque peu. Il lui demanda de balancer ses valises. Elle les fit passer par-dessus la balustrade. Puis, gardant au doigt un rubis de vingt carats que son prince avait, avant de se coucher, oublié de lui enlever, elle envoya son manteau de fourrure en vison à Pedro qui l'étendit sur le sol pour mieux la réceptionner et qui la pressa de suivre le même chemin par la voie des airs. Ce qu'elle fit après avoir enjambé la rambarde de fer. Elle tomba ainsi directement dans ses bras et ils roulèrent enlacés dans la neige. Il se releva et la porta jusqu'à sa voiture parce qu'elle s'était fait mal à un genou en atterrissant. Et ils prirent tous deux la direction de Genève.

Au bout de quelques kilomètres, en pleine nuit, sur la route qui n'en finissait pas de tourner, apparurent les phares d'une voiture qui les suivait. Qui les talonnait. Qui se rapprochait. Qui les collait. Qui les doublait. C'était une Cadillac. Verte. Celle du prince qui, c'était évident, violent et jaloux comme il l'avait montré, ne devait pas être d'une humeur angélique. Frissonnant dans son vison caramel, son rubis princier de vingt carats au doigt, Marianne se sentit soudain dans ses petits souliers.

Chapitre 9

La Cadillac du prince plus rapide que la BMW de Pedro, après s'être rapprochée, les doubla dangereusement. Elle finit par les dépasser et se mettre en travers de la route en les bloquant sur le bas-côté et en les obligeant à s'arrêter. C'était le chauffeur qui conduisait. Le prince ouvrit la portière du passager, sortit précipitamment avec un air méchant et se retrouva nez à nez avec Pedro qui, lui aussi, avait bondi hors de son véhicule. Le prince réclama Marianne. Et aussi le bijou et le manteau. « Tu me les as donnés », lui lança-t-elle de son siège. « Non, je te les ai prêtés ! » « Non, non et non » martelait-elle, assise dans la voiture du Péruvien. Immédiatement, les deux hommes se jetèrent l'un sur l'autre et roulèrent dans la neige. Le prince était plus grand et plus massif. Pedro plus souple et plus râblé. Il eut assez vite le dessus. Ils s'assénaient de gigantesques paires de claques entrecoupées de forts coups de poing. Le sang coulait, maculant de taches rouges le tapis de flocons immaculés. Marianne criait « Pedro ! Pedro ! » pour calmer l'ardeur combative du Péruvien qui démolissait le portrait du pauvre prince. Cabossé mais pas trop amoché, Pedro remonta dans la voiture, laissant son adversaire à demi assommé sur le sol. Marianne chuchota : « Nous en aurons des nouvelles bientôt. »

Elle ne se trompait pas. Quelques jours plus tard, elle reçut une lettre recommandée la priant de se rendre dans un cabinet d'avocat à la suite d'une plainte pour vol déposée par le prince. Marianne, en revenant à Genève, avait récupéré son fils et s'était installée chez Pedro qui, heureux de la récupérer, espérait, du coup, ne pas avoir peut-être à repartir seul pour le Pérou. Elle était heureuse que son bel amant l'eût sortie d'une situation ridicule à Saint-Moritz mais elle n'envisageait pas pour autant le futur avec lui, refusant toujours de laisser son petit Jean derrière elle.

Son divorce d'avec Jean fut prononcé et elle ne reçut rien, mais fit contre mauvaise fortune bon cœur. La plainte pour vol et recel suivait son cours. Marianne fut reçue par l'avocat l'ayant convoquée, maître Ciclounov, qui lui transmit l'exigence du prince de récupérer la fourrure et le bijou avec lesquels Marianne avait pris la poudre d'escampette. Irritée par la conduite du prince qu'elle ne trouvait gentleman en rien, la jeune femme signala que cet individu, avant de l'emmener à Saint-Moritz, était venu chez elle à Château-Blanquet et qu'il avait emporté, soi-disant pour en faire l'estimation, toute l'argenterie de sa grand-mère. Qu'elle n'avait jamais récupérée. Elle commença par refuser de restituer ce qu'elle considérait comme sa propriété personnelle, le prince lui en ayant, selon elle, fait cadeau. Elle ne varia pas de position au cours de plusieurs entretiens mais fut convoquée à nouveau. Cette fois, l'avocat avait à son côté un certain Ekka, chef de la police de Genève, qui la menaça de poursuites judiciaires immédiates si elle ne restituait pas, dans les trois jours, le bijou et la fourrure. Une confrontation avec le prince eut lieu. Se trouvant dans la pièce voisine de celle en laquelle Marianne avait été convoquée, il obligeait le chef de la police à faire le va-et-vient. Après plusieurs heures de ce petit jeu, Ekka avança, de la part du prince qui avait le visage très tuméfié et qu'elle voyait par la porte entrouverte, que si Marianne revenait à lui en acceptant de reprendre la vie commune, elle pourrait garder le manteau de vison caramel et le rubis de vingt carats comme présents, l'avocat servant d'intermédiaire pour établir un contrat en bonne et due forme. Lorsqu'elle entendit cette proposition, Marianne courut chez Pedro récupérer et le manteau de vison caramel et la bague de rubis de vingt carats qu'elle rendit à l'avocat en le priant de dire au prince qu'elle ne voulait plus jamais entendre parler d'un goujat pratiquant cette forme de chantage. Le prince s'obstina néanmoins à la poursuivre de ses assiduités. Marianne le menaça, à son tour, de la police. Alors il lui ficha la paix. Et Pedro fit de même puisqu'il s'envola pour l'Amérique du Sud peu après.

Marianne se retrouva donc seule avec son fils. Elle fut, un soir, invitée par un vague ami avec lequel elle faisait de l'équitation, à une soirée annoncée comme formidable avec des bourgeois de la meilleure société genevoise dans une belle villa sur le lac. Le maître de maison avait eu un terrible accident de ski dix ans auparavant et se déplaçait à travers ses salons dans une chaise roulante. C'était un très bel homme d'une quarantaine d'années aux yeux extrêmement vifs. Marianne s'étonna de voir que les gens présents qui la connaissaient, il y en avait plus d'un, la regardaient en riant. L'hôte, dans sa chaise roulante, vint se placer à côté d'elle en la contemplant avec une insistance qui la mit mal à l'aise tant elle paraissait dénuée de toute tendresse. Il mit alors la main dans son corsage en lui disant qu'elle avait de très beaux seins. Marianne recula d'un pas. « On ne vient pas chez moi pour jouer à la mijaurée ! » glapit-il, mécontent. Se rapprochant de celui qui l'avait amenée dans cette maison, elle lui demanda ce qui s'y passait. « Mais une partouze, ma chère » lui répondit-il, goguenard. Marianne reprit immédiatement son manteau et repartit chez elle. Elle n'était pas bégueule mais elle n'éprouvait et n'éprouva jamais d'attraits pour ce genre d'occupations particulières. À chacun de faire ce qu'il veut et que les plus gênés s'en aillent. Elle partit donc voir ailleurs.

Elle habitait toujours Château-Banquet où son voisin de palier était un riche et jeune diamantaire libanais qui lui faisait un peu de frais mais auquel elle n'avait jusqu'alors accordé qu'une attention très distraite. Elle répondait à ses bonjours en souriant, sans plus, jusqu'au jour où il l'invita un dimanche à déjeuner en compagnie de célébrités locales de ses amis. Elle vint pour l'apéritif puis, avançant qu'elle devait réserver un appartement à Megève pour de lointaines vacances de neige, planta là la compagnie. Le voisin fut snobé. Et elle le fut, elle, tout autant quand séjournant pour un long week-end à Cannes avec son fils, elle le croisa sur la Croisette au bras de Miss Suisse. Se revoyant à Genève, ils s'y surveillaient du coin de l'œil : elle le trouvait joli garçon, bien découpé.

Marianne adorait faire du ski nautique et passait beaucoup de temps à s'entraîner au sein d'un club sur le lac Léman. À force de pratiquer, elle était devenue une championne. Un membre du club, américain de passage lui aussi, l'invita un jour après une promenade sur les flots à boire un verre dans un bar chic. Il y fut rejoint par un de ses copains, américain de passage lui aussi. Il le présenta à Marianne et tous trois discutèrent en buvant des jus de fruits. Entrée dans le bar avec le premier, Marianne ressortit au bras du second. Elle eut ainsi une aventure de quelques mois avec Warren Avis, alors célibataire et très élégant, qui possédait la société mondiale de location de voitures portant son nom. Il ne parlait pas le français. Elle ne parlait pas l'anglais... ce qui limitait leurs conversations mais pas leurs rencontres. Ils traversaient le lac à ski nautique et se rendaient au château de Coudray où ils passaient la nuit ensemble. Marianne attrapa une hépatite et ne sortait pas de sa chambre, obligeant son soupirant à l'attendre seul à la salle à manger. Par la suite, Warren repartit pour les États-Unis et Marianne le retrouva, des années plus tard, au Mexique, marié et heureux.

Agacé de voir que la voisine pour laquelle il en pinçait s'affichait avec un fiancé américain, le jeune diamantaire libanais, regrettant de ne pas pratiquer le ski nautique se jeta, dès qu'Avis s'en alla, à l'eau et à son cou. Prénommé Nino, il proposa à Marianne une liaison sur canapé, un soir, en rentrant de dîner, entre la poire et le fromage, sur la banquette avant de sa Cadillac décapotable. Elle commença par renâcler, le sachant coureur comme pas deux, ayant constaté les allées et venues des reines de beauté régionales défilant dans son appartement. Ne voulant pas être un numéro parmi d'autres, elle l'obligea à l'inviter dans les bars d'hôtel et les cafés de la ville parce qu'elle ne tenait pas à mettre les pieds chez lui. Puis, curieuse et esseulée, elle finit par succomber. Et par le fréquenter de plus en plus.

Le voisin se révéla agréable en tout. Marianne sait, depuis, que le bonheur peut parfois se trouver à portée de main sans qu'on le voie. Nino était ami avec le prince Victor-Emmanuel de Savoie, fils du dernier roi d'Italie Umberto et de la reine Marie-José, et héritier du trône. En compagnie de son ami, de Son Altesse Royale et de la jolie Marina Doria, championne de ski nautique et fille d'un marchand de biscuits devenue sa femme, elle allait faire du ski en haute montagne. Elle se retrouva ainsi un soir dans les bras d'Yves Montand. S'étant cassé la jambe à Crans-sur-Sierre dans une descente dangereuse quelques semaines auparavant, elle ne se déplaçait qu'avec des cannes et des difficultés. Occupant une chambre sans Nino à l'hôtel Catalina, en compagnie d'une amie princesse se présentant comme la sœur du maharadjah de Pathjala, elle grimpait tant bien que mal l'escalier extérieur lorsqu'elle se sentit soulevée dans les airs par une paire de bras masculins. Le chanteur français en vacances à Courchevel sans Simone Signoret mais avec des copains, désireux de se montrer galant en voulant l'aider, la porta jusqu'au bar, l'installa sur un haut tabouret, et joua les jolis cœurs, allumant cigarette sur cigarette et lui poussant quelques chansonnettes dans le creux de l'oreille avant de la re-porter jusqu'à sa chambre.

Elle se retrouva, un peu plus tard, et pour plusieurs

autres soirs, dans les bras de Gilbert Bécaud. À nouveau à Crans-sur-Sierre où elle skiait toujours sans Nino. En l'absence de ce dernier, reparti à Genève pour ses affaires, elle se lia avec le compositeur de chansons Pierre Delanoë qui l'invita à dîner dans la maison du chanteur dont les murs de verre donnaient à ceux qui y séjournaient l'impression de vivre, au chaud, au milieu de champs de neige. Bécaud lui chantait, près de la cheminée, *Marianne de ma jeunesse* en lui répétant, sans jamais s'en lasser, qu'elle avait la fraîcheur d'une rose. Passant ses journées avec Gilbert et ses paroliers, Pierre Delanoë et Louis Amade, Marianne vit et surtout entendit ainsi naître *L'important, c'est la rose* à elle fredonnée en premier. Lorsque Nino revint à Crans, en trouvant sa fiancée tendrement enlacée avec le chanteur sur la piste de danse d'une discothèque, il cria très fort. Marianne cria plus fort encore et voulut rompre sur-le-champ. Aussitôt, Nino redevint doux comme un agneau et couvrit, prouvant qu'il ne manquait pas d'humour, sa fiancée de roses rouges. Marianne s'en réjouit et se félicita de l'avoir rendu si jaloux. Elle comprit qu'il faut savoir, parfois, s'obliger à rendre les hommes jaloux parce qu'ils croient toujours que la femme qu'ils aiment leur est acquise à vie. Toute personne amoureuse, quel que soit son sexe, le pense, aussi est-il bon, de temps à autre, de prendre ses distances et de souffler sur une flamme pour la faire repartir de plus belle.

De la même façon, le retour intermittent de Miss Suisse dans la vie et l'appartement de Nino crispa Marianne qui, dépitée, décida d'arrêter son rapprochement avec le voisin. Pour ne plus le voir qu'en copain. Une fois Nino lui raconta qu'il venait de perdre sa fortune dans le krach de l'Intra Bank. Le banquier d'origine palestinienne, qui avait débuté dans le métier en changeant de l'argent sur des tables pliantes dans les rues de son pays, avait fait faillite et ne pouvait rembourser ses clients. Il avait été arrêté par la police dans son lit, les enquêteurs découvrant sous son matelas, ses draps et ses oreillers, quantité de fourchettes et de cuillers en argent volées dans les hôtels fréquentés par ce kleptomane. Un kleptomane érotomane puisque la vision de son butin le mettait en érection et lui permettait de faire l'amour avec les jeunes filles qui lui plaisaient. Il est vrai que l'homme n'était pas à une bizarrerie près puisque ses hommes de confiance, des Arabes, avaient des doigts en moins. Selon Nino, ils venaient tous de pays où, quand quelqu'un volait quelque chose, un doigt lui était coupé sur la place du marché.

Ruiné par la déroute de l'Intra Bank, Nino souhaitait aller se refaire la cerise en Afrique, là précisément où il avait réussi, autrefois, à amasser des mille et des cents. Il expliqua à Marianne qu'au Liberia où il retournait, il suffisait de se baisser pour ramasser les diamants bruts que les chercheurs noirs apportaient aux courtiers dans des boîtes de conserve de sardines vides. Nino vendit ses biens à Genève et serra sa voisine contre lui en la quittant. Marianne fut triste de ce départ. Arrivé à destination, il l'appela tous les jours. Et, ému et amoureux comme un fou, lui demanda de le rejoindre. Contre toute attente, l'invitation toucha Marianne plus qu'elle ne l'aurait cru. Et elle ressentit soudain l'envie de changer d'atmosphère. Elle vendit alors ses deux salons de coiffure. Lors de leur divorce, Jean lui en avait cédé un en échange d'un arrangement financier. Sa grand-mère lui avait donné les dix mille francs de mise de fonds initiale et elle versait à son ex-mari mille francs par mois. Avec ses économies, elle était parvenue à en acheter un second. La vente de l'ensemble lui rapporta deux cent cinquante mille francs suisses. Par ailleurs, elle n'avait aucune dette grâce à un haut fonctionnaire du ministère des Impôts qui, à deux reprises, lui avait purement et simplement fait sauter deux mises en demeure avant saisie. La première concernait ses fournisseurs dont elle faisait traîner les factures jusqu'à ce que, multipliant les lettres recommandées et ne pouvant se faire payer, ils acceptassent, sur l'instigation dudit haut fonctionnaire, moyennant d'interminables délais, des remboursements de 20 à 30 % seulement de leur montant. La seconde concernait sa feuille d'impôts qui, cette année-là, passa à la trappe. Marianne n'avait rien demandé mais se trouva impliquée dans la combine du filou qui ne voulait pas coucher avec elle en contrepartie mais cherchait à lui extorquer de l'argent en échange de ce genre de services qu'il imposait à d'autres. L'ayant payé, riche de son pécule, libérée de charges, Marianne, parce qu'elle n'avait plus rien à faire à Genève et ne vivait que pour tenter sa chance en tout et partout, confia son petit Jean à son ex-mari. Si le coin d'Afrique dont lui parlait Nino regorgeait de diamants au point qu'il suffisait de se baisser pour les ramasser, pourquoi ne pas y courir ? Elle chercha sur une carte où était le Liberia, le trouva coincé un peu au-dessus de l'Équateur, sur l'océan Atlantique, à la pointe sud-ouest de la corne africaine entre le Sierra Leone et la Côte d'Ivoire. Empaquetant ses robes et sa trousse de maquillage dans cinq valises, elle présenta à l'hôtesse de l'aéroport les souches du billet d'avion pour

Dakar puis pour Monrovia que lui avait fait parvenir Nino et, sans un regard en arrière, s'envola, en croquant une plaque entière de chocolat noir, pour l'aventure.

Cette fois, la vraie. Celle des grands espaces et des horizons lointains. Celle qui vous abat ou vous grandit. Celle qui vous perturbe à jamais et dont Marianne n'avait pas même idée qu'elle pût exister ni surtout qu'elle l'emmènerait en un pareil point de non-retour extrême.

Chapitre 10

Marianne pressentait en posant son escarpin sur le sol de Monrovia, capitale du Liberia, que la vie, ici, serait autre. Et il fallait qu'elle fût vraiment différente de celle de Genève, ville de ses rêves, pour qu'elle ne s'y ennuyât pas et décidât d'y demeurer. Située au cœur d'une zone de bush et entourée de collinettes hautes d'une centaine de mètres, Monrovia avait été fondée par les premiers colons américains et baptisée en hommage au cinquième président des États-Unis James Monroe. L'air y était le plus pluvieux de tout le continent africain. Les tombereaux d'eau qui dégringolaient du ciel détrempaient et délavaient tout et, s'ils se révélaient favorables aux cultures, occasionnaient des dégâts importants et perturbaient les transports. Les rues étaient défoncées et les immeubles ravinés. L'odeur de l'Afrique, mélange de fruits sucrés, de moiteur humide, de caoutchouc surchauffé, de légumes pourris et de jungle fauve fut sa première impression et traîne encore au bout de son nez lorsqu'elle revoit les épisodes de sa vie qui s'y sont déroulés.

Nino l'attendait à l'aéroport avec une Lincoln noire conduite par un chauffeur. Il la ramena en ville alors que le soir commençait à tomber et qu'au-dessus de leurs têtes le ciel d'Afrique se zébrait de lueurs orangées qui le déchiraient en traînées vertes et le trouaient d'éclairs bleutés comme il n'en existe nulle part ailleurs. Nino vivait au Ducar-Palace avec un bataillon de domestiques en un appartement à air conditionné (que Marianne découvrait). Dès le premier jour, elle reçut un des plus grands chocs de son existence en voyant défiler des kilos de diamants apportés par des courtiers dans des boîtes de conserve vides. Marianne apprit ainsi à reconnaître dans ces monceaux de caillasse les « chip-chip », petits comme des grains de sable, et les « courted », vert foncé comme les émeraudes, tous envoyés chez des négociants en Belgique. Nino avait pour partenaire un diamantaire juif d'Anvers, Jack Groblatt, auquel il adressait, par fret aérien, ce qu'on appelait des « paquets » de diamants qui, assurés très cher, arrivaient toujours à destination. Le sous-sol appartenant à l'État libérien, il fallait obtenir une concession en payant plusieurs centaines de milliers de dollars aux politiciens locaux, et même, disait-on, aux plus hautes autorités de l'État.

Marianne se prit au jeu. Et engagea un robuste Allemand prénommé Helmut qu'elle installa dans une cabine de bain de son appartement spécialement aménagée pour la taille des pierres. Un jour, un courtier apporta un gros caillou de vingt carats qu'Helmut, sur ordre de Nino, tailla en « pership », c'est-à-dire en forme de cœur. Nino fit monter en bague la pierre précieuse qui fit, dès lors, cinq carats, et il composa un ensemble complet en y ajoutant une paire de boucles d'oreilles qu'il offrit à Marianne.

À Monrovia, gâtée par son fiancé qui, pour elle, voulait le meilleur, elle ne s'ennuyait donc pas, n'en ayant pas le temps. Elle devait souvent aller rechercher Helmut qui se saoulait à en rouler ivre mort sous les tables et restait plusieurs jours à cuver au fond de bouges infâmes. Une fois, elle le récupéra à l'hôpital où il séjournait depuis huit jours, ayant été retrouvé dans la brousse, allongé, imbibé de whisky, au milieu d'un nid de crotales qui lui avaient fait d'énormes trous dans les cuisses. Comme le venin s'était dilué dans l'alcool il en était ressorti vivant.

Marianne devint rapidement l'attraction locale de la capitale baignée par un air humide mêlant les odeurs de fleurs et d'épices. Interpellée par des policiers à la suite d'un excès de vitesse (faute sévèrement réprimée par les lois du pays préconisant la mise en prison immédiate du contrevenant) dans des rues qui commençaient à peine à connaître l'asphalte, elle parlementait au carrefour pour éviter l'arrestation lorsque vint s'arrêter, au côté de sa Lincoln noire, la limousine à fanions du ministre libérien des Finances, qui prit sa défense et incita les représentants des forces de l'ordre à la clémence. Charmé par l'accent de Marianne qui lui rappelait celui de sa femme, allemande d'origine, il l'invita à dîner le soir même dans sa résidence. L'épouse de Son Excellence avait préparé du poulet au chocolat et des épinards au sucre. L'assistance se régala et Marianne fut lancée, du jour au lendemain. Elle fréquenta dès lors la haute société occidentale et copina avec les femmes des ambassadeurs d'Allemagne et de France, mais aussi d'Israël, d'Italie et de Suède. Chacune organisait un repas à tour de rôle. Marianne préparait, elle, des plats germaniques et des dîners de choucroute, expédiée de Genève. Lors du grand bal annuel de la capitale, elle fut élue femme la plus élégante du pays alors qu'elle s'habillait uniquement de robes confectionnées sur place par des couturières installées avec leur machine à même le trottoir qu'elle appelait, nom qui leur est resté, « les Dior ». Elles accordaient les couleurs des vêtements qu'elles lui créaient aux teintes zébrées du ciel. Dans des tenues taillées et cousues par elles, elle arpentait, un turban sur la tête, la rue principale, blonde brûlante marchant en escarpins sur l'asphalte où ses talons s'enfonçaient par au moins cinquante degrés à l'ombre. Attirant les regards, elle aimait visiter les marchés que submergeaient des légumes et des fruits qu'elle n'avait jamais vus auparavant. À une époque où elle ne savait pas ce qu'elles pouvaient représenter de tortures animales et de menaces pour les espèces, elle acheta à un chasseur du marché de Monrovia des fourrures. D'abord une peau de léopard, puis une autre fois une autre peau à un autre chasseur, puis encore une autre à un troisième et ainsi de suite jusqu'à pouvoir s'en faire tailler un manteau qu'elle possède encore mais ne porte plus jamais.

Elle fut aussi présentée au célèbre président de la République du Liberia William Vacanarat Taubman qui la convia aux réceptions du palais. Descendant d'une famille originaire de Géorgie rapatriée au Liberia des décennies auparavant, le chef de l'État, fils d'un pasteur méthodiste, en poste pendant vingt-sept ans, figure charismatique du pays, lui raconta que le Liberia fut, pendant un siècle, le premier et seul pays libre d'Afrique. D'où son nom. L'idée de la création d'une contrée réservée aux ex-esclaves, affranchis ou libérés, désireux de revenir vivre sur la terre de leurs ancêtres avait germé aux États-Unis et abouti à la création du Liberia.

Marianne tapa dans l'œil de Chad, le fils du Président qui, au su et vu de toute la colonie étrangère, lui fit une cour pressante qui l'amusait mais qu'elle n'encourageait pas. Pendant que Nino travaillait sans relâche, Chad Taubman initiait Marianne au golf et l'aidait à devenir une championne, l'emmenant quotidiennement jouer sur le terrain de Firestone Plantation, parmi les serpents et les scorpions que chassaient les caddies.

La relative richesse du pays provenait, en fait, d'un prêt de cinq millions de dollars accordé en 1926 par la société Firestone en échange d'une concession d'un million d'acres de plantations d'hévéas pour une durée de quatre-vingt-dix-neuf ans. Les pneus américains prenaient donc naissance au Liberia et le développement de l'industrie automobile avait aidé à la prospérité. Firestone avait équipé la ville pour ses dirigeants locaux et aménagé notamment un superbe golf. Mais à cause de la température ambiante de quarante degrés, Marianne et Chad effectuaient seulement un parcours de neuf trous sur dix-huit avant d'aller se restaurer. Chad Taubman avalait, par repas, trois à quatre poulets (cuits) dont il arrachait les ailes et balançait les os par-dessus son épaule. Personne n'osant lui faire remarquer l'incongruité de la chose, tout un chacun l'imitait et jetait ses os de poulet dans le paysage.

Marianne aimait aussi aller à la plage où elle se rendait

seule et jouait au volley-ball. Chacun parlait alors le « Liberian English », un anglais adapté auquel manquaient les consonances finales. Elle adorait nager mais s'effrayait des rouleaux hauts comme des maisons qui pouvaient l'emporter au loin. Sur le sable, elle fit un jour la connaissance d'un Américain originaire du Michigan dont la mère était haïtienne et qui faisait de la pêche sous-marine. Angelo travaillait pour un financier international qui avait tout d'un escroc mais il le faisait à son rythme et en prenant son temps. Il était le citoyen le plus libre et le plus décontracté de tout Monrovia où il habitait depuis six ans. Très sportif, il arborait un look exotique et, aussi fort que musclé, il avait presque adopté la façon inimitable qu'ont les Noirs de bouger et que Marianne admirait tout en étant partiellement parvenue, elle aussi, à l'acquérir. Il lui apprit à danser au son du tam-tam durant des nuits entières pendant que Nino travaillait, ainsi qu'à prendre des pincées d'une poudre noire stimulante qui tenait éveillé des journées durant. Il lui apprit aussi à nager comme un poisson à contre-courant des flots pendant des heures. Il emportait sa carabine à la plage, tirait sur les noix de coco pour les faire dégringoler du haut des branchages, les sectionnait à la machette et en faisait boire le lait, additionné d'un peu de rhum et de glaçons, à Marianne. Celle-ci arrivait à leurs rendez-vous en Lincoln avec un panier de provisions, une glacière emplie de boissons, un grand parasol et un électrophone à piles. Elle mettait le disque en vinyle de la bande-son du film *Un homme et une femme* qu'elle avait trouvé en anglais, et le son de *chabada-bada* les faisait chavirer à l'endroit où les vagues venaient lécher le rivage. Ils oublièrent un jour le microsillon sur le tourne-disques et le retrouvèrent fondu. Tous deux prenaient une barque, naviguaient le long du rivage et nageaient au loin. Angelo la protégeait des requins avec sa carabine et des crocodiles qui pointaient leur gueule sur le rebord du canot en leur tapant dessus avec son fusil. Un jour, pendant qu'ils faisaient l'amour sur la plage, Angelo ressentit une violente piqûre dans le dos. Voyant qu'elle n'émanait que d'un serpent noir, elle fut rassurée car on lui avait dit que seule la morsure d'un serpent blanc était mortelle. Ils rentrèrent néanmoins dare-dare à Monrovia où un médecin soigna Angelo. Il eut la fièvre et Marianne crut qu'il allait mourir. Ne pouvant évidemment rien dire à Nino, elle avait du mal à lui rendre visite à l'hôpital. Heureusement il guérit et tous deux reprirent le chemin de leur plage isolée de Cupper Beach, seuls au monde, perdus dans l'éternité d'un temps qui semblait s'être arrêté et que, pour retrouver, Marianne donnerait tout. Là, ils mangeaient, dansaient, dormaient, faisaient l'amour dans les vagues, sur le sable, à l'endroit où, quelques années plus tard, la révolution s'étant déclarée, toutes les amies de Marianne restées au Liberia seraient pendues aux branches des palmiers ou abattues au pistolet au pied des cocotiers. De la femme de son avocat à Angela qui tenait le bar à filles où venaient s'encanailler, au petit matin, les Européens en quête de sensations fortes, elle n'en reverrait aucune vivante.

Sur cette plage, Marianne faillit, par un après-midi humide et moite, être initiée aux étreintes saphiques. Elle attendait Angelo seule, un peu plus loin que l'endroit où ils avaient rendez-vous lorsqu'elle vit à une cinquantaine de mètres des formes qui s'agitaient derrière les fourrés.

Elle s'approcha. De plus en plus près. Et découvrit des créatures dénudées qui se caressaient appuyées contre un palmier. Celle devant laquelle les trois autres étaient agenouillées était en train de jouir. Les peaux de ces femmes brillaient dans la lumière du coucher de soleil. Des perles de sueur naissaient sur leurs dos noirs. La femme qui gémissait, appuyée contre un énorme tronc, était agitée de spasmes qui la plaquaient à l'arbre et la collaient contre l'écorce. Dans la manœuvre, elle glissait doucement, ce qui faisait lentement tomber sur son front et devant ses yeux la perruque rousse qu'elle portait. Le lieu, baigné de lumière, était un rendez-vous de rencontres homosexuelles. Voyant arriver celle qui était alors la Miss Élégance de Monrovia, cette blonde allemande qui défrayait la chronique et titillait les imaginations, pensant qu'elle était en quête ou de plaisirs secrets ou de sensations fortes, les quatre femmes arrêtèrent leurs ébats et entourèrent Marianne. Elle reconnut une femme d'ambassadeur, la patronne du bar le plus fréquenté de la ville (sa perruque avait cessé de lui dégringoler sur le nez) ainsi qu'une bourgeoise locale en compagnie d'une Libérienne qu'elle n'avait jamais vue. Ces dames se mirent à l'attraper et à la toucher, mais Marianne se débattit. Elles lui arrachèrent ses vêtements. Marianne tomba à la renverse et se retrouva avec les quatre femmes excitées et déchaînées sur le dos.

Chapitre 11

Marianne se fichait pas mal de ce qu'elles pouvaient bien faire. Chacun, selon elle, peut vivre les expériences sexuelles qu'il a envie et avec qui il le veut. Les hommes avec les femmes. Les hommes avec les hommes. Les femmes avec les femmes. En groupe, à deux ou en solitaire. Elle s'en fiche totalement, à condition que chacun soit consentant.

Restait qu'en cet instant précis, elle n'avait aucune envie de se faire bécoter et plus par les créatures qui lui étaient tombées dessus et la maintenaient allongée sur le sol. « Je vais me faire violer par ces hystériques », pensa-t-elle en continuant à se débattre. Elle se démenait comme une diablesse en criant qu'elle n'avait aucune envie d'une étreinte de ce genre. Comprenant qu'il ne s'agissait pas de fausses manières ni de pudeur de sa part, les quatre femmes relâchèrent leur pression. Marianne en profita pour rouler de côté, se dégager, dire crânement « non merci » et faire quelques pas en arrière en les saluant dignement. Les quatre femmes la laissèrent partir. Lorsqu'elle revit ses agresseuses sexuelles, Marianne fit plus tard comme si rien ne s'était passé et ne parla jamais à personne de cette aventure. Et aujourd'hui encore, si Marianne a expérimenté et exploré beaucoup de plaisirs avec les hommes, elle n'a toujours pas découvert l'amour physique avec les femmes.

Quittant les dames nues de la côte libérienne, elle fut heureuse de retrouver son Angelo et de faire, immédiatement, l'amour avec lui.

C'était la première fois qu'elle trompait l'homme avec lequel elle vivait, en l'occurrence Nino, en entretenant une liaison régulière avec un autre. Elle n'avait jamais pu jusqu'alors se partager entre deux messieurs, mais là, c'était différent. Nino ne cessant de travailler, avec Angelo elle s'offrait une récréation. Et des parties de plaisir. Elle allait jusqu'au bout de ce qui était une grande histoire sexuelle.

Un beau jour pourtant, mis au courant des stations prolongées de sa compagne sur la plage par quelqu'un qui l'avait vue et reconnue, Nino surgit de derrière un palmier. La fiancée y somnolait, la tête sur le ventre de son amant. La tirant à lui avec force, Nino lui administra une gifle avant de la pousser dans sa voiture. Revenu à la maison, il lui infligea une correction. Furieuse et meurtrie, elle lui lança qu'elle repartirait dès le lendemain pour Genève. Nino refusa, pardonna et promit, dorénavant, de moins travailler. Et de s'octroyer des moments de liberté. Marianne vérifiait à nouveau sa théorie selon laquelle rendre les hommes jaloux constitue une excellente façon de les récupérer si on souhaite vraiment les garder.

Angelo quitta le Liberia pour s'installer aux Canaries.

Où Marianne continua à le revoir en secret. Chaque fois qu'elle rentrait en Suisse par avion pour y retrouver son fils, elle faisait escale à Ténériffe où il la demandait en mariage et où elle refusait de l'épouser, ce qui n'altérait en rien leurs relations.

Marianne découvrit aussi au Liberia, dont le patrimoine floral se révélait riche en plantes médicinales, les vertus de la pharmacopée parallèle qu'elle n'a jamais abandonnée. Elle y apprit à cuire des tisanes d'herbes, à avaler des décoctions artisanales et à croquer des racines sauvages. Elle rendait régulièrement visite à des sorciers de brousse qui préconisaient des recettes de toutes sortes pour tous les maux. C'est ainsi qu'elle passa, sur les conseils de l'un d'entre eux, lors de nuits de pleine lune, les gens du cru croyaient dur comme fer à ce remède, à couver sur la plage et sous ses fesses, plusieurs heures durant, des œufs de poules pondus du jour qu'il convenait, ensuite, de faire manger à son amant pour renforcer sa virilité.

Le commerce des diamants ne fonctionnant pas toujours comme sur des roulettes, il y avait des hauts et des bas et Nino demanda un jour à Marianne de lui prêter de l'argent. Elle accepta d'avancer ses deux cent cinquante mille francs suisses. Sans intérêt. Désireux de réaliser de plus importants bénéfices qu'au Liberia, tous deux partirent alors pour Freetown puis pour Cefadou, en Sierra Leone, sur la côte, au nord du Liberia et au sud de la Guinée. Le commerce des pierres s'y avérait plus lucratif qu'à Monrovia où les bénéfices se limitaient seulement à trois ou quatre pour cent sur le prix de vente aux diamantaires d'Anvers mais, revers de la médaille, il s'y déroulait et dans la violence et dans l'illégalité.

Dans le petit avion qui les emmenait donc jusqu'à l'aéroport de Lungi proche de Freetown la capitale de la Sierra Leone, Marianne se trouva assise entre deux passagères noires, en boubous et turbans, qui voyageaient avec deux énormes marmites de soupe de poisson dont le liquide chaud et gluant, sous l'effet des secousses, sortait de sous le couvercle et se répandait sur ses mollets et ses chevilles en la brûlant et en la salissant. Nino empêcha sa fiancée de faire du tapage en lui disant que ces dames étaient des épouses de diamantaires libanais avec lesquels il aurait certainement à traiter lors de leur séjour. Il valait mieux en effet, pour réussir dans la vente de pierres, adopter un profil souple. Installé dans la clandestinité car le gouvernement interdisait tout commerce autre que le sien dans ses propres mines ceinturées par des cordons de soldats armés et surveillées par des gardes en hélicoptères tirant à vue sur les intrus à la mitraillette, Nino n'osait pas aller rôder autour des mines et y acheter directement des diamants, ce qui l'obligeait à recourir à des intermédiaires et à diminuer son bénéfice. Marianne, elle, osa. S'éloignant de Freetown où se trouvait la plus grande rade d'Afrique, elle allait à proximité des mines, régulièrement, avec un chauffeur aux muscles de fer qui empruntait de vieilles pistes défoncées, accompagnée par deux gardes du corps. Car les gens étaient prêts à tout, surtout à voler et à tuer, pour s'approprier des diamants. Lorsque tiraient les soldats gouvernementaux depuis le haut du ciel, Marianne se cachait sous sa voiture, une Honda que Nino lui avait achetée et qui garda jusqu'à la fin de son séjour de nombreux impacts de balles sur le capot et la capote. Brisant les barrières de protection, des gens s'introduisaient, en dépit des panneaux d'interdiction, lorsque les ouvriers du gouvernement quittaient les lieux à dix-sept heures, sur les territoires à prospecter. Et ils y manipulaient les tamis. Marianne était du nombre. À Nino qui lui interdisait de traîner là-bas, elle mentait et racontait qu'elle allait voir des copains ou acheter des légumes au marché. Elle faisait donc de la contrebande dans le dos de tout le monde, et son corps n'aurait jamais été retrouvé si une bande de voyous ou les forces de l'ordre lui avaient fait la peau. Elle achetait jusqu'à trente ou quarante mille dollars de diamants par jour, hors des marchés officiels. Chacun récupérait, comme il le pouvait, des pierres. Un jour, à la banque, un client qui se trouvait dans la file d'attente devant elle fut abattu à bout portant par un énervé auquel il avait, à l'entendre le lui reprocher vertement, volé des cailloux. Le sang jaillit et gicla sur Marianne qui se tenait debout à côté de lui. Elle retraversa la ville et rentra chez elle couverte de ce sang poisseux et chaud qui dégoulinait sur sa robe blanche. Chacun, alors, portait pistolet ou carabine et gardait son arme à portée de main. Un jour, se baissant dans la boue qui stagnait autour des mines, elle trouva une caillasse de cent carats qui, taillée, devint un diamant bleu de vingt-cinq carats. Un autre jour, un Noir se jeta avec un couteau sur un de ses petits camarades et le lui planta dans le ventre. Il en fit jaillir ses entrailles, y farfouilla et y trouva un gros diamant qu'il l'avait vu avaler. Il le récupéra et laissa l'homme éventré croupir et mourir dans la boue sans que personne ne tentât de lui porter le moindre secours. Une scène qui rappela à Marianne celle au cours de laquelle un gosse, ami d'enfance, fut éventré pendant la guerre par un autre gosse l'accusant de lui avoir dérobé son sandwich au lard.

Ces méthodes s'avéraient monnaie courante. Récemment arrivée à Cefadou, toute petite ville surveillée par des patrouilles de soldats en armes et entourée de hautes pyramides de terre scintillantes au soleil tant elles se trouvaient constellées de multiples petits diamants, Marianne en fut réduite à se débrouiller à sa façon parce que les courtiers, ayant leurs têtes et leurs habitudes, n'accordaient pas leur pratique aux nouveaux venus. Elle y gagna de l'assurance, des coups, du culot et une propension rapide à comprendre, quand quelqu'un lui marchait sur les pieds, comment ne pas se laisser faire. Quand elle rentrait chez elle avec son butin, après avoir arrosé des policiers locaux réclamant une poignée de dollars en échange de leur silence et de son laissez-passer, Marianne le cachait dans un coffre-fort. Elle dormait avec trois gardes du corps allongés chaque nuit à même le sol devant sa porte pour empêcher les vols.

Des diamants et de l'argent en poche, Marianne et Nino quittèrent Sefadou pour revenir à Monrovia. Que commençaient à abandonner les Européens.

Parmi les Occidentaux demeurant sur place figuraient beaucoup d'Allemands, presque tous ex-nazis venus se réfugier là, aux lendemains de la victoire alliée. Marianne qui avait découvert l'horrible vérité sur les camps d'extermination et réalisé à quelles atrocités avaient mené les rassemblements dans le stade de Nuremberg auxquels elle avait assisté gamine, ne passait jamais devant le café que tenait un ancien officier SS couturé de cicatrices et bardé de dents en or où se retrouvaient beaucoup de ses congénères, sans frissonner rétrospectivement.

Nino partit, un temps, travailler à Lagos et au Dahomey. Jusqu'au jour, dramatique, où la police vint annoncer à la jeune femme qu'il avait été abattu, à trente-huit ans, d'un coup de fusil en plein Cotonou, capitale du Dahomey où il était parti pour ses affaires, pour des différends jamais éclaircis. Elle fit rapatrier le corps de son amant au Liberia et s'occupa d'en expédier le cercueil au frère de Nino à Paris. Pour couronner le tout, elle découvrit qu'elle était atteinte d'accès de malaria, secouée de fortes fièvres et envahie par des amibes. Elle avait attrapé la malemort. Elle se soigna, en guérit, même si ce genre de maladie ne disparaît pas totalement, mais comprit qu'elle n'avait plus rien à faire en Afrique. Elle liquida alors l'appartement du Duncar-Palace, congédia ses employés, embrassa Helmut, récupéra son argent ainsi que les belles pierres que son amant défunt lui avait offertes et, triste au-delà de tout, pensant avoir beaucoup à réentreprendre puisque trop de choses lui avaient échappé, reprit un avion pour Genève. Où, peut-être, loin de la loi de la jungle, loin de la boue mortelle, une nouvelle vie de paix et de sérénité pourrait (re)commencer.

Chapitre 12

De retour en Suisse, revenue de loin, Marianne, solitaire, réoccupa son appartement voisin de celui de Nino. Elle l'avait conservé, faisant payer en son absence le loyer par sa banque.

Un soir, peu après son arrivée, alors qu'elle ne s'était pas encore remise au travail, elle vit sur son écran de télévision discourir un homme qui lui plut beaucoup. Comme il était genevois, elle décida de l'approcher pour en faire la conquête. Il correspondait parfaitement au type d'homme qu'elle aimait et recherchait. Viril, grand, fort, cheveux noirs et yeux bleus. Le monsieur en question était un important personnage qui avait oublié d'être bête et d'être moche. Riche propriétaire de l'un des plus somptueux palaces de Genève, il était marié et présidait une association des plus beaux palaces du monde. Elle se renseigna sur ses habitudes et se retrouva ainsi en train de déjeuner un dimanche à la neige à côté de lui dans son auberge de montagne préférée. Le monsieur la remarqua, lui parla et lui demanda son numéro de téléphone en lui promettant de l'appeler pour l'inviter à dîner. Aucun appel ne vint et Marianne en fut fort déconfite. Pis, les semaines passèrent et elle ne parvint pas à revoir celui qui lui plaisait tant.

Avec l'argent qu'elle avait rapporté d'Afrique, elle racheta deux salons de beauté dont les recettes assuraient son train de vie. Un jour, heureusement, à la piscine de l'hôtel dont il était propriétaire et où elle allait faire trempette, elle revit le monsieur. En compagnie d'un copain. Tous deux la détaillaient sous ses moindres coutures. Elle n'apprit que plus tard que c'était en fait le copain, émoustillé, qui avait stimulé le fameux Yann. La fille leur plaisait à tous deux et Yann fit le fanfaron en disant qu'il la connaissait et qu'il n'avait qu'à claquer des doigts pour qu'elle acceptât de se joindre à eux à table. « Chiche ! », avait répliqué l'autre. Yann s'était alors jeté à l'eau. Marianne, vexée d'avoir été négligée, fit celle qui ne le connaissait pas et qui le reconnaissait encore moins. Elle avait dit qu'elle verrait si, un soir, peut-être, elle pourrait se libérer. Piqué au jeu et au vif, Yann avait alors rappelé. Et insisté. Marianne l'avait fait marronner ce qu'il fallait avant de finir, alors qu'il n'y croyait plus, par accepter une invitation et commencer une histoire. Elle a toujours pensé qu'il s'agissait là d'une bonne méthode pour s'attacher un homme qui lui plaisait.

Yann, d'emblée, lui dit qu'il était marié, que sa femme était malade et qu'il ne pourrait jamais divorcer. Ils n'habitèrent donc pas ensemble mais passèrent beaucoup de leurs journées et de leurs nuits tous les deux. Marianne venait à l'hôtel, situé sur les rives du lac, en dépit du peu de bienveillance manifestée à son encontre par les deux fils de son amant qui l'appelaient « la muse ».

Dans les salons, elle connut le gratin et se lia avec la Bégum Aga Khan. Yvette Labrousse, épouse de l'Aga Khan III, native de Sète, était d'origine modeste et savait ne pas toujours jouer à la grande dame entourée de voiles. Avec Marianne, le courant passa à merveille. Elles se jaugèrent, se jugèrent et s'apprécièrent. La Bégum n'en finissait pas de raconter comment sa divinité de mari saluée comme telle par des millions de fidèles, après avoir joué au golf avec Yann, réclamait une bassine d'eau chaude pour baigner ses pieds échauffés qu'il trempait ainsi au beau milieu du hall au grand effarement des clients découvrant le guide spirituel de millions d'âmes au Proche-Orient, pantalon relevé jusqu'aux genoux, les orteils et autres doigts de pieds marinant dans une bassine, entouré d'une armada de fidèles s'agitant à son entour avec des serviettes de lin, des onguents parfumés, des courbettes et des prières. La Bégum invita d'ailleurs Marianne à lui rendre visite à Assouan en Égypte où, à la gloire éternelle de son époux, elle avait fait élever un mausolée sur lequel chaque jour était déposée de sa part une rose. Marianne séjourna chez la Bégum et effectua le pèlerinage jusqu'au sommet de la colline.

Yann l'emmenait avec lui lorsqu'il se déplaçait pour son travail. Président du Groupement international de l'hôtellerie de luxe, il ne séjournait que dans des palaces de première catégorie. Elle voyagea ainsi partout, l'accompagnant entre autres aux Philippines que les Marcos régentaient d'une main de fer. Après un dîner au palais présidentiel, conviée à séjourner dans une de leurs îles proches, elle s'aperçut qu'elle avait oublié dans la suite qu'elle occupait à Manille, capitale du pays, un médicament dont elle avait besoin. Qu'à cela ne tienne, les officiels firent décoller un avion spécial qui partit chercher la potion. Lors d'un dîner organisé quelques années plus tard à New York par Dewi Soekarno, veuve du président d'Indonésie en présence de l'ex-impératrice Farah d'Iran, Imelda Marcos qui ne se privait de rien parla à Marianne du millier de paires de chaussures de sa collection qu'elle avait, à la veille de la révolution, fait sortir du pays par avion privé.

Avec Yann, Marianne fit donc le tour de la terre en séjournant dans les plus belles résidences hôtelières du monde. Elle visita les plus grandes villes des États-Unis et les plus belles de la Côte d'Azur. À Genève en revanche, la vie était un peu moins tourbillonnante que de par le monde. Certes, Marianne multipliait les mondanités, allait de coquetèle en coquetèle, traversait le lac en ski nautique, sport auquel elle excellait de plus en plus, cuisinait des petits plats pour son amant qui la rejoignait souvent le soir pour dîner, écoutait des anecdotes hallucinantes sur les coulisses des palaces. Elle s'amusait ainsi d'apprendre qu'une cliente ne nourrissait son chat que de joues de poisson frais, qu'une autre faisait manger son chauffeur, son amant depuis trente ans, à une table différente de la sienne alors que la liaison était sue de tous, qu'une actrice réclamait du chocolat chaud toutes les nuits à trois heures du matin, qu'un chanteur exigeait un lit rond partagé avec deux filles louées pour la nuit, qu'un prince arabe ne trouvant pas à son goût un énorme gâteau à la crème qu'il s'était fait livrer le balança par sa fenêtre dans la piscine dont il fallut changer l'eau. Elle prit même, une fin d'après-midi, le thé avec les Beatles qui, en concert en ville, séjournaient à l'hôtel et bourrèrent son sac de gâteaux que George Harrison déversait directement en inclinant le plateau de pâtisseries apporté par la serveuse.

Tout cela, c'était rigolo, emplissait un sac ou des moments dans la journée mais assurément pas une vie. Marianne était condamnée à jouer les doublures et à rester dans l'ombre, ce qui ne correspondait ni à son caractère ni à sa nature.

Elle avait connu, à l'hôtel de Genève, une jolie fille mannequin venue défiler avec laquelle elle avait sympathisé. Comprenant la situation sans issue en laquelle se trouvait engagée son amie, cette Natacha l'invita à passer quelques jours à Paris. Ayant sa petite idée derrière la tête, elle souhaitait lui présenter un de ses copains dont le caractère énergique ne pourrait manquer de séduire Marianne, tout en évaluant que le copain en question ne pourrait, lui aussi, qu'être charmé par la personne qu'il rencontrerait. Cornaquée par Natacha, Marianne eut donc un rendez-vous dans la galerie dorée de l'hôtel Plaza-Athénée. Elle y admira l'ex-impératrice Soraya au destin d'éternelle princesse errante qui, lorsqu'elle résidait à Paris, y prenait le thé chaque après-midi puisque habitant de l'autre côté de l'avenue. Elle y rencontra l'homme dont Natacha lui avait claironné qu'il serait un parti formidable pour elle. Le monsieur lui plut beaucoup. Elle le trouva beau gars, noir de poil, hyperénergique et séduisant.

Elle avait des obligations et un amant qui l'attendaient en Suisse. Elle quitta donc cet homme si galant qui lui avait fait une telle impression. Elle pensait le revoir. Elle ne le revit pas car elle ne revint pas à Paris dans les mois qui suivirent. Natacha ne lui avait pas dit non plus qu'il était marié. Elle ne le découvrit que plus tard. Elle a en revanche gardé la carte de visite qu'il lui avait donnée au soir de leur rencontre avenue Montaigne. Sous son nom imprimé, il avait rajouté, à la main, un numéro de téléphone. Le monsieur s'appelait Bernard Tapie.

Quand elle raconta l'histoire à Yann, ce dernier, jaloux, lui dit qu'elle avait bien fait de revenir en Suisse parce que, selon lui, une femme se devait de ne pas épouser un homme portant un tel nom. Marianne lui dit qu'il était sot et que ce M. Tapie lui avait paru formidable.

Quoi qu'il en était, les affaires sentimentales de Marianne avec Yann ne progressaient pas et elle s'en trouvait toujours réduite, plus qu'hier et moins que demain, à jouer les femmes de l'ombre. Sachant donc que, cette année-là comme les autres, une fois de plus, elle ne passerait pas Noël avec l'homme qu'elle aimait, sort réservé à toutes les maîtresses réduites les soirs de fêtes à veiller seule ou à se coucher tôt, elle sentait qu'il lui fallait se lancer dans autre chose. Elle en acquit la certitude lorsqu'un appel téléphonique la réveilla en pleine nuit pour lui annoncer que son Yann la trompait dans le chalet qu'il lui avait acheté à la montagne (et qu'elle possède toujours), à une centaine de mètres d'altitude, dans les environs de Lausanne. En chemise de nuit, manteau de renard sur les épaules, bottes en daim à demi-talons aux pieds, elle se mit au volant de sa Porsche Targa et appuya sur le champignon pour arriver au plus vite sur le lieu du crime. La route était en lacets et les virages en épingle. La voiture manqua dix fois de dégringoler dans le précipice sur la gauche, dérapa sur le verglas, amorça une série de tonneaux, roula dans la neige sur la droite et retomba sur le toit. Sonnée, Marianne sortit par la fenêtre arrière de son automobile réduite en tas de tôles compressées qu'elle finit de briser à coups de talon. Marchant dans la neige, elle toqua à trois heures du matin à la porte d'un chalet dont le propriétaire la reçut avec un canon de fusil en pleine figure. Tout cela pour découvrir, la police appelée, la voiture cassée et des bleus aux genoux, que Yann dormait... avec sa femme. Un esprit chagrin, en fait celui d'une de ces nombreuses femmes qui, toujours, l'ont jalousée où qu'elle allât et quoi qu'elle fît, était l'auteur de l'appel téléphonique anonyme.

Au petit matin, Marianne comprit que sa vie, dénuée de rêves à réaliser, d'étoiles à conquérir, de conformismes à heurter, devenait vide et vaine. Elle se perdait. Elle possédait un peu d'argent. Pas énormément mais elle pouvait vivre. Subvenir à ses besoins. Ses deux instituts de beauté lui donnaient une certaine aisance financière. Elle décida donc de partir au loin. Pour un temps. Histoire de changer d'air.

Championne de tennis, de ski, de ski nautique et de golf, Marianne l'était devenue, également, de backgammon. À chaque partie de ce jeu d'origine anglaise opposant deux joueurs qui, de part et d'autre de ce qu'il est convenu d'appeler un tablier, doivent faire passer leurs pions blancs ou noirs de l'autre côté, elle était devenue experte. Et, sans Yann, avec ses amis, elle participait à de nombreux tournois de par le monde. Elle jouait à Monte-Carlo, à Beyrouth avec des sommités aussi confirmées que Jean-Noël Grinda et Philip Martin. À Marbella où elle était allée disputer une compétition de golf lui fut présenté un jeune guitariste espagnol de vingt-quatre ans, venu déjeuner chez une championne de backgammon qui allait devenir sa grande copine, Maïka Perez de Cobas. Il chantait en s'accompagnant de son instrument. Elle devait le retrouver par la suite et même le faire travailler aux États-Unis. Il s'appelait Julio Iglesias.

C'est précisément Maïka qui eut l'idée d'inscrire la petite troupe au grand tournoi annuel d'Acapulco. Pour finir de lui remonter le moral, Yann ne trouva rien de plus délicat à lui déclarer, la veille du départ, qu'il ne voulait plus de leur relation et qu'il rêvait d'une autre vie. Lui aussi. Marianne n'en croyait pas ses oreilles. À l'entendre, il l'aimait toujours mais pensait néanmoins à la quitter et ce n'était, chose promise et jurée, nullement à cause d'une autre femme. C'était, en fait, elle le découvrit plus tard, à cause d'un homme que Yann était chamboulé. Amoureuse de ce monsieur avec lequel elle resta liée et qui lui répéta jusqu'à sa mort qu'elle était la seule personne qu'il ait connue à n'avoir jamais été changée par l'argent et triste de voir que sa passion ne la menait à rien, Marianne s'envola donc pour le Mexique.

Quand la fine équipe de joueurs de backgammon arriva, via Mexico, au célébrissime hôtel de Las Brisas à Acapulco où, dans une forte chaleur que tempéraient les brises venues du Pacifique, chaque suite disposait d'une piscine à la surface de laquelle flottaient des pétales de fleurs rouges (c'est toujours la coutume), les services de réservation leur annoncèrent qu'ils avaient fait une erreur d'une journée et ne les attendaient que le lendemain. Un joueur de backgammon, journaliste mexicain qui se trouvait dans les salons de l'hôtel, les dépanna pour la nuit en offrant à tous les onze l'hospitalité dans son bungalow du bord de mer. Dans une ambiance de colonie de vacances, Marianne dormit par terre sur les coussins du canapé, allongée devant la porte des toilettes qu'elle prenait dans la tête chaque fois qu'un de ses camarades se levait dans la nuit. Ne voulant pas les abandonner, le journaliste les convia à l'accompagner, le jour suivant, à une réception pour laquelle il avait reçu un carton d'invitation et que donnait le nabab de l'endroit. Les joueurs suisses de backgammon arrivèrent donc, en rangs serrés, dans un vaste domaine qui avait tout d'une forteresse sur un nid d'aigle pourvu d'une chapelle privée avec ciboires du XVIIe et vue imprenable sur l'océan qu'on voyait danser à l'infini de quelque côté qu'on se tournât. À la fois au-dessus et au milieu du quartier hyperrésidentiel et très chic de Las Brisas, s'élevait, en effet, au cœur d'une forêt tropicale de végétation luxuriante, un somptueux palais d'onyx bâti sur un rocher et surplombant l'océan Pacifique. Marianne admira le panorama et le bâtiment qui, tous deux, lui coupèrent le souffle. Elle n'avait jamais vu un endroit aussi spectaculaire et original. Et avoue n'en avoir pas revu d'équivalent. Elle ne savait pas que, des années plus tard, les producteurs de cinéma anglais Harry Saltzman et Albert Broccoli feraient le siège des propriétaires pour qu'ils louassent le lieu comme l'un des décors principaux de l'une des aventures de James Bond avec Timothy Dalton, *A licence to kill*. Et que, grands seigneurs, ces propriétaires refuseraient de louer leur demeure à la production du film mais accepteraient de la lui prêter. Sur la pellicule, le méchant de cette histoire d'espionnage de 007, l'acteur Robert Davi, a, selon le scénario, fait son quartier général de la fameuse maison qui constitue le décor le plus spectaculaire du film. Marianne ne savait donc encore rien de ce qui allait lui arriver en ce bout du bout du monde. Curieuse, elle s'enquit de savoir à qui appartenait ce palais paradisiaque. Elle formula sa question à haute voix. Et elle n'eut pas à attendre longtemps la réponse.

Dans l'air du soir que balayait doucement le vent venu de la mer, tandis que jouaient les mariachis, Marianne vit soudain, au beau milieu de la fête, un homme de taille moyenne, d'allure européenne, à l'air sympathique et, surtout, aux yeux couleur de turquoise qui, en souriant, se dirigeait vers elle. Il s'inclina, s'empara de sa main et en baisa le bout des doigts. Marianne l'entendit alors lui souhaiter la bienvenue et se présenter. « Je suis, énonça son hôte, le colonel-baron Brandstetter et je suis heureux de vous accueillir en ma maison qui est la vôtre. » Il ne croyait pas si bien dire.

Chapitre 13

L'endroit était superbe. L'hôte fut charmant. Il fit à Marianne les honneurs de la propriété. Mais il eut à s'éloigner pour s'occuper du déroulement de sa soirée. Le fait qu'il lui eût parlé en allemand les lia d'emblée. Le fait qu'il eût de l'esprit l'amusa. Le fait qu'il se comportât en parfait gentleman la ravit. Le fait qu'il se révélât excellent joueur de backgammon l'épata. Il revenait souvent à elle au cours de la nuit mais était constamment happé ailleurs. Tous ses amis dirent à Marianne qu'elle avait ce soir-là fait une touche d'enfer mais, même si le colonel-baron lui avait donné sa carte, en vérité elle n'était guère avancée. Ce n'était point elle qui allait prendre l'initiative de lui téléphoner et personne, dans sa petite bande, n'était en mesure de lui fournir le moindre renseignement précis au sujet de ce baron-là. Qui était le colonel-baron doté d'une si somptueuse demeure ?

Deux jours plus tard, alors que se déroulaient les compétitions de backgammon à l'hôtel Las Brisas et qu'elle continuait à gagner y compris l'attention, mais seulement l'attention, du fameux Brandstetter puisqu'ils ne disputaient pas de partie commune, eut lieu le réveillon du 31 décembre orchestré chez Tony Murray. Ce milliardaire, très riche industriel ayant démarré sa fortune dans les extincteurs et l'ayant multipliée par des affaires internationales, était alors la figure de proue de la jet-set internationale. Elle l'avait rencontré à Cannes où, invitée par un ami, elle avait passé une journée de croisière sur son bateau au large des îles de Lérins. Elle le connaissait aussi de Megève où elle savait qu'il disputait des tournois de cartes avec Eddie Barclay et elle le revoyait, de-ci de-là, à l'occasion, avant qu'il ne devînt, par la suite, l'un de ses plus grands amis. Leurs anniversaires différaient d'un seul petit jour. Marianne était née un 9 février et Tony un 8. La croisant, par hasard – mais est-il vraiment des hasards ? – à Acapulco, il l'avait invitée avec sa bande d'amis venus de Suisse à sa fête de réveillon. Marianne s'y prépara en beauté, attendit instinctivement que se passât quelque chose, s'inquiéta au long de la soirée et ne vit arriver le colonel-baron qu'à minuit tapante. Joli symbole pour le changement d'année. Or il était seul. Elle en fut très heureuse car elle comprit alors qu'il l'était pour de bon. Un homme qui arrive seul à minuit chez un ami pour le réveillon ne peut être qu'un célibataire. Marianne, également seule, et par force un soir pareil, se précipita sur lui. Et sentit son cœur battre, de solidarité, puisqu'elle aussi était célibataire.

Portant une robe bleue très décolletée devant et derrière découvrant sa poitrine et dénudant son dos doré avec des boucles d'oreilles de gitane et des longues mèches blondes, elle vit qu'elle lui plaisait. Cela se voyait d'ailleurs pour tout le monde comme un cigare en coin de bouche. Le colonel-baron fut si charmant, plus encore que la première fois, qu'elle lui trouva une grande et forte personnalité. Il raconta être d'origine hongroise, se prénommer Frank et être surnommé « Brandy » par ses amis. Ils s'embrassèrent pour la bonne année. À deux heures du matin, Brandstetter invita Marianne à prendre la poudre d'escampette et à finir la nuit en sa compagnie Chez Armando, le night-club d'Acapulco à la mode où il avait réservé une table et où des amis l'attendaient. Les négligeant totalement, il ne s'occupa que d'elle, ne cessant, jusqu'au petit matin, de la faire danser à la cubaine ainsi qu'il y excellait et de commander bouteilles de champagne sur bouteilles de champagne, boisson qui ne coulait au Mexique qu'à prix d'or. Marianne en buvait à peine mais elle aimait le panache. Brandy en affichait beaucoup et elle adorait les hommes qui font croire, parfois avec une simple fleur des champs, parfois avec des bouchons qui sautent, à une femme qu'elle seule compte pour eux. Résultat, elle en avait la tête qui tournait. Frank qui avait vingt années de plus qu'elle se comportait comme si Marianne était le seul être humain existant sur la terre. Elle adorait ces situations durant lesquelles des hommes amoureux dévoilaient en même temps et leurs forces et leurs faiblesses, pouvaient faire les malins et se montrer midinettes, prêts à tout pour plaire mais sachant aussi rester tels qu'en eux-mêmes la nature les avait faits. Pourquoi se priver de jours et de nuits qui s'annonçaient enchantés ? Yann était ce même soir en famille avec les siens, épouse et enfants réunis, et jamais elle ne passerait de soirée de réveillon en sa compagnie puisqu'il avait prévenu Marianne que jamais il ne divorcerait.

Lorsque, titubants de fatigue alors que l'horizon du Pacifique s'embrasait d'une bande de ciel rouge, ils sortirent aux aurores de Chez Armando, ignorant tout de ce qu'avaient bien pu faire leurs convives de table, ils décidèrent de ne plus se quitter. Ils passèrent à l'hôtel Las Brisas chercher les affaires de Marianne et Frank la ramena sur les hauteurs de son palais. Il l'installa chez lui, en la prenant dans ses bras pour franchir le haut portail et traverser la cour intérieure jonchée de pétales de fleurs. Leur plaisir d'être ensemble fut d'autant plus intense qu'il s'annonçait bref. Marianne devait rentrer à Genève où son amant et ses instituts de beauté l'attendaient. Frank lui expliqua qu'il était le concepteur du fameux hôtel Las Brisas, l'un des palaces les plus dépaysants de la planète, entièrement décoré en blanc et rose, depuis les murs des chambres jusqu'aux jeeps de l'établissement. Il avait fait sauter à l'aide de centaines de kilos d'explosifs des pans entiers de rochers pour creuser et aplanir le terrain. Il était fier de montrer son domaine et ses environs en lesquels avaient été édifiées, de gauche comme de droite, des dizaines de demeures résidentielles toutes impressionnantes. Il collaborait avec le promoteur immobilier Corrado Trouyet et avec le P-DG de Seagram's, Edgar Bronffman, qui l'employait comme consultant. Il avait aussi fait édifier des orphelinats à Acapulco qu'il fit visiter à Marianne plus tard.

Après une semaine de liaison en un paysage enchanteur, bercée par *Cielito lindo* qu'il faisait jouer par des musiciens attachés aux pas de sa dulcinée, Frank accompagna Marianne à l'aéroport. Leurs au revoir furent emplis de tristesse mais aussi d'espérances. Ils comptaient bien ne pas se perdre de vue. À peine Marianne était-elle arrivée chez elle en Suisse que Frank lui téléphonait et l'invitait à revenir aussitôt au Mexique. Elle annonça la nouvelle de son prochain départ à Yann et, le lendemain, remit en vente ses deux salons de beauté, liquida son appartement et déménagea ses meubles dans le chalet de montagne que son amant suisse lui avait offert. Moins de dix jours plus tard, elle repartait pour Acapulco et y retrouvait le palais tropical de son amant autrichien.

Au moment où elle en franchissait le seuil, Frank, plus romantique qu'il ne le paraissait, chemise blanche et pantalon noir, la tenue qu'il portait en toutes circonstances officielles, ne lui cacha pas sa situation maritale. Il expliqua qu'il avait une femme dont la raison avait vacillé. Revenant de la guerre, il avait découvert qu'elle avait été internée, en son absence, dans une clinique psychiatrique. Les médecins la disaient condamnée mais d'ultimes souffles de vie la maintenaient en ce monde depuis des décennies et, autant par respect pour elle que pour Marianne, il devait à cette dernière la vérité. Marianne accepta la situation.

Ils vécurent ainsi près d'un an, sans se quitter, dans un tourbillon de fêtes ininterrompues. Acapulco était alors la capitale hivernale de la jet-set internationale. Le beau monde et le grand monde s'y donnaient rendez-vous et s'y amusaient à longueur de saisons. Il fallait, malheureusement, supporter celle des pluies, se promener sans arrêt avec de hautes bottes de caoutchouc aux pieds et attendre que les eaux s'écoulassent en priant Dieu qu'elles ne ravinassent pas trop les terres.

Un soir, plus grave qu'à l'accoutumée, Frank demanda à Marianne si elle voulait l'épouser. Elle lui répondit oui sans réfléchir une seconde. Elle avait compris. Les noces furent célébrées peu après dans la chapelle privée du palais. Le baron Ricky et la baronne Sandra de Portanova furent les témoins de Marianne ainsi que ses amis Jacques et Monique Davidoff. Et l'ex-président de la République du Mexique, Miguel Aleman, en compagnie de sa femme Karine, fut celui de Brandstetter dont il était proche. Cent quatre-vingts invités dont une partie venue d'Europe firent sans interruption la fête pendant trois jours et trois nuits, dansant au son de mariachis jouant sans relâche et mangeant à des tables gigantesques débordant de couverts en argent. Aucun des convives ne manquait de la plus petite fourchette à dessert.

Marianne avait compris en écoutant la demande en mariage à elle formulée que Frank était enfin libéré de ses liens conjugaux. Sa femme Hilda avait survécu pendant plus de vingt ans avec les mêmes graves problèmes mentaux, hospitalisée dans un établissement spécialisé où elle n'avait conscience de rien. Brandstetter, désireux de refaire sa vie, avait donc fini par demander et obtenir le divorce, assurant à son ex-épouse une rente à vie et lui ayant cédé la propriété pleine et entière de sa demeure de Dallas.

La malade étant décédée quelques mois plus tard de crises répétées d'emphysème, le châtelain, veuf, put se marier dans son église. Bien que divorcée, Marianne obtint une bénédiction de l'évêque. Puis, décidée à retrouver les paysages de son proche passé, elle emmena Frank chez elle, en Suisse, pour leur lune de miel. Ils séjournèrent à Genève et dans sa maison à la montagne. Elle présenta son ancien amant au nouveau. Lesquels, apparemment, s'entendirent bien. Mais ce n'était qu'une apparence car, en fait, le second était jaloux comme un tigre du précédent.

Avec son mari Marianne, désormais baronne Brandstetter, se promena à travers l'Europe. Les jeunes mariés visitèrent Paris, Monaco (pour l'inauguration de la boîte de nuit de Régine) où Marianne était déjà venue avec Yann. Ils séjournèrent à Vienne où Frank fit découvrir à sa femme l'école de haute voltige équestre, la tarte au chocolat de l'hôtel Sächer où ils habitaient ainsi que l'arbre généalogique de la famille que détenait une vieille tante demeurant dans un hôtel particulier digne du Schoënbrunn impérial avec de lourds et épais rideaux de brocart damassé qui n'avaient pas dû être dépoussiérés depuis l'ère de la souveraine Marie-Thérèse. L'aristocrate douairière buvait de grands verres de vin rouge en donnant de violents coups de canne dans les tentures tandis que sa nouvelle nièce avalait des gorgées de thé à la menthe, ce qui suscitait des remarques inquiètes quant à son état de santé. « Tu dois être malade, toi, pour boire une pareille cochonnerie ! » disait la vieille dame. Princesse d'origine polonaise née Sasubitski, sœur de la mère de Frank, elle emmena le jeune couple faire officiellement enregistrer ses titres de noblesse dans un bâtiment administratif spécialisé.

Estampillés nobles sur le Vieux Continent, les jeunes mariés revinrent dans le Nouveau Monde. C'était toujours la grande époque, en ce milieu des années soixante-dix, de la gloire d'Acapulco. Les plus belles soirées du monde s'y déroulaient. Les palmiers y tanguaient sans arrêt. Et le soleil semblait ne jamais s'y coucher, à moins que ce fût la nuit qui parut éternellement y durer. Frank et Marianne y résidaient à l'année.

Le mannequin mondialement célèbre Karine Federsen s'y maria avec un jeune banquier qu'elle quitta le soir même de sa nuit de noces pour partir avec Tom Jones engagé pour venir lui chanter la sérénade. Deux aristocrates russes, le prince Tumanov et le prince Troubetskoï, attiraient toutes les convoitises avec leurs arbres généalogiques à rallonges, leurs maisons avec ascenseurs menant jusque sur la plage et leurs veuvages à combler. Le premier était divorcé de sa femme avec laquelle il vivait néanmoins et voyageait toujours. L'ex-princesse se faisait suivre par des boîtes entières de perruques multicolores qu'elle interchangeait au gré de ses fantaisies, apparaissant ainsi avec une chevelure verte à l'ouverture d'un bal et disparaissant du même bal avec une très discrète toison bleue. Son jeune amant ne la quittait pas non plus d'une semelle, ce qui amusait la galerie. Bien que le couple fût dissous, une invitation adressée au seul et très convoité prince Toumanov recouvrait obligatoirement trois places. La femme du second aristocrate russe qui buvait plus qu'il n'aurait fallu avait, ivre, dégringolé par une fenêtre et été trouvée morte sur les rochers. Tout ce qui portait des jupons et pas d'alliance au doigt tournait autour du prince veuf. Ce fut, finalement, une grosse grosse américaine de dix-neuf ans qui se répandait partout en déclarant aimer le prince à la folie qui décrocha le pompon après que ce dernier eut clamé n'être point assez fou pour la croire. Il lui donna pourtant son nom et son blason tandis qu'elle gardait son chewing-gum.

La star hollywoodienne Merle Oberon, vedette des

Hauts de Hurlevent qui avait établi sa résidence à Acapulco, se levait sempiternellement de table lors de tous les dîners auxquels elle assistait en compagnie de son mari Bruno Pagliaï afin de se faire masser le dos dont elle souffrait terriblement. Heddy Lamarr, autre star manucurée de l'âge d'or hollywoodien ayant accédé à la célébrité pour avoir été la première actrice à apparaître nue à l'écran, comptait également parmi les familiers de la maison Brandstetter. Karine Aleman, femme de l'ex-Président et d'origine autrichienne, était une grande amie de Marianne et les deux femmes ne se quittaient pas. Marianne continue d'ailleurs aujourd'hui à garder des liens d'amitié avec la mère et la fille. Elle fut toutefois très choquée quand, aux lendemains de la mort du Président, la baronne Sandra de Portanova (dont le mari avait fait beaucoup d'affaires avec Aleman) ne trouva rien de plus reconnaissant à faire que de mettre, un soir de réception, Karine à la porte de chez elle. L'épisode apprit à Marianne que, dans ce petit monde, il ne faut pas, plus qu'en d'autres, attendre de remerciements de qui que ce soit.

Son Altesse Royale le prince Victor-Emmanuel de Savoie, héritier du trône d'Italie, avec lequel Marianne avait skié des années auparavant sur les hauteurs de Genève, séjournait là plusieurs semaines par an en compagnie de la princesse Marina, sa femme. Un de leurs amis, peintre renommé, ne manquait pas une occasion de faire la cour à Marianne. Un soir qu'il tentait, ivre, de l'embrasser dans un coin du parc et qu'elle se débattait avec frénésie, son mari surgit en robe de chambre chinoise brodée de dragons d'or, brandissant un chandelier à bout de bras. L'apparition, dans la nuit noire, effraya l'artiste qui tentait de débarbouiller Marianne de son rouge à lèvres et le fit culbuter par-dessus un muret de pierrailles, ce qui lui valut de se casser les deux jambes et de se balader, pendant deux longs mois, avec des cannes. Marianne ne lui fit jamais remarquer à quelle infirmité temporaire l'avaient mené ses excès. Le palais des Brandstetter à Acapulco était devenu l'une des maisons les plus en vue du pays. Toute célébrité de passage sur la côte mexicaine se devait d'y être invitée sous peine de déchoir et de ne plus figurer dans la cohorte cosmopolite des jet-setteurs internationaux. C'était une sorte de passage obligé qu'il convenait de visiter comme la hauteur rocheuse d'où s'élançaient, bras tendus vers le ciel, les jeunes nageurs de la Quebrada plongeant vers le Pacifique entre deux falaises abruptes et acérées.

Chapitre 14

Le palais tropical, imposant et impressionnant, semblait dédié aux plaisirs du jeu. Le maître des lieux, organisateur de soirées hors pair au cours desquelles, en Hongrois fidèle aux traditions, il faisait déguster à ses hôtes des assiettées de goulasch et des platées d'œufs au paprika, avait fait installer dans le jardin vingt tables en onyx autour desquelles se retrouvaient durant des nuits entières des joueurs disputant sous les arbres d'interminables parties de backgammon. En un coin de son parc, le baron avait fait installer une vingtaine de chars de la Seconde Guerre mondiale pour célébrer sa fierté patriotique et ses faits d'armes. Brandy possédait également un musée d'antiquités mexicaines réunissant de très belles pièces ainsi qu'une stupéfiante collection de vraies pierres de lune. Elles lui avaient été apportées et offertes par les astronautes américains qui, à commencer par Budd Armstrong et Buzz Aldrin, avaient tous défilé dans la maison. Il leur était très lié et chacun ou presque lui avait rendu visite, lui laissant en souvenirs et en cadeaux des cailloux extraits du sol lunaire et même des gamelles de la nourriture qu'ils avalaient dans les vaisseaux spatiaux, encore emplies de gelée verdâtre translucide.

Suivie de la cuisinière qui donnait son avis, de deux femmes de chambre pour porter les paquets et de son chauffeur, Marianne allait, une fois par semaine, au marché couvert d'Acapulco pour y effectuer ses achats de nourriture afin de régaler les invités. En plus de l'allemand et du français, elle parlait, évidemment, l'espagnol couramment et elle apprenait l'anglais. Les chroniqueurs mondains saluaient dans leurs articles la présence chez les Brandstetter, pêle-mêle, non seulement des célèbres astronautes mais encore de nombreux généraux américains chamarrés de victoires et de médailles de la Seconde Guerre mondiale, compagnons d'armes du maître de maison. Le général Ridgeway y installait notamment son état-major de vacances. La journaliste de télévision Barbara Walters vint, seule, y passer quelques semaines de détente. Richard Nixon et Lyndon Johnson, accompagnés de leurs épouses, y furent reçus par Marianne qui avait, dans le flot de visiteurs venus de l'autre côté de la frontière, deux chouchous absolus. D'abord, Henry Kissinger qui avait travaillé avec son mari et séjournait en villégiature chez Brandy avec sa femme Nancy (à laquelle Marianne avait offert une longue robe mexicaine brodée) et même sa belle-mère. Il était vraiment l'idole d'Acapulco, amusant, malicieux, simple, gentil et dénué de prétention. L'autre préféré de Marianne, ensuite, était l'auteur à succès Harold Robbins (*Les Ambitieux*) qui regardait la maîtresse de maison avec des yeux de merlan frit et que sa femme, intelligente, laissait vivre à sa guise. De la baronne Brandstetter qui le recevait et l'enchantait, il a tiré des traits de caractère pour composer le portrait de plusieurs des héroïnes tumultueuses de ses romans à succès.

Brandy, lui, connaissait beaucoup de politiciens en raison de son passé militaire. Bien que né autrichien, il avait en effet effectué un long séjour dans l'armée américaine dont il avait rejoint les services secrets et conservé les chars de combats. Férocement anticommuniste après avoir été farouchement anti-hitlérien, il avait fréquenté la CIA avec Kissinger. Parlant couramment l'allemand, il avait, à plusieurs reprises, été parachuté en pays nazi et y avait mené, sur le terrain, dès 1943, avec précisément Kissinger qui, né en Allemagne et émigré aux États-Unis, était revenu se battre dans son pays d'origine, des opérations de renseignements et d'espionnage racontées dans un livre de souvenirs publié outre-Atlantique intitulé *Brandy, l'homme d'Acapulco*. Un ouvrage où il se montre, comme Kissinger, fasciné par l'ordre européen instauré par le chancelier autrichien Metternich dans la première moitié du XIXe siècle. À son exemple d'ailleurs, il affichait une constante méfiance à l'égard de toutes les idéologies.

Recevant chez eux le monde entier, les Brandstetter voyageaient beaucoup. Marianne adorait aller à New York, séjournant à l'hôtel Waldorf-Astoria, où son mari retrouvait ses amis. Très lancé socialement, Brandy revoyait tous ses amis militaires, fréquentait Eleanor Lambert, commère des mondanités snobes et rivale d'Elsa Maxwell devant laquelle le tout-New York se pliait en quatre, et connaissait, par la famille de son ex-femme originaire d'un milieu très chic et très collet monté (wasp) de Boston, le gratin local. Il la présenta aussi à Clement Stone, l'une des toutes premières fortunes des États-Unis, travaillant à Chicago, enrichi dans les assurances et surnommé « le faiseur de Présidents » parce qu'il était celui qui dotait le plus richement la campagne du candidat du parti républicain au poste suprême. Il faisait ses confidences à Marianne en l'emmenant déjeuner.

Au bout de quatre années, les Brandstetter décidèrent d'entreprendre un voyage plus long que d'habitude en Europe. Chacun de leur côté. Frank partit pour la Chine en compagnie d'un quarteron de généraux et Marianne s'envola pour Nice dans l'avion privé de ses amis et voisins le baron et la baronne de Portanova. Un second avion avait été loué pour les malles et les valises. Le prince Troubetskoï qui résidait en sa villa du Cap d'Ail, à quelques kilomètres à vol d'oiseau de la principauté, prêta à Marianne son studio de la résidence Mirabeau, bel immeuble situé dans le célèbre virage en épingle à cheveux de l'avenue des Spélugues face à l'hôtel Loew's à Monaco. La principauté avait été, sous la houlette de la princesse Grace, l'endroit le plus plaisant de la planète pour les jet-setteurs. N'importe quelle femme du monde pouvait s'y promener la nuit dans les rues avec des ribambelles de diamants au cou, aux oreilles et aux doigts sans aucune crainte. Les fêtes y succédaient aux bals, les bals aux réceptions et les réceptions aux fêtes. Mais le décès accidentel de la princesse avait mis, l'année précédente, les réjouissances au ralenti. Elles ne reprenaient que peu à peu.

Un chargé de relations publiques qui résidait également au Mirabeau, une « folle », en fait un homme sortant habillé en femme et vêtu de robes, voisin de palier de Marianne, lui présenta le prince Louis de Polignac, oncle du prince souverain Rainier III, frère de son père. Il l'adora. En sa compagnie et à son bras, Marianne sortit souvent cet été-là.

Elle se retrouva, un soir, assise à son côté pour un gala au Sporting, dans la salle dite « des étoiles » dont le plafond en s'ouvrant en son milieu permet de dîner sous la voûte céleste. Tous les convives étaient installés. Toutes les places occupées. Sauf la chaise faisant face à Marianne restée vide. « C'est un Américain qui ne va pas tarder à arriver ! » chuchota le prince de Polignac à l'oreille de sa voisine. Et, effectivement, à peine les violons de l'orchestre attaquaient-ils le morceau d'ouverture qu'un grand type, de belle allure, rappliquait sans se presser et s'installait de l'autre côté de la table. En smoking et nœud papillon noirs, il se présenta en annonçant son nom : « Bonsoir, je suis James Crosby ! » Et Marianne de lui demander du tac au tac : « De la même famille que Bing ? » Il sourit ne sachant, si oui ou non, cette beauté blonde le mettait en boîte à cause de son retard.

À la même table, à la chaise voisine de celle du nouvel arrivant, coude à coude, se trouvait une jolie fille – aujourd'hui mariée à un aristocrate français – qui se trémoussait sur son fauteuil pour attirer son attention. Elle se dandinait, gloussait deux tons au-dessus de la norme mais rien n'y faisait : le dénommé Crosby paraissait ne pas l'avoir remarquée. La fille, sans se sentir le moins du monde gênée, dit alors à Marianne qui parlait l'anglais (qu'elle ne connaissait pas) de transmettre à ce M. Crosby qui, visiblement, lui plaisait au plus haut point, une invitation à venir séjourner en son château et pour cela, elle lui donnait son numéro de téléphone. Marianne transmit l'information qui ne parut guère impressionner le personnage en train d'attaquer son deuxième whisky *on the rocks*. Voulant être poli, néanmoins, il finit par s'intéresser à elle et, courtois, lui demanda ce qu'elle faisait. « Je suis prof de gymnastique » répliqua la fille qui, visiblement décidée à ne pas laisser passer sa chance, attrapa la main de ce M. Crosby et, la plaçant sur ses jambes, le mit quasiment en demeure de lui pétrir les cuisses afin de constater que le marbre, par comparaison, ne pouvait qu'être du caramel mou. Immédiatement, l'Américain, ne profitant pas de la situation, retira sa main et la reposa sur la nappe blanche. Il ne désirait aucunement lui palper les chairs. « Ah, ça, c'est un homme bien ! » se dit Marianne en voyant agir son voisin d'en face. Elle lui sourit. Il lui sourit. Le courant passait. La conversation se poursuivit de façon anodine. En quittant la table, Crosby dit à Marianne : « Téléphonez-moi ! Je suis à l'Hôtel de Paris. » Elle se garda bien de le faire même si, à l'instant où elle l'avait vu arriver, elle en était tombée amoureuse. À la folie. Par un coup de foudre immédiat et ravageur. Dès lors il n'était pas question qu'elle l'appelât.

L'après-midi, elle participa au tournoi de backgammon. Elle jouait contre lui et il lui proposa de la laisser gagner. Bien sûr, elle refusa. Ce furent les seuls mots qu'ils échangèrent avant de se retrouver à nouveau, l'un face à l'autre, le soir même au dîner du Sporting. Sachant, pour ce qu'elle avait eu l'occasion d'apprendre, que beaucoup de mâles américains adoraient les belles poitrines, elle s'était fait prêter une robe découvrant ce qu'il fallait montrer et jusqu'où la décence l'autorisait, par son amie la princesse Marizina d'Odescalci. Il apprécia la vision qui lui était offerte et lui demanda pourquoi elle ne l'avait pas appelé, ajoutant qu'il aurait vraiment souhaité qu'elle le fît.

« Dans mon pays et selon ma façon de voir les choses, une femme n'appelle pas, n'appelle jamais, un homme.

— Et pourquoi donc ?, interrogea-t-il.

— Parce que c'est comme ça et cela ne se discute pas ! Ce n'est pas moral, ce n'est pas élégant !, s'attira-t-il comme réponse.

— Peut-être !, en convint son interlocuteur, mais comment aurais-je pu le faire, moi, alors que je n'avais pas votre numéro ? Vous ne me l'aviez pas donné !

— Vous ne me l'aviez pas demandé !, répliqua-t-elle, du tac au tac.

— Eh bien, maintenant, je vous le demande !

— Demandez-le moi gentiment !

— Eh bien, maintenant, je vous le demande. Gentiment. S'il vous plaît, quel est votre numéro de téléphone ?

— Eh bien, maintenant je vous le donne ! »

Pendant que Marianne griffonnait le numéro du studio du prince Troubetskoï sur un coin du menu et que la professeur de gymnastique faisait mine de se désintéresser du problème puisqu'elle avait compris avoir été évincée des réjouissances futures, le prince de Polignac lui murmura à l'oreille : « Pourquoi diable vous plaît-il tant ? » Elle lui répondit : « À cause de son nez ! » « Nous l'appellerons donc monsieur Nez ! » conclut le prince.

Bien qu'heureuse, du moins le croyait-elle, avec son baron autrichien de mari, Marianne était donc tombée amoureuse de James Crosby. Sans savoir qui il était mais en faisant preuve de flair. Elle croyait que son convive de deux soirs était un bon joueur de backgammon, un Américain bien élevé et un homme, qui plus est, cela se voyait comme son nez au milieu de la figure, à l'abri du besoin. Il avait une forte carrure, de solides épaules, l'air viril et les cheveux noirs, tout pour lui plaire. La baronne ignorait qu'elle venait, par l'un de ces hasards qui changent le cours d'une vie, de rencontrer l'un des hommes les plus riches de tout le continent américain. Qui plus est, célibataire.

Chapitre 15

James Morris Crosby, dont Marianne ignorait tout sauf qu'il n'était pas parent du chanteur et acteur Bing Crosby, célèbre partenaire de Bob Hope mais aussi de Grace Kelly dans *Haute Société*, devait quitter Monaco, il l'avait annoncé à Marianne, une dizaine de jours après leur rencontre.

En lui disant au revoir, à l'issue de leur second dîner, il lui fit part de son envie de faire une petite croisière pour découvrir notamment Saint-Tropez et lui demanda si elle pouvait s'occuper de l'organiser pour lui, vu qu'il ne parlait pas un mot de français. Ne sachant pas plus que lui à qui s'adresser, Marianne téléphona le lendemain matin à Gaston, le concierge en second de l'Hôtel de Paris, le priant de lui trouver un bateau disons « confortable » afin de pouvoir passer quelques jours en mer. Elle ne précisa pas, tant cela lui paraissait aller de soi, que le bateau devait avoir deux cabines. La croisière fut organisée pour le lendemain. À midi, le secrétaire de James Crosby vint chercher Marianne dans le studio de la résidence Mirabeau. Il parut effaré de voir et qu'elle emportait deux grosses valises pour une croisière de quatre jours et qu'un simple rideau de plastique séparait le coin cuisine de son lit à l'intérieur du petit appartement. La voiture pilotée par ce secrétaire, Allan, arriva au port à l'emplacement du bateau en même temps que la limousine à rallonges amenant Crosby. On eût dit une ouverture de comédie musicale parfaitement réglée. Il n'y eut que le secrétaire pour déchanter. À la fois pipelette et punaise, cet Allan ne put s'empêcher de raconter le coup du rideau de plastique à son patron et de s'écrier que le bateau, pourtant tout à fait présentable, ne convenait pas. Il n'était pas « confortable ». Marianne s'affola. Crosby la rassura en lui précisant que c'était parfait. Accueilli sur le navire par un couple d'Anglais (lui était le capitaine et elle la cuisinière) ne parlant pas le français, Crosby embarqua avec une seule valise. Installé dans la cabine, il l'ouvrit par inadvertance en voulant la ranger quand Marianne, médusée, vit qu'elle était bourrée de billets de dollars, de francs et de lires, et pas en petites coupures. Il la referma et la rangea dans un coffre.

Durant la traversée, les deux passagers jouèrent au backgammon sur la plage arrière et arrivèrent à Saint-Tropez en fin d'après-midi. Le capitaine amarra le navire devant Chez Sénéquier où une place avait été réservée. Non sans mal. Les quais étaient noirs de monde. C'était, en effet, le 14 Juillet et la foule des grands soirs était de sortie. Marianne voulut emmener Crosby dîner au Byblos. Ne sachant pas que la distance n'était, tous comptes faits, pas très lointaine, elle voulut commander un taxi mais n'en trouva pas. Aucun ne pouvait arriver jusqu'au bateau. Elle finit par arrêter une petite camionnette de fruits et légumes vide, à l'arrière de laquelle trônait un berger allemand. En échange d'un billet de cinq cents francs, la conductrice accepta de les véhiculer... à la place du chien qu'elle fit courir derrière le véhicule. L'animal n'eut pas à fournir trop d'efforts puisque à cause de la population grouillant dans les rues, la vitesse maximale possible était celle d'un colimaçon. C'est donc en cet équipage que la baronne et son compagnon de voyage effectuèrent leur arrivée et leur entrée au Byblos, classé comme l'un des plus beaux hôtels du monde et, assurément, le plus chic de Saint-Tropez et des environs. Crosby avait ri comme un gosse en voyageant à l'arrière de la camionnette de fruits et légumes.

Au bar, trônaient quelques-uns des meilleurs amis de Marianne et aussi, évidemment, de son mari, qui firent semblant de ne pas trop s'étonner de l'absence de Frank Brandstetter. Ils s'installèrent à une table installée à la salle à manger en bordure de la piscine, obtenue grâce à la distribution d'autres billets de cinq cents francs. Et mangèrent au cœur d'un décor coloré de village provençal.

Rassasiés, les deux navigateurs rejoignirent leur navire en prenant le chemin du port, fendant une foule compacte. Ils montèrent à bord et descendirent dans l'unique cabine. Qui comportait deux lits. Marianne déclara prendre celui de droite et avala, sous les yeux médusés de Crosby, un somnifère, signifiant ainsi qu'elle entendait dormir sur ses deux oreilles et ne pas être dérangée. Elle n'eut que le temps de lui lancer un exquis « Que Dieu te protège ! » avant de sombrer dans le sommeil. Sur les coups de cinq heures du matin, elle fut réveillée par les grommellements de Crosby lui demandant, sans autre formule de politesse, de venir la rejoindre sur son matelas dans le coin gauche. Elle l'interrogea pour savoir s'il n'allait pas bien et lui conseilla de prendre, à son tour, un bon somnifère pour se calmer les idées.

À dix heures du matin, comme si de rien n'était, et, effectivement rien ne s'était passé, ils descendirent prendre le petit déjeuner sur le quai. Elle s'aperçut alors qu'il n'avait pas emporté de tenues de baignade. Retournant à bord, il ouvrit sa valise à billets, en sortit dix mille francs et demanda à Marianne de lui trouver des vêtements appropriés à la journée de soleil qui s'annonçait. En une heure, elle lui acheta des maillots, des chemises et des chaussures. Et elle se prit, ainsi qu'il l'y avait invitée, un ensemble qui lui plaisait. Rencontrant dans une boutique le comte Guy d'Arcangues et des amis, elle les invita à venir boire l'apéritif sur le bateau. Quand elle revint, il fut enchanté des achats et ne réclama pas la monnaie. De toute façon, il ne restait rien.

Il fut, en revanche, furieux d'apprendre qu'elle avait invité quelqu'un. Il descendit dans la cabine, s'y boucla et refusa de se montrer pendant tout le temps que restèrent le comte et ses amis. James Crosby n'avait rien à leur reprocher mais il n'aimait pas voir trop de monde tourner autour de lui. Quand, après leur départ, il émergea, il fit un gros caprice et voulut repartir sur-le-champ à Monaco. Il demanda donc à Marianne de lui trouver un hélicoptère pour le ramener dare-dare. Il ne voulait plus, en dépit des achats qui lui auraient conféré belle allure, jouer au loup de mer. Marianne, nullement aidée par le capitaine qui ne parlait pas un mot de français, batailla pendant deux bonnes heures dans une cabine téléphonique pour dégotter un hélicoptère. Elle finit par en trouver un qui les attendrait deux heures plus tard à l'aérodrome de Sainte-Maxime. Le navire quitta la place d'amarrage assurément la plus chère de France (un 15 juillet à Saint-Tropez devant Chez Sénéquier), appareilla et traversa la baie. Le capitaine et la cuisinière les laissèrent à quai au port de Sainte-Maxime, repartant sur les vagues sans passagers à leur bord jusqu'à Monaco. Un taxi les amena jusqu'à la piste d'envol du petit aérodrome où les attendait déjà l'hélicoptère qui les transporta jusqu'à l'héliport de Monaco.

En chemin, Crosby, survolant l'arrière-pays, trônait, sur le siège du passager, comme un bienheureux ayant réussi à satisfaire son désir. Loin de la foule déchaînée, il était assis et content. Après qu'ils eurent posé le pied sur le sol de la principauté de Monaco, un autre taxi les conduisit jusqu'à l'Hôtel de Paris. De retour d'une pareille odyssée, Crosby en descendit et Marianne, le plantant sur place, demanda au chauffeur de la reconduire chez elle. Fatiguée par le périple, elle souhaitait s'y reposer. Elle se retourna à demi alors que la voiture tournait sur la place et passait devant le Casino. Par la vitre arrière, elle vit Crosby debout sur les marches du perron de son hôtel, agitant la main et paraissant assez désemparé de son départ inopiné. Cette fille, assurément, n'avait rien de semblable aux autres.

Il ignorait qu'elle n'avait qu'une idée en tête. « Pourvu qu'il me rappelle ! Pourvu qu'il me rappelle ! » se répétait-elle comme une rengaine en regagnant le studio à rideau de plastique du prince Troubetskoï. Fébrile, elle ne put s'allonger. Aussi entra-t-elle sous la douche. Elle prit soin de laisser, auparavant, la porte de la petite salle de bains entrouverte afin d'entendre le téléphone s'il venait à sonner. Et, évidemment, il sonna. Et, évidemment, elle l'attendait. Et, évidemment, elle l'entendit. Ce qui explique pourquoi, depuis, elle ne ferme plus jamais la porte de sa salle de bains lorsqu'elle prend une douche avant de sortir le soir. Son bonheur, ce soir-là, ne tenait qu'à un fil.

Au téléphone, il lui demandait de bien vouloir accepter un dîner d'au revoir en sa compagnie. Il paraissait ému. Elle l'était tout autant. Elle accepta. Elle ne savait toujours pas ce que faisait, dans la vie de tous les jours, cet étonnant M. James Morris Crosby. Qui paraissait si décidé, si volontaire, si sûr de lui et si facilement démontable. Elle choisit et de sortir et de jouer le grand jeu. Le coup de foudre qu'elle avait ressenti en le voyant pour la première fois et le pressentiment qu'elle avait alors éprouvé en devinant que cet homme serait important dans le cours de sa vie lui faisaient comprendre qu'il y aurait désormais l'avant et l'après Crosby. Pour la circonstance, s'annonçant comme exceptionnelle, elle décida de revêtir une robe très sobre et très sérieuse, pas décolletée du tout et même boutonnée jusqu'au bas du menton. Et elle partit en chantonnant retrouver celui qui était devenu l'étoffe de ses rêves.

Chapitre 16

Elle vit immédiatement, en le retrouvant sur la terrasse du restaurant de l'Hôtel de Paris, qu'elle avait fait le bon choix. Il la regarda, l'examina, des pieds à la tête, et parut surpris et déçu à la fois. Après la robe à décolleté vertigineux, celle à col boutonné le désarçonnait. Ravie, elle sut donc qu'elle avait eu raison de dérober à la vue ce qu'elle ne lui avait que trop montré en maillot de bain pendant cette croisière d'un jour et demi. Après s'être sinon donnée, du moins beaucoup révélée, une femme doit redevenir inaccessible et se rendre difficile à récupérer. Cacher ses appas à un homme lui confère de l'appétit supplémentaire. Elle n'était pas encore la maîtresse de Jim mais elle entendait, parce qu'il lui plaisait, surtout parce qu'il lui plaisait, se faire désirer quelque peu. Elle s'était découverte en maillot de bain. Elle lui dissimulait maintenant le plus petit centimètre carré de sa peau, ce qui ne pouvait que le titiller.

Elle comprit aussi qu'elle avait de la chance. Le secrétaire qui ne la portait pas dans son cœur avait emmené la cohorte de gens qui paraissaient escorter Crosby dîner au Pirate à Roquebrune. Ne pensant pas qu'il reviendrait de sitôt de sa croisière à Saint-Tropez, personne n'avait de raison de l'attendre. Marianne fut donc heureuse de dîner à nouveau en sa compagnie. Sa bonne étoile facilitait les choses en les tenant tous deux éloignés des autres et en les gardant seuls au monde. À table, ils jouèrent au chat et à la souris. Notamment lorsqu'il lui fit remarquer, en lui montrant en contrebas de l'autre côté de la rue la vitrine du joaillier Van Cleef et Arpels, que le magasin semblait fermé à toutes les heures du jour et de la nuit et qu'il redoutait de ne jamais parvenir à y pénétrer avant de repartir pour les États-Unis. « Mais que voulez-vous donc y faire ? » demanda Marianne en jouant parfaitement la fausse ingénue. « Acheter un beau bijou... » dit-il, marquant un temps avant d'ajouter « ... pour ma secrétaire ! » Marianne faillit dégringoler de sa chaise. Ainsi donc, voilà quel était l'objet de ses amours. Sa secrétaire. Comment n'y avait-elle pas pensé plus tôt ? Il ne pouvait voyager avec sa secrétaire pour d'obscures raisons de qu'en dira-t-on mais il lui achetait un beau bijou pendant son voyage.

Décidée à mettre les pieds dans le plat, elle lui demanda alors pourquoi il n'était pas marié à plus de cinquante ans. Il n'avait pas le temps et de s'occuper d'une femme et de ses affaires, expliqua-t-il. Au passage, elle l'interrogea sur ce qu'il pouvait faire de si intéressant et de si absorbant. Il répondit qu'il gérait, précisément, des affaires.

« Lesquelles ?

— Mais, de toutes sortes !

— Et dans quel domaine ?

— Dans les jeux de hasard ! »

Marianne qui, des mois auparavant, dans sa maison de Suisse, avait vu le film *Atlantic City* de Louis Malle qui se déroulait dans les coulisses d'une ville américaine de bord de mer vouée au jeu avec Burt Lancaster, poursuivit : « Comme dans *Atlantic City* ? » « Comme dans *Atlantic City* ! » lui répliqua-t-il sans donner plus de précisions. « Oh, je rêve d'y aller un jour ! » s'exclama-t-elle, de façon prémonitoire. Ignorant qu'elle avait, pour une partie au moins des fameuses affaires, tapé dans le mille, elle ne se doutait pas qu'un jour elle serait à Atlantic City chez elle en son royaume.

En attendant, elle ne savait toujours pas ce que faisait ce M. James Morris Crosby. Mais, en ce moment précis, elle s'en fichait. Tout au plus pouvait-elle imaginer que, assurément, il brassait des affaires avec un certain brio puisqu'il ne paraissait pas se préoccuper avec anxiété du prix du kilo d'olives. Pas vraiment renseignée mais s'en moquant un peu, elle revint à l'essentiel de ses préoccupations du moment : la secrétaire. Tournant et retournant autour du pot, entre la poire et le fromage, elle effleura tant et si bien le sujet qu'il finit par lui fournir la réponse qu'elle brûlait d'entendre. Non, il n'avait pas de liaison avec sa secrétaire. Elle allait bientôt se marier et c'est pour ça qu'il souhaitait lui rapporter, d'Europe, un beau bijou. Marianne but du lait mêlé de miel. La réponse lui convenait parfaitement.

Le repas terminé, elle l'accompagna au Pirate où il voulut retrouver ses amis. Chemin faisant, elle lui raconta qu'il s'agissait d'un restaurant à la mode où se déroulaient des soirées échevelées. Elle lui raconta qu'une fois elle eut la fantaisie d'y grimper au sommet d’un arbre qui se trouvait au milieu de la piste. Ne pouvant y parvenir, elle avait demandé à un convive se trouvant à sa table de lui prêter son pantalon en échange de sa jupe beaucoup trop serrée pour l’escalade. Il avait accepté et tous deux étaient partis en direction des toilettes, chacun dans celles de son sexe, pour troquer les tenues en les passant, chacun la sienne, par-dessus le mur de séparation. Et c’est ainsi que Marianne connut, dans les annales du Pirate, et son heure de notoriété pour avoir escaladé, vêtue d’un pantalon d’homme deux fois trop grand pour elle, le grand arbre planté en son milieu, et son heure de vraie gloire en dégringolant du sommet pour atterrir sur les fesses au centre d’une table de convives occupés à déguster des steaks au poivre.

Crosby, en écoutant, sur le trajet, la relation de ces exploits merveilleux, ne rigola pas en se tenant les côtes. Il aimait, lui glissa-t-il cérémonieusement dans l’oreille, les femmes dignes et affichant une certaine tenue. Marianne se le tint pour dit et se promit, même si l’envie l’en reprenait, de ne plus jamais grimper aux arbres du moins devant lui. James Crosby aimait les dames aux allures de ladies.

Quand ils descendirent les marches du restaurant, des dizaines de convives s’amusaient comme des fous non seulement à se livrer une vaste bataille rangée en se lançant des saladiers de légumes et de fruits à la tête mais encore à balancer dans le feu de la cheminée le mobilier du lieu. Comme de coutume, chaises et tables valsaient dans les flammes au milieu de l’hilarité générale, y compris celle du propriétaire qui calculait déjà la somme qu’il rajouterait à la note globale des joyeux fêtards. Là non plus, Crosby ne se tapa pas sur les cuisses en rigolant d'une franche hilarité. Il n'était pas amusé, mais alors pas amusé du tout. Il voulut repartir jusqu'à son hôtel et, de retour dans le hall au plafond lambrissé et aux murs dorés, il formula la proposition à peine déguisée des réjouissances qui s'en-suivraient si elle acceptait de boire un ultime verre dans sa suite au dernier étage. L'embrassant tendrement sur les deux joues, douce et suave, Marianne tira sa révérence.

Le petit manège continua de la sorte pendant encore cinq ou six jours. Chaque matin, ils allaient jouer au golf sur le terrain de Mont-Agel dominant la principauté. Chaque après-midi, ils disputaient des parties de tennis. Et, à l'un comme à l'autre sport, tous deux excellaient. Marianne était championne de tennis, de ski, de ski nautique et aussi de golf. Et Crosby n'avait, sur ce terrain, rien à lui envier. Sinon qu'il avait parfois du mal à la suivre car il s'essoufflait plus rapidement qu'elle. Il avait ses raisons.

Il excellait aussi sur le terrain du backgammon dont les tournois se poursuivaient dans les salons de l'ancien casino. Ce jeu, au début des années quatre-vingt, était très à la mode. Les compétitions se déroulaient dans les endroits les plus brillants du monde et s'y adonner relevait du chic absolu. Plutôt que de minauder des heures durant, Marianne prenait donc la direction des opérations sportives et ludiques du jour et le maître d'œuvre de multiples affaires que paraissait être Crosby, entouré d'un bataillon d'assistants et de collaborateurs, la suivait comme s'il s'agissait d'un bon vieux copain de régiment. Ils passaient d'excellents moments ensemble à parler de leurs passions communes et à les vivre. Elle vérifiait ainsi, une fois de plus, le bien-fondé de l'une de ses maximes.

À savoir : ne jamais coucher d'emblée avec l'homme qui vous plaît sans avoir tenté de découvrir sa personnalité secrète et sans avoir réussi à expérimenter l'un de ses dons cachés. Il l'attirait profondément. En plus, il était, comme elle, très sportif. Deux bonnes raisons pour faire traîner les choses en longueur et en langueur.

Elles s'étirèrent donc de la même manière, depuis les retrouvailles enjouées du matin jusqu'à la pirouette du soir pour éviter le détour et l'arrêt dans la chambre à coucher, cela pendant une petite semaine. Puis, un soir, hélas, peut-être agacé par ces dérobades qui n'en finissaient pas ou occupé par ses affaires, Crosby n'invita pas Marianne à dîner. Elle s'affola quelque peu en craignant pour la suite de leurs relations. Était-elle allée trop loin en se dérobant sans cesse ? Il avait dû, paniquait-elle, tomber sur une fille ayant su se montrer moins farouche qu'elle et son minirègne de favorite ayant tout obtenu sans rien donner était désormais clos. Se refusant à le rappeler, selon cette sacro-sainte règle à laquelle elle ne dérogerait jamais, elle demanda conseil à Samir Traboulsi qu'elle connaissait du temps de ses premiers séjours à Monaco avec Yann. Traboulsi lui dit de ne pas s'inquiéter. « Va t'installer au bar de l'Hôtel de Paris. Il y est souvent. Il y sera ce soir. Il passera sûrement avant ou après son dîner. Il te verra et il te demandera, à coup sûr, de rester. » Ce qu'elle fit.

Il ne vint que très tard au bar et, comme si de rien n'était, l'invita à nouveau à monter dans sa suite. Elle re-refusa. Elle ne voulait pas lui céder en une seconde uniquement pour ne pas le perdre parce qu'elle le considérait de plus en plus comme l'homme de sa vie. Alors, elle chuchota qu'elle allait rentrer chez elle, jouant son va-tout sur cet adieu auquel elle espérait qu'il se refuserait. Et, à sa grande surprise qu'elle ne manifesta pas, il la ré-invita à dîner pour le lendemain soir. Du coup, elle lui proposa de faire à nouveau du sport le lendemain matin. Il fut d'accord et la liaison amicale repartit de plus belle. Ils ne reparlèrent plus de leur petite séparation et il ne l'invita plus à re-boire un dernier verre dans sa suite dominant la baie.

Mais arriva ce qui devait arriver. À l'issue d'un de leurs dîners, en cette fin du mois de juillet, Crosby annonça à Marianne qu'il partirait le lendemain en fin d'après-midi pour Londres. Et qu'il l'invitait pour un thé d'adieu dans sa suite juste avant le départ. Il souhaitait qu'elle fût son ultime souvenir de Monaco, de la Côte d'Azur et de la France.

Marianne, touchée par ces mots délicats, se rendit à l'invitation en se doutant de ce qui se passerait, de ce qu'elle voulait cette fois et de ce qu'elle provoquerait si rien n'arrivait. En franchissant, ce jour-là, la porte de la suite, elle était, en effet, prête à faire l'amour avec Crosby. Elle ne voulait pas qu'il partît sans avoir couché avec elle. Cela lui paraissait la seule manière et de clore leur rencontre de Monaco et d'en préparer une nouvelle puisqu'il devait, à l'entendre, revenir un mois plus tard, à la fin août, sur le Rocher. Elle souhaitait effectivement qu'il la quittât sur le meilleur des souvenirs. Et sur des caresses inoubliables.

Le thé fut sage. Les gâteaux sucrés. Lorsque Marianne, faisant figure de jolie cerise, eut fini d'avaler ses dernières gorgée et bouchée, il mit son bras autour de son cou et l'embrassa. Elle se laissa faire. Elle l'embrassa à son tour. Ce qui suivit fut moins sage. Mais formidable. Crosby se révéla un amant d'exception. Elle regretta d'avoir attendu près de quinze jours. Après avoir fait l'amour, il lui dit qu'il avait cru jusqu'à cet instant qu'elle ne l'aimait pas. « Et pourquoi donc ? » s'exclama-t-elle. « Parce que tu ne voulais pas coucher avec moi ! » répliqua-t-il. « Mais cela n'a rien à voir. Au contraire ! » répondit-elle avant d'ajouter : « En Europe, aucune femme, à moins d'être une grue complète, ne couche avec un homme, même s'il lui plaît, dès le premier soir, ou alors, si elle agit ainsi, c'est pour profiter de l'instant qui passe en sachant ou qu'elle ne le reverra pas ou qu'elle n'aura pas d'histoire sérieuse avec lui. »

Crosby fut stupéfait d'entendre pareil discours. Il n'était jusqu'alors tombé que sur des filles qui s'allongeaient à la commande et qui ne lui opposaient même aucun semblant de résistance. Ainsi donc, ce qu'il avait pris pour du désintérêt témoignait, à l'opposé, d'un intérêt profond. Celui de quelqu'un nourrissant pour lui un vrai sentiment. Il ne pouvait le croire, n'ayant pas été habitué à pareil traitement. Les femmes le mettaient constamment en situation d'homme satisfait n'ayant pas à accomplir le moindre effort pour les conquérir. Il n'en attendait, dès lors, plus rien d'autre qu'un simple contact charnel. Elle lui apportait autre chose. De différent. L'échange d'une fantaisie. La découverte d'une complicité.

Marianne, elle, se félicita d'être tombée amoureuse d'un homme pareil. Autoritaire et impatient mais aussi enfantin et émerveillé. Elle se régala moins quand elle le vit, leur étreinte terminée, se lever, se rhabiller et se préparer pour son départ. Il lui proposa, alors, tandis que les grooms enlevaient les valises de la chambre (y compris celle qui contenait, en liquide, une rançon d'archevêque) pour les installer dans la limousine, de partir avec lui pour Londres dans l'avion privé qu'il avait loué. Elle ne s'inquiéta pas pour les bagages qu'elle n'avait pas, Crosby lui dit qu'il saurait y suppléer, mais elle se demandait si elle devait, oui ou non, le suivre.

Dans l'agitation du départ, elle s'approcha d'Allan, le secrétaire, qui, visiblement, ne s'était pas réjoui de l'avoir trouvée à demi nue dans la suite et avait même carrément grimacé en entendant son patron l'inviter à le suivre à Londres. Crosby l'avait d'ailleurs réprimandé en le priant d'être bien élevé. Marianne, ayant parfaitement compris qu'elle n'avait pas, en sa personne, un allié, lui demanda néanmoins ce qu'il fallait qu'elle fît. La bouche de travers, Allan lui répondit qu'elle n'avait pas à faire de manières. Il lui suffisait d'agir comme toutes les autres filles que rencontrait Crosby. Ne pas discuter. Ne pas lambiner. Ne pas réfléchir. Elles embarquaient toutes sans demander leur reste. Trop heureuses de l'aubaine. Et des cadeaux qui suivaient.

Devant l'Hôtel de Paris, Marianne s'installa dans la limousine de vingt mètres réservée pour Crosby qui expédia Allan dans celle qui suivait alors que, d'ordinaire, il ne quittait pas son patron d'un pas. La tête qu'il fit ne laissa rien augurer de bon à la baronne pour l'avenir, si avenir il devait y avoir. Les bagages suivaient dans une troisième voiture. Le cortège prit la direction de l'aéroport de Nice où les automobiles purent rouler jusqu'au pied de la passerelle. Marianne se demanda décidément quel était ce personnage inconnu mais si puissant qui obtenait tant de privilèges.

Au sortir de la voiture, sur la piste, elle embrassa

Crosby qui s'effaçait pour la laisser grimper et elle lui dit que, non, assurément non, elle ne partirait pas avec lui pour Londres. Une décision prise après réflexion durant le trajet. La foudre n'aurait pas plus désarçonné Crosby. Il parut interloqué et la regarda bizarrement. Quelle pouvait donc être cette étrange femme qui refusait de le suivre, tous frais payés, dans un de ses voyages ? Assurément, elle n'avait rien de semblable aux autres. Jamais encore, aucune ne lui avait fait un coup pareil. Ils s'entendaient à la perfection, sur tous les plans. Elle avait été à lui quelques heures auparavant et il aurait voulu la garder. Mais elle le plaquait subitement sur l'aéroport de Nice pour repartir seule à Monaco où, il en était sûr, aucun homme ne l'attendait. Il ne comprenait plus. Pour la première fois de sa vie, il n'était pas plus maître des autres que de l'univers. Marianne voyait qu'il ne maîtrisait pas la situation et qu'il ne comprenait plus rien à rien. Et elle savait qu'un homme qui ne comprend plus est un homme qui va s'obstiner à comprendre, qui va se prendre et se perdre au jeu et qui, dès lors, ne va ne plus penser qu'à ça.

« Je reviendrai dans un mois » eut-il, à peine, le temps de promettre. La porte de l'avion se refermait. Elle ne put rester sur la piste d'envol pour assister au départ. Elle n'aurait pas voulu, dans la chaleur de cette fin d'après-midi des derniers jours de juillet, avoir l'air d'une idiote plantée au bord d'une piste d'aéroport tandis que s'envolait vers le ciel l'être que, désormais, elle aimait le plus au monde. Elle dut remonter dans la limousine de vingt mètres qui repartait pour Monaco avec elle seule pour passagère. Sur la banquette de cuir charbon, derrière les vitres teintées et ses lunettes noires, elle ne regrettait pas d'avoir fait ce qu'elle avait fait. Et plus elle y pensait, moins elle le regrettait. Elle avait infléchi le cours de son destin.

Si toutes les filles que rencontrait Crosby le suivaient sans état d'âme dans ses pérégrinations, il fallait bien qu'il y en eût une pour se distinguer et ne pas se conduire comme les autres. Elle serait donc, pour le moment, la seule à ne pas lui emboîter le pas. Recueillerait-elle pour autant ce qu'elle avait semé ?

Les jours qui suivirent ne contribuèrent pas à la conforter dans l'idée qu'elle avait agi pour son bien. Crosby, en effet, ne se manifesta pas. Elle attendait son appel avec une tension et une attention de chaque minute. En vain. Lorsqu'elle quittait le studio du prince Troubetskoï, elle décrochait le téléphone afin que la ligne fût occupée. Elle sortait le moins possible et se désespérait le plus souvent. Elle ne savait que faire car elle ne doutait pas une seconde qu'elle plaisait beaucoup à Crosby, au moins autant qu'il lui plaisait, mais, c'était plus fort qu'elle, elle ne voulait pas et ne pouvait pas l'appeler. C'était à lui de le faire. À lui de dire qu'il la voulait et, dût-elle encore souffrir de toute son âme sur le canapé orange du studio, elle ne décrocherait pas le combiné pour composer son numéro.

Six semaines d'enfer passèrent ainsi. Elle eut même le temps d'effectuer un aller-retour à Genève. Il ne revint pas non plus à Monaco. Elle crut défaillir quand elle apprit par le réceptionniste de l'Hôtel de Paris que la réservation de la suite du dernier étage effectuée au nom de M. James Morris Crosby pour une partie du mois d'août avait été annulée sans plus d'explications.

Ne recevant aucune nouvelle, elle touchait le fond des

fonds. Elle qui se croyait, à la suite de ses tribulations de par le monde, devenue une véritable aventurière s'apercevait avec effroi qu'elle était restée une midinette disant bêtement bonsoir à la tristesse. Une de ses amies autrichiennes se partageant entre Acapulco et Atlanta, Gerry, qui la voyait dépérir chaque jour davantage, eut à repartir pour les États-Unis. Connaissant la situation, elle proposa à Marianne de téléphoner, elle, à James Crosby qu'elle connaissait un peu pour avoir participé en sa compagnie au tournoi de backgammon de Monaco. Et d'évoquer le nom de Marianne pour entendre sa réaction. La baronne hésita puis donna son accord à condition que son amie trouvât un prétexte solide justifiant l'appel au cours duquel elle glisserait une allusion à la baronne. Gerry promit tout ce qu'on voulait. À savoir qu'elle agirait en finesse et procéderait par allusions.

Elle fit, en fait, ce que bon lui semblait. Arrivée sur le sol américain, elle y alla sans détours et s'empressa de téléphoner à Crosby pour lui dire que Marianne attendait son appel depuis plus de six semaines et qu'il ferait bien, maintenant, de ne plus la faire languir davantage. Crosby fut trop heureux de s'exécuter. Elle comprit qu'il ne savait pas trop où il mettait les pieds. Le fait que sa conquête fût mariée l'inquiétait. Il téléphona à Marianne qui montait toujours le guet dans son studio et qui frôla l'évanouissement en entendant la voix qu'elle attendait depuis si longtemps. Il comprit qu'elle était formidablement heureuse de son appel. Elle le lui dit. Elle ajouta qu'elle allait devoir quitter Monaco pour traverser l'Atlantique et rentrer au Mexique. Il l'invita alors à venir lui rendre visite. « Pourquoi, sur votre chemin de retour, ne vous arrêteriez-vous pas chez moi ? Je suis actuellement aux Bahamas. Venez passer quelques jours ! » Les valises furent, fait notable car la baronne n'est pas toujours aussi rapide, bouclées en deux heures. Une place d'avion avait été réservée et un billet d'avion prépayé. Et le soir même, Marianne quittait Monaco et s'envolait pour Nassau via Paris.

Ce n'est que dans l'avion l'emmenant retrouver son amant qu'elle pensa, pour la première fois depuis son départ du Mexique, qu'il y avait un homme auquel elle n'avait pas donné l'ombre d'une nouvelle en deux mois.

Ce n'est que dans l'avion qu'elle pensa, subitement, que Frank Brandstetter avait dû revenir de Chine et rentrer à Acapulco.

Ce n'est que dans l'avion qu'elle pensa à cet homme qui l'attendait à la maison et que cet homme, c'était son mari.

Toujours son mari. Encore son mari.

Chapitre 17

Une limousine, blanche cette fois, attendait Marianne à l'arrivée de son avion sur la piste de l'aéroport de Nassau, aux Bahamas. Allan, le secrétaire de Crosby, avait été dépêché pour lui faire bon accueil et aussi bonne mine. La limousine n'entra pas dans Nassau mais prit la direction de Paradise Island, une petite île artificielle qui, créée de toutes pièces face à la capitale dont l'ex-roi d'Angleterre Edouard VIII devenu duc de Windsor après son abdication fut gouverneur général, trônait en plein océan au milieu des flots verts et bleus mêlés.

La voiture traversa le pont de béton à double voie jeté entre les deux rives, franchit les barrières de sécurité, serpenta entre les buildings de sable rose devant lesquels Marianne écarquillait les yeux, ne sachant toujours pas à qui elle avait affaire en la personne de son hôte ni où elle allait exactement. Après avoir découvert ce paysage de conte de fées digne du château de Blanche-Neige, la limousine blanche s'arrêta au bout du bout de l'île, à l'endroit où se rejoignaient les vagues de l'Atlantique et celles de la mer des Caraïbes, loin de toutes les constructions touristiques.

Édifiée à même le rivage, sur une large plage de sable blanc, la vaste demeure de son hôte était dissimulée par de hauts murs d'épaisse végétation. La maison avait des cloisons de verre, une piscine en son milieu et, de l'ensemble, se dégageait une impression de luxe, de calme et de paix. La vue s'y étendait à l'horizontale et à l'infini. En découvrant l'endroit, Marianne n'eut qu'une envie. Vivre là et ne plus jamais en partir.

Jim l'attendait. Elle ne lui fit aucune récrimination parce qu'il avait oublié de lui téléphoner, pas même parce qu'il n'avait pas pris la peine de lui annoncer, à l'époque, qu'il était bien arrivé à Londres après son départ de Monaco. Elle avait, depuis longtemps, mis en pratique la maxime selon laquelle il ne faut pas accabler de reproches un homme ayant fini par accomplir ce qu'il devait. Il l'avait appelée. Il l'avait invitée. Il la recevait comme une déesse. Qu'espérer de plus ?

Des fleurs tropicales, des roses de porcelaine, trônaient dans une multitude de vases disséminés à travers les pièces. Des femmes de chambre se pressaient à chaque mouvement de son petit doigt. Elle eut d'ailleurs vite fait de les écarter car elle remarqua qu'elles faisaient fuir leur patron qui ne supportait la présence de personne et courait même se réfugier et se cacher dans les recoins du jardin pour ne pas avoir à les apercevoir. Jim détestait voir du monde tourner à son entour. Marianne prit donc l'habitude de congédier les femmes de chambre dès qu'il était là, de ne plus les voir elle non plus et, depuis, elle s'arrange toujours pour rencontrer le moins possible

Une première communiante à Nuremberg.

Slow langoureux avec Jean, le premier mari.

Instant détente dans l'incroyable chambre d'Acapulco.

Acapulco toujours. Au bord de la piscine et dans la chapelle de la demeure.

Marianne et ses amis, parmi lesquels Julio Iglesias...
sans oublier l'un des hommes de sa vie, à droite, Jim Crosby.

Fête très jet-set avec Gina Lollobrigida et Ivana Trump.

Avec Mme Crosby, la mère de Jim.

Duo avec Julio.

Un joli chapeau pour Warren Avis.

Marianne et Jim.

Dentelles noires pour
Henri de Clermont, Comte de Paris...
et sublime robe fleurie pour l'espion
de Sa Majesté, Roger Moore.

En haut, quand Marianne rencontre Régine, la reine de la nuit.
En bas à gauche, Marianne, héroïne de Dynasty?
En bas à droite, sculpturale Marianne.

Glamoureusement vôtre.

Trois rangs de perles pour Kevin Costner.

Ski nautique : le secret de sa forme.

Star, à Cannes, au sortir de l'Hôtel Majestic.

dans l'une ou l'autre de ses résidences les gens attachés à son service. Elle préfère être seule.

Le soir, face aux vagues qui venaient lui lécher les pieds alors qu'elle marchait sur le sable, alors que le soleil en disparaissant à l'horizon semblait embraser l'océan – c'était là en effet qu'avaient lieu les plus beaux crépuscules du monde –, elle demanda à Jim ce qu'il faisait pour de bon et pour de vrai dans l'existence. Elle en était restée au fait qu'il lui avait dit travailler dans le monde des jeux à Atlantic City, sur la Côte Est des États-Unis. Et elle le retrouvait aux Bahamas. « C'est la même chose » lui déclara-t-il sans emphase.

Sa tête tourna lorsqu'elle l'entendit lui expliquer qu'il dirigeait un empire de casinos, d'hôtels et de restaurants. À Nassau, toute l'île de Paradise appartenait à sa compagnie. Il était, en fait, le P-DG de la société Resorts International qui employait plus de six mille personnes pour faire fonctionner un ensemble de divertissements et de distractions ayant peu d'équivalents dans le monde.

S'intéressant à l'industrie des hôtels et des casinos aux Bahamas, il avait acheté en 1966 pour quatorze millions de dollars à un dénommé Huntington Hartford Paradise Island, d'abord appelée Hog Island, au large de Nassau. L'endroit était somptueux avec des étendues infinies, mêlant végétation luxuriante et plages désertes couvertes de sable blanc et baignées d'eaux vertes. Le précédent propriétaire, héritier d'un milliardaire, avait vainement tenté d'obtenir la licence des jeux mais le gouvernement des Bahamas, jusqu'au milieu des années soixante, s'y était obstinément refusé. Conséquence, il avait fini par jeter l'éponge. Grâce à quelques connexions gouvernementales bien placées, Crosby, après avoir racheté l'île, avait décroché la licence des jeux. Il avait obtenu, également, l'autorisation de faire construire un hôtel de cinq cents chambres et, surtout, un pont permettant aux touristes en vacances à Nassau de venir à Paradise Island plus rapidement par la nouvelle route que par la traditionnelle navette de bateaux.

Le monde des jeux dans les Caraïbes n'étant pas toujours d'une pureté aussi immaculée que celle des eaux de baignade, Crosby avait tenu à n'être jamais suspecté de fricoter, d'une manière ou d'une autre, avec la mafia. Il avait donc engagé en 1969 Robert Peloquin, vétéran de la guerre de Corée, pour veiller à la moralité du personnel et éviter tout dérapage.

Crosby n'était pas riche... mais multimilliardaire. Classé en tête dans la liste des hommes les plus argentés des États-Unis, il brassait chaque jour des centaines de millions de dollars. Mais, discret, il n'en parlait jamais. Et n'étalait pas de chiffres à rallonges. Il sortait d'ailleurs d'un milieu très fortuné où personne, jamais, ne parlait d'argent. Élevé chez des religieux, il avait eu un père avocat, diplômé de l'université de Harvard. Et il était lui-même diplômé de Georgetown.

Au volant d'une petite voiture électrique comme on en trouve sur les terrains de golf, Crosby fit visiter à Marianne son royaume des Bahamas. Le gigantesque hôtel de cinq cents chambres aux murs et à la façade de sable rose. Six restaurants dont trois de grand style. Une immense plage faisant le tour de l'île. Un terrain de golf au bord immédiat de la mer. Un club privé. Des salles de machines à sous et de tables de jeux. Et le grand casino.

Il lui fit découvrir le lendemain à déjeuner la « conk salad » faite avec la chair blanche et caoutchoutée de gros coquillages torsadés pêchés au large. Elle fut sensible au fait que, sachant qu'elle ne resterait qu'une semaine, il multipliât les efforts pour se rendre assez disponible. Tout en lui montrant son bureau ainsi que la plus belle des suites de l'hôtel, celle où séjourna plus tard Michael Jackson, il lui raconta comment il avait acquis son fabuleux empire.

À chacun des membres de sa famille – trois frères et deux sœurs –, il avait, au commencement des commencements, emprunté de l'argent. Son frère Peter avait été marié à l'actrice française Denise Darcel (vedette du western *Vera Cruz* de Robert Aldrich avec Gary Cooper et Burt Lancaster). Sa sœur Suzanne avait épousé, elle, Thomas Murphy, P-DG des chaînes de télévision ABC et sa sœur Elaine Henry Murphy, frère de Thomas et patron d'une grande chaîne de pompes funèbres dans le New Jersey. Tous lui avaient avancé des liquidités lui permettant, en les unissant aux siennes, de s'occuper de plusieurs sociétés, de se lancer en Bourse, d'y amasser un pactole, d'acheter Paradise Island et de devenir le pionnier d'Atlantic City. En cette ville de la Côte Est, il avait pris le risque de venir s'installer en 1976, dix années après avoir racheté Paradise Island, lorsque l'état du New Jersey avait approuvé la légalisation des casinos à une époque où personne n'osait concurrencer Las Vegas. Après avoir travaillé pendant vingt ans à Wall Street et avoir fait fortune dans le marché boursier, Crosby avait choisi de créer, aux portes de cette gigantesque métropole qu'était New York, où ils étaient strictement interdits, des établissements de jeux d'argent. Il avait racheté et transformé le vieil hôtel Haddon Hall, sur le bord de mer, en établissement luxueux. Les travaux d'aménagement, de construction et d'installation avaient coûté la somme pharaonique de quarante millions de dollars et, lors de la nuit d'ouverture, Crosby avait été vu en train de lancer les dés sur les tapis verts pour la seule et unique fois de sa vie.

Heureux de faire le travail qu'il faisait, bien qu'habité par de vieux fonds de puritanisme qui resurgissaient parfois, il était, en tout, dénué de prétention. À sa suite, d'autres financiers audacieux avaient pris le risque commercial d'installer un chapelet de casinos le long de la promenade du bord de mer qui avait, dès lors, tout d'une façade luxueuse abritant derrière elle, en seconde ligne, des blocs d'immeubles pouilleux et de taudis miséreux. Le public, venu de New York et d'ailleurs, s'était précipité, les poches pleines de dollars, dans la brèche entrouverte par Crosby. Et les recettes continuaient, huit ans après, à se révéler phénoménales.

Aimant avoir le contrôle de tout ce qu'il faisait, il était le seul à diriger sa société, n'avait jamais une seconde à lui et ne se montrait pas toujours d'un commerce facile. Ne cherchant pas à se mettre en lumière, n'aimant pas plus les histoires, il semblait avoir, consciemment ou non, calqué sa personnalité sur celle du légendaire Howard Hughes, le milliardaire excentrique, producteur de cinéma, cavaleur de première, amant de stars, promoteur de Las Vegas, propriétaire d'une compagnie d'aviation et patron de la capitale mondiale des jeux, qu'il avait rencontré chez lui, au dernier étage du palace installé au milieu du désert du Nevada où il se calfeutrait par peur des gens et des microbes.

Marianne, en l'entendant évoquer le nabab qui le fascinait, se souvint que son médecin mexicain, le docteur Montemayor, avait été aussi celui d'Howard Hughes dont il avait constaté le décès lorsqu'il était mort en 1976, reclus, à Acapulco. Il lui avait d'ailleurs raconté que Hughes, riche comme personne ne saurait l'imaginer, était en fait mort de faim dans sa suite, entouré de serviteurs asiatiques qu'il obligeait à porter des masques hygiéniques et des blouses. Il n'avait rien dans l'estomac depuis cinq jours et arborait des cheveux longs jusque sur les épaules et des ongles de pieds et de mains pas coupés depuis au moins un an.

À son instar, Crosby (qui prenait plus soin de lui) évitait la foule, vivait dans des hôtels luxueux ou des villas retirées, rêvait de posséder une compagnie d'aviation, s'apprêtait à acheter la Pan Am et collectionnait les créatures de rêves.

Marianne s'aperçut de quelques-unes de ses lubies au début mais ne dit rien. Tout au plus s'étonna-t-elle de voir la maison sur la plage ceinturée de gardes et surveillée jour et nuit par des agents de sécurité armés, accompagnés de chiens policiers et juchés jusque dans les arbres où des postes de guet avaient été spécialement aménagés. L'explication selon laquelle ils servaient uniquement à empêcher les cambriolages de résidences construites sur les plages par des pirates venus par la mer, ce qui était d'ailleurs vrai, ne la convainquit qu'à demi. Le danger était bel et bien là. La mafia planait. Les provocateurs rôdaient. Cuba, soumise au blocus, ne se trouvait pas loin. Les trafiquants non plus.

En cette maison sur la plage, Robert Peloquin, responsable de la sécurité de Resorts International, avait, avec l'accord de Crosby, offert l'hospitalité au shah d'Iran lors de son exil définitif, alors qu'il cherchait un endroit où s'établir dans le monde. Mohamed Reza Pahlavi avait ainsi dormi dans la chambre à coucher de Jim. Et l'impératrice Farah avait, elle, dormi dans la chambre à coucher qu'occuperait plus tard Marianne. L'endroit paraissait idyllique mais aussi très menacé.

Ignorant les dangers, Marianne jouissait de la plénitude de l'instant présent et de la tendresse de l'homme qu'elle aimait et qui la rendait heureuse. Traitée comme une reine, ou du moins comme la femme du roi en un territoire clos sur lequel Crosby régnait en monarque souverain, elle ne souhaita, dès lors, pas plus vivre ailleurs que vivre autrement. En fait, elle ne désirait pas d'autre homme à son côté que James Crosby. Elle l'aimait sincèrement. Elle l'avait aimé dès qu'elle l'avait vu, lors de leur première rencontre sous les étoiles de Monaco, au Sporting dont le toit avait été ouvert. Cela avait été un coup de foudre. Elle ne voulait plus le quitter.

Mais il y avait toujours, dans son paysage sentimental, un autre homme, un amant précédent auquel elle était bel et bien liée, auquel elle n'avait pas téléphoné depuis des mois et qu'il lui fallait, maintenant, songer à aller rejoindre avant qu'il ne lançât Interpol à la recherche de sa femme disparue. Elle ne pensait à rentrer chez le colonel-baron Brandstetter que pour en resortir au plus vite.

Chapitre 18

Crosby, bien sûr, savait que Marianne était mariée. Elle le lui avait confié. Très catholique, il lui avait dit, le lendemain du soir où à Monaco il ne l'avait pas appelée pour dîner, qu'il n'aimait guère l'idée d'être l'amant d'une femme engagée. Sa religion le lui interdisait. Il n'en avait, ensuite, plus reparlé et avait même semblé s'en moquer. Mais ici, sur la plage de Paradise Island, il lui avoua que s'il ne l'avait pas rappelée après son départ pour Londres, c'était bien parce qu'il n'avait pas voulu s'engager dans une affaire qui lui semblait très sérieuse sentimentalement et s'annonçait trop compliquée moralement. Il ne voulait pas, en effet, aller à l'encontre des préceptes de sa religion en courtisant Marianne. Il lui expliqua, un soir, sur fond de mer et bruit de vagues, qu'il ne trouvait ni digne ni très noble de sa part d'entretenir une liaison coupable avec une femme mariée puis il n'avait plus abordé le sujet.

Quelques jours avant le départ, bien obligé, de Marianne pour Acapulco, il avait parlé de retrouvailles à

Nassau ou alors à Atlantic City. Cela dépendrait. De tout. D'un rien. Du temps. Des sentiments. Des envies. De la volonté de Dieu. Marianne comprit alors que rien n'était acquis et qu'il allait lui falloir batailler dur pour conquérir son bonheur.

D'autant que plusieurs obstacles qu'elle avait sous-estimés s'annonçaient comme sources d'ennuis certains. Le plus évident et le plus incontournable à pouvoir l'empêcher d'embrasser son nouvel amour était, évidemment, l'ancien. Encore et toujours lui. Elle en revenait à nouveau à Frank Brandstetter qui était, pour ce qu'elle en savait, en forme, vivant, à Acapulco, dans l'attente du retour de sa femme à la maison, après maintenant deux mois et demi d'absence prolongée.

Après avoir quitté Jim sur aucune promesse de rien du tout, elle avait attendu une phrase qui n'était pas venue. Marianne, donc, rentra, comme si de rien n'était, chez elle. L'esprit chaviré et la bouche en fleur. Avec toutes ses valises. Et son gros coup de cœur en bandoulière. Élégant, le baron eut le bon goût, en la retrouvant, de ne pas la presser de questions et de faire, lui aussi, comme si de rien n'était. Il fit jouer les mariachis et donna un dîner pour saluer le retour au bercail si tardif de madame la baronne. Marianne, encore ailleurs, encore là-bas, maintenant loin d'ici, se tut et choisit de ne pas raconter la naissance du début de l'aventure qui lui occupait l'esprit à chaque instant. Elle n'avoua rien. Le baron ne l'accabla pas.

Au contraire, il s'évertuait à vouloir distraire et amuser sa femme. Qui acquit la certitude, en replongeant dans la frénésie mexicaine, qu'elle n'aimait plus son mari. Toutes ses qualités devenaient subitement des défauts.

Les mondanités, soudain, ne lui plaisaient plus. Elle ne voulait plus recevoir, elle ne voulait plus sortir, elle ne voulait plus passer ses jours et ses nuits à se préoccuper uniquement de frivolités ou de futilités. Elle n'avait strictement rien à reprocher à son mari sinon de mener une vie qui ne la faisait plus rêver. Frank avait vingt ans de plus qu'elle. Il ne faisait pas assez de sport. Et cela l'agaçait profondément. Elle était injuste, de mauvaise foi et s'en rendait compte. Elle souhaitait passer son temps en compagnie d'un homme partageant ses goûts et pratiquant les mêmes activités qu'elle. Sa décision était arrêtée : elle voulait Crosby et tout ce qui ne la rapprochait pas de lui l'en éloignait.

Insomniaque, elle quittait son lit au beau milieu de la nuit et, faisant coulisser les portes-fenêtres sans allumer les lumières, glissant sans bruit les pieds nus, d'abord sur les pierres ensuite sur l'herbe, au risque de s'y faire piquer par serpents ou scorpions, elle allait, dans la nuit noire, jusqu'à la maison d'amis, distante d'une centaine de mètres du bâtiment principal. Là, elle s'enfermait dans la pièce où se trouvait le standard téléphonique de la propriété et elle appelait, Jim lui avait indiqué de faire de la sorte, son amant en PCV. De manière à ce qu'il n'y eût trace de rien pour éveiller la suspicion de son mari. Elle agissait ainsi tous les soirs. Crosby était ravi de ses appels. Une fois seulement, occupé à terminer une affaire, il se montra un peu expéditif au téléphone. Du coup, Marianne le mit en quarantaine et se refusa à l'appeler pendant dix jours. Effectuant son jogging sur la plage selon son parcours habituel qui la menait jusqu'au ranch de Warren Avis, son amant du temps des promenades en ski nautique de Genève, avec deux de ses amies qu'elle avait mises dans la confidence, elle en reçut le conseil de le rappeler. Elle ne leur parlait que de lui et voulait qu'on ne lui parlât que de lui. Elle était d'ailleurs malade de ne pas lui téléphoner, se torturant elle-même. Il parut tellement content d'entendre, au bout de dix journées qui lui semblèrent durer dix ans, sa voix (puisqu'il ne pouvait, lui, téléphoner) qu'elle se promit de ne plus lui faire de plans pareils.

La seule confidence qu'elle avait livrée à son mari concernait « une bande d'amis aux Bahamas » avec lesquels elle s'amusait beaucoup. Elle ne raconta rien de plus. Le baron et la baronne Brandstetter furent invités, en début d'année, aux cérémonies officielles d'investiture du président Ronald Reagan. Ils s'envolèrent donc pour Washington, assistèrent à la prestation de serment et au dîner officiel aux chandelles à la Maison-Blanche. Frank Sinatra que Marianne allait plus tard bien connaître chanta. Puis, en longue robe à plumes noires, la baronne dansa avec le fameux Clement Stone, l'assureur-milliardaire de Chicago qui avait versé la plus importante contribution financière au comité de soutien de l'ex-acteur promu candidat républicain et devenu président des États-Unis d'Amérique. Ils valsaient sur la piste lorsque Marianne glissa sur le parquet et dégringola en entraînant son cavalier dans sa chute. Tous deux vinrent atterrir, sur leurs fesses, aux pieds de Nancy Reagan qui fut la première à rire de la mésaventure survenue au grand argentier de la victoire électorale de son mari. Marianne se releva. La femme du Président et elle papotèrent et la photo s'étala le lendemain dans les colonnes du *Washington Post.* À l'issue des quatre jours de festivités qui se déroulèrent dans un froid de canard, les Brandstetter reçurent une assiette de porcelaine signée par le Président des États-Unis.

À son mari qui envisageait peu après le retour à Acapulco, Marianne reparla alors de ses fameux amis des Bahamas qu'elle aurait bien aimé aller retrouver. Frank ne s'en souvenait pas vraiment. Marianne insistait. Il n'avait pas en mémoire ces mystérieux personnages dont l'évocation la mettait en transes. Et il avait oublié cette croisière inoubliable qu'elle disait avoir faite avec eux en Égypte. Depuis son retour d'Europe, d'ailleurs, sa femme lui paraissait un peu bizarre. Mais si ces retrouvailles aux Bahamas avec ses copains pouvaient lui faire plaisir, pourquoi pas ? Aimable, il décida donc, pas vraiment inquiet mais peut-être vaguement intrigué, de l'accompagner jusqu'à l'aéroport de Washington. Jusqu'à la salle d'embarquement de son avion pour Nassau avant de se rendre, lui, à celle du sien pour Acapulco.

Pour Marianne, c'était la catastrophe. Jim lui avait, en effet, demandé de venir le retrouver non pas à Nassau mais à Atlantic City. Et Brandy ne croirait jamais que, dans un endroit pareil, elle allait retrouver des amis pour s'amuser en bande et faire du sport. Chacun savait qu'on n'allait à Atlantic City que pour y jouer de l'argent ou pour y honorer des rendez-vous galants. Réalisant qu'il ne fallait donc pas qu'il l'accompagnât jusqu'au départ de son avion, elle lui assura qu'elle pouvait se rendre seule jusqu'à la salle d'embarquement, qu'elle n'avait vraiment pas besoin de lui, qu'était assez grande pour se débrouiller. Du coup, elle en fit trop. Beaucoup trop. Plus elle l'invitait à ne pas l'accompagner, plus il se sentait incité à le faire. À force, le baron finit par avoir la puce à l'oreille et, dès lors, acquit la certitude qu'il ne devait pas, surtout pas, quitter sa femme jusqu'à ce qu'elle montât dans l'avion. Il voulait en avoir le cœur net.

Marianne ne savait plus comment réagir. Non seulement, elle se rendait à Atlantic City, ce qui était déjà une folie et une faute, mais encore elle avait trouvé le moyen de raconter qu'elle s'envolait pour Nassau. Elle ne tenait pas, pour la paix provisoire de son ménage, à ce que la supercherie fût découverte. Elle inventa tous les mensonges possibles et imaginables. De l'oubli du sac au malaise passager, cela pour se mettre en retard et l'obliger à partir sans elle. Mais rien n'y fit.

Brandy à son bras, emmitouflée dans un manteau de vison caramel, elle pénétra dans le hall de l'aéroport et, là, n'eut pas le temps de préparer une nouvelle carabistouille. Les haut-parleurs de l'aéroport annonçaient, à forte et intelligible voix, que « c'était le dernier appel pour Mme Brandstetter, attendue à la porte d'embarquement de la compagnie Resorts International ». Marianne prenait, en fait, un petit avion pour l'aéroport d'Atlantic City, Margate, d'où une limousine l'attendrait pour l'amener jusqu'à Crosby. En outre, la liaison aérienne était assurée par des appareils appartenant à la société de jeux.

À l'écoute de l'annonce, répétée dans l'aéroport où, subitement, les voyageurs semblaient n'entendre plus que cela, Brandstetter devint blanc de stupeur. Il resta, immobile, livide et laissa échapper : « Maintenant, je sais ! » Puis, reprenant ses esprits, il s'écria : « Mais qui t'invite exactement à Atlantic City ? » Se composant un air très naturel, Marianne ne mentit qu'à moitié en répondant : « C'est un type que j'ai connu à Monaco, quand tu n'es pas venu avec moi et que tu as préféré aller retrouver tes vieux généraux en Chine, ce n'est qu'un ami. Il veut me faire connaître Atlantic City que je ne connais pas du tout ! C'est un monsieur James Crosby ! »

Arrivés devant la porte d'embarquement, les Brandstetter continuaient à parler fort et leurs éclats de voix attiraient l'attention des autres passagers. « James Crosby ? » répéta le baron avant de répliquer qu'il le connaissait. Marianne faillit en tomber à la renverse. « Oui, ajouta-t-il, c'est un mafioso. Si tu le fréquentes, tu vas finir avec une corde au cou et les pieds dans un seau de ciment. On retrouvera ton corps jeté à la mer ! »

Marianne qui savait pourtant que Jim n'avait rien d'un mafioso ne trouva rien de mieux à lui répondre que : « Mais non, ne t'inquiète pas pour moi, les gangsters ne me font pas peur ».

L'hôtesse de Resorts International vint alors jusqu'à la porte d'embarquement chercher la passagère qui manquait à l'appel et était étiquetée « Very VIP » par le secrétariat du P-DG de la compagnie. C'est dire si l'embarquement, même à retardement, se fit dans les formes.

Brandstetter, abasourdi et n'ayant rien pu dire d'autre, hocha la tête et agita la main quand sa femme disparut dans le couloir menant à l'avion comme quelqu'un qui voulait être le premier à croire au mensonge qu'il venait d'avaler. Marianne ne le trompait pas et n'allait pas retrouver un autre homme, se répétait-il en la voyant s'éloigner, au propre comme au figuré. Il tenait à se persuader qu'elle l'aimait toujours et qu'il ne l'avait pas vraiment perdue.

En raison de l'épaisseur des chutes de neige de ce milieu d'hiver, l'avion fut détourné et dut se poser sur un autre aéroport où vint l'attendre une limousine que pilotait Ray, le chauffeur de Jim depuis vingt-cinq ans, prévenu du changement de destination par la compagnie de son patron. Après lui avoir ouvert la porte arrière, la casquette à la main sous une pluie de flocons, il la conduisit jusqu'au Grand Hôtel et Casino d'Atlantic City qui trônait, imposant, sur la longue promenade du bord de mer face aux vagues grises de l'océan Atlantique.

En passant par la grande porte à tambours que les valets de pied avaient arrêtée pour ouvrir majestueusement les deux battants ainsi qu'on le fait, par tradition, aux reines en visite, elle se sentit assez fière d'elle. Le rêve de sa vie était sur le point de se réaliser. L'imposant immeuble abritant les centaines de chambres à coucher et les douzaines de salons de jeux était gigantesque. Il alignait une ribambelle de boutiques au rez-de-chaussée et une dizaine de restaurants. Traversant le monumental hall qui semblait, tel que l'avait aménagé un décorateur parisien, scintiller de reflets dorés autour de l'immense chandelier de cristal installé en son centre, elle suivit le groom qui la précéda jusqu'à l'ascenseur la menant au neuvième étage de l'hôtel qui en comptait quarante-cinq. Là où se trouvaient les appartements privés de Crosby.

Elle s'y retrouva nez à nez avec un de ceux que les directeurs de casino appellent des « high-rollers ». Ces fous du jeu, aussi fanatiques que frénétiques, constituaient une race bien à part. Ils étaient, en effet, cordialement invités, tous frais de transport, d'hébergement, de nourriture, de boissons et de blanchisserie compris, dans les plus grandioses établissements de jeux de la planète afin, pris par leur passion qui submerge tout, d'être mis en condition d'y dépenser un maximum d'argent. Le monsieur dans l'ascenseur avait de grosses plaques plein les poches. Il fit un clin d'œil à la jolie blonde et l'invita à l'accompagner pour l'aider à les faire prospérer sur le tapis vert. Marianne lui sourit, murmura quelque chose entre ses dents qu'il ne comprit pas mais qui équivalait, à peu près, à une phrase du genre : « Te fais pas de bile, je ne suis pas ici pour plumer le casino mais pour épouser le patron ! »

Elle trouva Crosby assis sur le canapé de son appartement privé occupant l'intégralité de l'étage. Peint de couleur ocre, sobre et de bon goût, il ne ressemblait pas à l'idée que les gens se font, généralement, des résidences de patrons de clubs, de boîtes et de casinos. La mer n'avait rien de calme en contrebas. Un tapis blanc recouvrait, en les uniformisant, les établissements concurrents comme le Golden Nuggett, le Sands ou le Cesar's Palace qu'elle découvrait par la fenêtre recouverts de neige. Le panorama glacé lui faisait chaud au cœur. Les vagues annonçaient la tempête. Marianne, en revanche, se sentait, après l'agacement partagé avec Brandy au moment du départ, sereine et apaisée.

Jim l'embrassa, lui souhaita la bienvenue et l'entraîna dans la chambre à coucher qu'il lui réservait en vertu de cette manie qu'elle avait de réclamer un lit rien que pour elle afin de dormir seule. Elle avait été repeinte de teintes pastel à son intention et communiquait avec la sienne. Les multiples téléphones sonnaient sans relâche et cela durerait tous les jours et aussi toutes les nuits.

À Atlantic City, dans la suite, dans tous les sens de l'expression, de James Crosby, la baronne sut trouver sa place. Elle se levait de bonne heure, enfilait une tenue de sport et, par tous les temps, qu'il plût, qu'il ventât ou qu'il neigeât, fidèle à une marotte qui ne l'a jamais quittée, elle allait courir le long du bord de mer. Longtemps. Ensuite, elle ne quittait pas d'une seconde ni d'un pas l'homme de sa vie. Il réglait d'ailleurs ses affaires devant elle.

Pas toutes ses affaires, cependant, puisqu'elle découvrit, lors de ce séjour, qu'elle n'était pas, mais alors pas vraiment, la seule femme dans son existence. Les autres obstacles, outre le baron, avaient des formes palpables et pulpeuses.

Chapitre 19

Bien que l'appartement parût des plus confortables, Marianne s'y sentait assise entre deux chaises. Dans un tiroir traînait un sac à main, entre deux coussins du canapé un tube de rouge à lèvres, sur un cintre un chemisier.

Ces trouvailles ne lui plurent pas du tout. Elle décida donc d'y mettre bon ordre. Sans le braquer. Elle savait, par expérience, qu'il ne fallait pas, sous peine de les voir prendre leurs jambes à leur cou, régimenter les hommes avec trop d'autorité mais elle était allemande, quasiment prussienne, et n'acceptait pas qu'on lui marchât sur les pieds.

Elle commença par faire le ménage au téléphone. Décrochant les combinés lorsqu'ils sonnaient dans l'appartement, elle se garda bien, dans un premier temps, de transmettre à Jim les messages et embrassades que lui adressaient des escadrons entiers de demoiselles qu'on devinait, rien qu'à les entendre, dotées de bustiers prépondérants. Poliment mais fermement, elle indiquait à toutes les créatures qui téléphonaient, sous tous les prétextes possibles, que M. Crosby était en voyage à l'étranger et nullement prêt de revenir. Se doutant bien qu'il y avait, dans le groupe, non seulement des coureuses de fortunes mais encore des ex désireuses de remettre le couvert ou même de récentes conquêtes se rappelant au bon souvenir du maître des lieux, elle n'y allait pas par quatre chemins. Elle commençait par écarter en douceur puis, face à celles qui s'accrochaient, conseillait carrément d'aller se faire cuire un œuf.

Quelques-unes dégagèrent ainsi du panorama, vite fait bien fait, mais d'autres, se cramponnant à la rampe, tentaient de passer par-dessus l'intruse pour arriver jusqu'à Crosby. Pas de chance pour elles. Marianne était plus rapide que Jim pour décrocher l'appareil et entamer un ferme discours à l'abri de ses oreilles. Il avait tant à faire qu'il ne pouvait se permettre de prendre et d'écouter les conversations téléphoniques à lui adressées. Et il ne tarda d'ailleurs pas à ne plus décrocher le téléphone quand la favorite en titre était là.

Avec celle qu'elle avait supplantée, une décoratrice (ou du moins émergeant sur les feuilles de salaires avec cette qualification), la lutte fut plus sévère mais Marianne réussit, en plusieurs phrases bien senties et en la menaçant de sévères coups de sac à main derrière les oreilles, à la terrasser.

La partie la plus difficile se joua contre une jeune poupée qui faisait téléphoner sa mère. L'interlocutrice n'ayant pas cette jeune voix de vahiné qu'elles avaient toutes et qui la crispait, réussit à contourner Marianne. Lorsqu'elle découvrit que, la mère ayant réussi à sauter l'obstacle qu'elle représentait, sa fille minaudait avec

Crosby pour obtenir un rendez-vous et reprendre leur liaison là où il l'avait arrêtée, elle ne fit ni une ni deux. Elle appela carrément la mère et mit à la fois les pieds dans le plat et les points sur les *i*. La qualifiant de termes assez crus, elle expliqua que James Crosby vivait désormais avec elle, que si la fille ne se calmait pas la police prendrait l'affaire en main et que désormais la romance de la demoiselle avec le patron de Resorts International était terminée.

Préférant ne pas penser à ce qui se passerait lorsqu'elle serait repartie, elle était contente d'avoir fait un peu de ménage mais aussi mécontente de constater que sa situation personnelle ne s'arrangeait pas. Il fallut, en effet, repartir retrouver Brandy à Acapulco et Crosby ne lui avait toujours strictement rien laissé espérer. Elle fit traîner les adieux, tendit la perche mais ne vit, si l'on ose dire, rien venir. Elle s'en allait, le cœur gros, et tout restait dans le vague. Dans le provisoire. Dans le flou. Elle ne voulait entendre qu'une seule phrase : « Quitte ton mari et viens m'épouser ! » Mais elle n'entendit rien. Elle escomptait le mariage mais Crosby s'avérait dur à la détente. Les adieux se suivaient et se ressemblaient. Après avoir quitté Monaco et les Bahamas, elle n'était pas plus avancée en partant d'Atlantic City.

Elle reprit donc le chemin du ciel pour regagner son palais tropical sur l'océan Pacifique dans un état de mauvaise humeur carabinée. Si Brandy, qu'elle n'avait d'ailleurs pas appelé une seule fois, s'attendait à ce qu'elle lui fournît des explications, il tomberait sur un os.

Comble de malchance, c'est elle qui tomba sur un os en posant ses escarpins sur le sol de l'aéroport d'Acapulco en la personne d'un officier des douanes mexicaines qui, sans manières et avec autorité, tenta de lui confisquer sa mallette de bijoux. C'était trop beau. Pour assister à l'intronisation de Ronald Reagan à Washington puis pour faire bonne figure à Atlantic City, elle avait, en effet, emporté sa cassette de joyaux. Et si elle ne contenait pas ce qu'elle contiendrait plus tard, entre les souvenirs de sa mère, les cadeaux de ses maris, les présents de ses amants, il y en avait bien pour cent cinquante mille dollars, soit à peu près autant d'euros. En outre chacun savait, dans le pays, qu'il s'avérait impossible de récupérer, par la suite, ce sur quoi les fonctionnaires des services publics, poussés par un zèle intempestif et déplacé, avaient fait main basse en y apposant des scellés. La baronne ne voulait donc pas que ses pierreries fussent emportées et englouties dans les coffres d'un ministère. Elle fit du charme au douanier-chef puis à ses subordonnés, versa une larme, puis deux, puis des rivières de sanglots, menaça, tempêta, hurla, mais rien n'y fit. La nuit tombait et les autres passagers étaient depuis longtemps au lit chez eux. Soudain, Marianne eut une idée de génie. Obtenant le droit de donner un seul appel téléphonique, elle composa le numéro de Miguel Aleman, ex-président de la République mexicaine. Pas plus mais pas moins. Sa femme, Karine, décrocha. En autrichien, Marianne expliqua la situation, signalant que, devenus ou cinglés ou communistes, les douaniers de l'aéroport d'Acapulco voulaient lui confisquer ses bijoux. Secoué par sa femme, réveillé en pleine nuit, l'ex-président de la République vint à l'appareil en pantoufles, écouta l'histoire, parla au chef de poste, éleva la voix et obtint, en usant autant de son prestige que de son autorité, que la baronne Brandstetter pût conserver par-devers elle sa mallette à pierreries en peau de crocodile ainsi que l'intégralité de son contenu. Les douaniers obtempérèrent et, radoucis à l'extrême, firent même une haie d'honneur au garde-à-vous avec salut militaire à celle qu'ils menaçaient, un quart d'heure plus tôt, d'arrêter comme contrebandière. Royale, Marianne offrit aux contrôleurs des frontières le gros sac d'amandes avec lequel, systématiquement, elle voyageait.

Elle était soulagée de conserver sa cassette mais elle ignorait qu'il s'agissait là d'un épisode annonciateur de mauvais présage et que les ennuis, en l'occurrence, ne faisaient que commencer.

Là-haut, en son nid d'aigle, le baron attendait la baronne en maugréant et il apparaissait clair qu'il n'avait plus aucune envie d'avaler d'autres couleuvres que celles que, depuis l'aéroport de Washington, il n'avait pas eu le temps de digérer. La scène de ménage débuta dès les retrouvailles. Pêle-mêle, le baron qui, en fait, était malheureux reprocha à sa femme son départ et son retour, sa disparition et son absence. Ce furent les hors-d'œuvre. Lors des journées qui suivirent, les récriminations constituèrent le plat de résistance des dîners servis sous une tente dressée sur la terrasse et surplombant l'océan.

Marianne ne fut pas en reste. À Brandy, elle servit de la soupe à la grimace et se montra, auprès du baron qui n'en méritait pas tant, odieuse au-delà du dicible. Avec son mari, délicieux bon vivant, sachant vivre et aussi se tenir à table qui raffolait de steaks et qu'elle avait fait maigrir en lui faisant avaler des soupes et croquer des légumes et qui, maintenant, en avait gros sur le cœur, elle ne savait quoi dire. Il était devenu mince et avait toujours de grands yeux couleur de turquoise mais elle ne l'aimait plus avec passion. Elle n'avait strictement rien à lui reprocher mais elle devint plus désagréable qu'il n'était possible de l'imaginer, ne s'occupant strictement plus de tenir la maison, ne donnant plus aucune directive aux domestiques, courant sur la plage, se baignant dans la mer, jouant au golf, déjeunant à l'extérieur, visitant ses copines, délaissant le palais tropical et se moquant strictement de tout.

Brandy, lui, passait par des hauts et des bas. Il tenta d'amadouer sa femme en prenant une assurance vie à son profit pour un coût de cent cinquante mille dollars, mais elle trouva l'idée ridicule en lui faisant remarquer que personne ne voulait attenter à sa vie. Il se souvenait pourtant que, des décennies auparavant, il avait écrit et publié une série d'articles dans un journal américain dénonçant la présence envahissante de communistes dans le gouvernement et l'administration Kennedy. L'affaire avait fait tellement de tapage que le colonel Brandstetter avait dû prendre le maquis pendant six mois dans la jungle mexicaine de peurs de représailles d'agents de la CIA ayant traversé la frontière en l'ayant dans le collimateur. Marianne lui fit remarquer qu'il n'en était plus là. Le monde politique avait changé, des dirigeants communistes étaient maintenant reçus chaleureusement à la Maison-Blanche, ce qui faisait exploser de fureur Brandy, et l'argent, ajoutait-elle, serait mieux utilisé autrement.

Frank n'en démordit pas mais, pour être gracieux, il acheta à sa femme une bague constituée de plusieurs diamants d'un total de vingt carats. Le bijou ne plut pas à Marianne qui le retourna chez le joaillier. Et elle donna l'argent qu'on lui remboursa à Frank afin de lui offrir la prime de son assurance vie. Ce fut la seule pause plaisante de cette période car l'atmosphère ambiante était au combat de tranchées.

Le comble fut atteint lorsque, faisant une courte apparition lors d'un dîner de vieux généraux chamarrés que donnait son mari, la baronne en profita pour entrer dans la salle à manger avec vue sur le Pacifique en effectuant une sortie mémorable, traitant tous les militaires médaillés réunis autour de la table de bourriques, de barriques et de badernes, les qualifiant d'assassins patentés, leur crachant à la figure son mépris de la guerre et son aversion pour les batailles. Brandstetter était blême et les généraux en pâmoison.

Soucieux d'éviter que les hostilités ouvertes ne tournassent à la guerre déclarée, son mari proposa de lui-même à sa femme de repartir d'où elle venait. Il pensait qu'il valait mieux qu'elle retrouvât ses soi-disant amis des Bahamas. Après tout, tant pis. Peut-être s'en lasserait-elle et reviendrait-elle à de meilleurs sentiments. Égoïstement, le baron pensait aussi qu'il aurait le calme pendant quelques semaines, qu'il pourrait organiser des dîners d'anciens combattants dans la sérénité et que, pourquoi pas, la baronne, à son retour de vacances, afficherait une humeur angélique. Il conseilla donc à Marianne d'aller où bon lui semblait.

La baronne qui n'en demandait pas tant ne se le fit pas répéter deux fois. Elle boucla deux valises de tenues de demi-saison, réenferma ses cent cinquante mille dollars de bijoux dans sa mallette en peau de crocodile en jurant que, pas plus une prochaine fois que la dernière, aucun douanier au monde ne parviendrait à mettre ses pattes dessus pour les lui confisquer. Elle embrassa du regard, une ultime fois, la vue qu'elle avait, depuis la gigantesque terrasse, sur Acapulco qui s'étalait en contrebas dans la lumière du soir. Et elle courut à l'aéroport en chantant.

Elle ignorait cependant en quittant les lieux qu'elle les vidait pour de bon et qu'elle n'y remettrait pas ses jolis pieds de sitôt. Cela parce qu'une princesse de ses amies, à l'instant précis où son avion s'envolait pour la Côte Est des États-Unis pendant qu'elle continuait à chantonner en pressant contre ses seins sa mallette en croco, était en train de lui préparer un de ces coups tordus dont jamais personne ne réussit à se relever.

Chapitre 20

Marianne, à Atlantic City, avait la cote d'amour. Pas seulement auprès du grand patron mais également auprès des clients et des employés. Tous la connaissaient, la saluaient et lui souriaient. Sauf les poupées gonflables à voix de vahinés qui ne la portaient pas dans leurs cœurs et qui allumaient des cierges en priant le ciel pour sa disgrâce. Habituellement, les conquêtes de M. Crosby ne revenaient que rarement en deuxième semaine et exceptionnellement en troisième. Aussi, quand les grooms la virent arriver à nouveau mais cette fois en hélicoptère depuis New York, puis s'engouffrer, deux mois à peine après sa première visite, dans la porte à tambours ouverte à deux battants puis dans le hall doré au chandelier de cristal avant de se diriger avec superbe vers l'ascenseur menant à l'appartement du neuvième étage, chacun comprit que le règne de la nouvelle risquait de durer plus longtemps que prévu.

Ici, tout le monde appelait Marianne « la baronne ». Son origine européenne charmait. Son titre impressionnait. Tout le monde jugeait son accent délicieux. Tout le monde trouvait son allure distinguée. Jim, toujours occupé avec ses combinés téléphoniques, lui ouvrit les bras et l'accueillit avec un plaisir qu'il ne cherchait pas à cacher. Il était visible, pour son entourage, qu'il adorait Marianne et qu'elle mettait dans sa vie pas très rigolote consacrée uniquement aux conseils d'administration, aux choix d'investissements, aux calculs de bénéfices et aux études de fréquentation, de la distraction et du piment. Il la fascinait par son quotient d'intelligence hors normes et son esprit d'innocence. Elle le fascinait par son brio et son abattage. Ils ne se quittaient pas.

Elle vérifia toutefois si quelques vahinés de passage n'avaient pas oublié des accessoires vestimentaires dans un coin ou un autre de l'appartement. Ne dénichant que deux babioles de très mauvais goût, elle soupira d'aise en constatant que son règne n'avait pas été trop fortement ébranlé en son absence.

Un soir, alors qu'ils prenaient l'apéritif juchés sur de hauts tabourets au grand bar du rez-de-chaussée, Marianne, en petite robe noire et rangées de colliers de perles, la tenue si chic que Jim préférait, reçut un appel. Il émanait de sa copine Gerry d'Acapulco, celle qui avait été à l'origine de l'invitation à Paradise Island après qu'elle eut téléphoné à Crosby. Excitée comme une puce sauteuse, l'amie raconta à Marianne dont le visage s'allongeait au fur et à mesure qu'elle l'écoutait qu'elle n'était plus mariée à Brandstetter. La baronne but illico un whisky on the rocks.

Brandy, poursuivait Gerry, venait, au Mexique où les mariages peuvent être annulés et dissous comme du sucre brun dans du rhum blanc, d'obtenir un prompt divorce d'avec sa femme. La chose est là-bas, en effet, parfaitement possible en cas de faute grave de l'un des deux conjoints et même en son absence. Marianne fit répéter la nouvelle par son amie mais n'en crut toujours pas ses oreilles. « Si, si, lui annonçait Gerry, Brandy a divorcé ! » Elle but illico un deuxième whisky on the rocks. Gerry ajouta que, dans les attendus du jugement, le tribunal mexicain accordait à Marianne la totalité des torts et, sur requête de Brandy, lui interdisait, de la façon la plus formelle, de porter désormais et le nom de Brandstetter et le titre de baronne. L'information lui parut hallucinante et la fit fondre en larmes. Dégringolée du tabouret, écroulée sur le bar et secouée de spasmes, elle sanglotait dans ses bras repliés sous les yeux de Jim qui n'en croyait ni ses yeux ni ses oreilles. Depuis presque un an que durait son aventure avec lui, elle n'espérait que cela et avait passé des journées entières à se lamenter parce que Brandy refusait d'aborder le sujet du divorce avec obstination. Elle venait d'obtenir la chose qu'elle désirait le plus au monde, mais en atteignant enfin ce but, elle sombrait dans le désespoir, incapable de croire à pareille annonce.

Elle ne pouvait s'attendre, qui plus est, catastrophe des catastrophes, à se retrouver privée, du jour au lendemain, de son nom comme de son titre. C'était trop horrible. Elle commanda au barman un troisième whisky. Bouleversé par la détresse de sa maîtresse, Jim se mit, lui aussi, à en avaler un tout en affichant une profonde tristesse. Et Marianne, voyant boire et s'émouvoir son ami, redoubla ses pleurs qui, en coulant, délavaient son maquillage. Un quatrième whisky on the rocks vint s'ajouter au précédent. Le barman, prudent, ne mit pas toute la dose, sachant que la baronne ne buvait jamais d'alcool et ne voulant pas être responsable de la cuite carabinée qui s'annonçait. Autour, les clients et les employés avaient d'abord fait ceux qui ne remarquaient rien concernant ces pleurs qui allaient crescendo et ces verres qui descendaient à vitesse grand V avant de ne pouvoir détacher leur regard de cette vision surréaliste. L'un des hommes les plus riches de tous les États-Unis d'Amérique paraissait bouleversé en avalant de grosses gorgées de whisky on the rocks au bar de l'un de ses casinos tout en tentant de consoler une baronne allemande dont il était amoureux et qui, mariée au Mexique, sanglotait en répétant comme une triste litanie : « Je suis maintenant divorcée, je suis maintenant divorcée ! » Le tableau de cette vallée de larmes mêlée à celui d'une fontaine de whisky valait son pesant de mouchoirs brodés.

Accrochés l'un à l'autre et titubant dans la nuit cliquetante du bruit des pièces dégringolant des machines à sous, les deux amants s'arrachèrent au bar, traversèrent le hall en trébuchant comme s'ils se trouvaient sur le ponton d'un navire, et regagnèrent l'ascenseur du neuvième étage en donnant l'impression qu'ils suivaient, ivres morts, l'enterrement de toute leur famille. Des clients compatissaient mentalement en se demandant s'il convenait de saluer en présentant des condoléances.

Toute au chagrin qui la submergeait, Marianne ne pensait même pas à se demander pour quelles bonnes (ou mauvaises) raisons, Brandy, enfin, s'était décidé à exiger le divorce.

Elle faisait bien. Si elle avait su quel événement avait conduit le baron à agir de la sorte, elle aurait piqué une syncope. Et serait peut-être même, l'alcool aidant, tombée dans les pommes. Elle ne sut, en fait, que bien plus tard la raison qui la rendait, à partir de cet instant précis, libre de tous liens matrimoniaux.

Peu après son départ pour Atlantic City, le baron avait reçu à Acapulco par la poste une lettre anonyme expédiée depuis l'hôtel Saint-Moritz de New York. L'expéditrice (il s'est avéré, par la suite, qu'il s'agissait d'une femme, qui plus est princesse et étrangère) y racontait, par le menu, les frasques extra-conjugales de la baronne sous toutes les latitudes et dans toutes les positions. Se trouvaient joints, notamment, des clichés la montrant à Monaco sur la plage arrière d'un yacht ainsi que des coupures de presse françaises la présentant également, lors de soirées mondaines, au bras de James Crosby. Le baron ne sut jamais mais Marianne le découvrit plus tard, en trouvant une autre lettre dans un tiroir du bureau de Jim à Atlantic City, que la même dénonciatrice avait expédié une missive du même tonneau à Crosby dans laquelle, entre autres gracieusetés, elle précisait que Marianne Brandstetter était une garce en même temps qu'une traînée et qu'elle finirait par causer la mort de son amant. Jim ne lui en parla jamais mais, après l'avoir lue et remise en place, Marianne aborda volontairement le sujet un soir en lui disant qu'il ne fallait jamais s'inquiéter en recevant des lettres anonymes : elles émanaient systématiquement de détraqués mentaux.

En regagnant donc, ce soir-là, l'appartement du neuvième étage, Marianne sanglotait pelotonnée dans les bras de Jim. Et se lamentait haut et fort sur ce qu'elle avait perdu. Tout. Elle n'avait plus de nom, plus de titre, plus de maison, plus de robes, plus de mari, plus rien.

Elle avait déjà connu pareille scène mais jamais de façon aussi catastrophique.

Pour clore la conversation téléphonique sur une ultime note optimiste, Gerry avait en effet précisé que Brandy ne voulait plus entendre parler d'elle. Et ne voulait plus qu'elle l'appelât. Il ne l'appellerait, lui-même, jamais. Et qu'elle ne s'avisât pas de tenter de récupérer le moindre de ses effets ou le moindre de ses bibelots laissés dans le palais d'Acapulco. L'ex-demeure de la félicité conjugale était transformée en fortin inaccessible.

Vivant de façon intermittente avec l'un des hommes les plus fortunés des États-Unis, la baronne se trouvait donc aussi démunie que la plus pauvre des pauvresses. Elle n'avait plus en cette année 1983 en sa possession que le contenu des deux valises emportées d'Acapulco ainsi que ses beaux yeux pour pleurer tant sur la cruauté du destin que sur le tourbillon de la vie.

James fut, peut-être même avant elle, le premier à le comprendre. Il en conçut du remords car il s'estimait en partie responsable de la situation. Il décida donc d'y remédier en arrangeant les choses et ses affaires. Pendant que Marianne ne séchait pas ses pleurs et hoquetait en se lamentant qu'elle n'avait plus rien, il téléphona en pleine nuit à ses avocats afin qu'ils accourussent le lendemain, ce qu'ils firent au triple galop et ce qu'ils faisaient chaque fois que M. Crosby les convoquait. Trois cabinets ne travaillaient que pour lui, l'un à New York, l'autre à Miami et le troisième à Philadelphie.

Marianne n'assista pas à la réunion et ne sut jamais ce qui se dit exactement à son sujet lors de cette miniconférence improvisée. Elle avait repris, dès le lendemain, pendant que se déroulait la réunion avec les avocats, son parcours de course le long de la promenade du bord de mer. Le printemps approchait mais le vent qui venait de l'océan rafraîchissait singulièrement l'air. Marianne, frileuse, se souvient d'avoir eu très froid ce matin-là. Lorsqu'elle retrouva Jim dans l'appartement, il se contenta de lui dire laconiquement de ne plus se faire de souci : il avait arrangé la situation pour elle et tout irait bien. Et il avait, ajouta-t-il, demandé à ses avocats de régler avec Brandstetter l'histoire du nom et du titre. Il souhaitait que Marianne conservât et l'un et l'autre. Il n'y avait pas à en discuter. Ce qui fut fait. Plus personne, à commencer par Brandy, ne réouvrit le dossier.

Crosby avait à se rendre à Londres pour ses affaires mais elle n'avait nulle part où aller. Il lui proposa donc de l'emmener avec lui en Angleterre. Elle courut s'acheter des vêtements et s'envola avec lui en avion privé. Ils s'installèrent au Dorchester, le plus somptueux palace de Londres popularisé par le séjour qu'y avaient effectué, en 1961, Elizabeth Taylor et son quatrième mari Eddie Fisher. Jim et Marianne occupèrent, pendant six semaines, la suite en laquelle s'était installée la star hollywoodienne devant tourner dans les studios de la capitale anglaise *Cléopâtre* sous la direction de Rouben Mamoulian. Mais, affectée par le climat, opérée d'urgence, l'actrice partit, en fin de compte, jouer la reine d'Égypte à Rome.

La baronne avait à Londres une amie prénommée Lolissa, épouse de Jonathan Aiken, ex-fiancé officiel de la fille de Margaret Thatcher, membre du Parlement et neveu de Lord Beaverbrook. Elle leur ouvrit les portes des clubs et des salons les plus fermés de l'aristocratie britannique. Jim, épaté par les relations de Marianne, ne l'en admira que plus. Ils dînèrent à Buckingham Palace en compagnie de la princesse de Kent, cousine allemande par alliance de la reine.

Tandis que Jim passait des heures au téléphone, la baronne faisait son footing dans Hyde Park jouxtant l'hôtel où elle apportait des noix aux écureuils. Venant l'y rejoindre, Jim la trouva une fois au milieu d'une pelouse aux prises avec un policeman menaçant de la verbaliser puis, un autre jour, filmée par une équipe de télévision étrangère réalisant un reportage sur Londres. Marianne n'en finissait pas de l'étonner et de l'amuser.

À sa demande, elle tenta de lui trouver en Allemagne un ferry-boat. La seule manière de réduire la distance entre Atlantic City, située sur une presqu'île au large du New Jersey, et le continent, à commencer par New York, aurait été d'installer un ferry-boat. Marianne, parlant l'allemand couramment, passa cinq des six semaines du séjour londonien à appeler des chantiers navals et des bureaux portuaires dans son pays d'origine où elle n'avait pas remis les pieds depuis des lustres. Elle finit par dénicher un ferry en parfait état près de Hambourg. Jim voulait l'acheter mais il dut faire machine arrière, le navire n'étant pas assez grand. Il félicita néanmoins Marianne qui était, en plus, parvenue à lui négocier une ristourne importante.

Une nuit, après avoir conversé au téléphone avec ses avocats américains, Jim, qui était allongé dans son lit, appela la baronne dans sa chambre (elle avait la sienne située à l'autre bout de la suite) et lui annonça qu'il devait lui dire quelque chose de grave. Elle s'assit sur le bord du lit et attendit. Brutalement, il lui demanda alors si elle avait d'autres revenus que ceux qu'il lui assurait, lui donnant effectivement un peu d'argent.

« Bien sûr que non ! » répondit-elle.

Elle avait, en fait, en tout et pour tout, en guise d'économies représentant son capital, les deux cent cinquante mille francs suisses résultant de la vente de ses salons de beauté de Genève ainsi que cent cinquante mille francs suisses constituant le bénéfice de son séjour d'une année et demie au Liberia passée à y trouver et à y vendre des diamants, sommes auxquelles elle ne touchait pas. Mais aucun revenu.

« Alors, je comprends ! dit-il. Tu restes, en fait, avec moi parce que j'ai un peu d'argent. »

Une phrase prononcée sans sourire avant d'ajouter, toujours sérieusement : « Ton mari en avait moins. Alors tu as choisi de vivre avec moi parce que je t'assurais une vie plus agréable. Maintenant, il va falloir que tu te débrouilles toute seule car, demain, je repars pour New York et je ne t'emmène pas avec moi ! »

Marianne resta bouche bée puis, calmement, d'une voix blanche, comme tétanisée et abasourdie par ce qu'elle venait d'entendre, lui répliqua que, contrairement à ce qu'il semblait croire, ce n'était pas une sinécure de vivre à son côté. Bien sûr, il était gentil et généreux mais qu'est-ce qu'elle pouvait se barber avec ses perpétuelles discussions d'affaires et ses continuels coups de téléphone. S'il s'imaginait qu'il s'agissait là de l'existence fastueuse que rêvait de connaître toute jeune femme désireuse de s'amuser, il pouvait toujours repasser. S'il s'imaginait en outre qu'elle restait avec lui pour son argent, alors qu'elle l'aimait parce qu'il était beau, parce qu'elle le trouvait intellectuellement génial et sexuellement épatant, il se mettait carrément son gros doigt dans l'œil. Et puis, de toute façon, elle en avait, elle aussi, assez. Alors elle allait prendre ses cliques et ses claques et lui dire « Bon vent, bon voyage et bon retour à New York ».

Dès lors, tournant les hauts talons de ses pantoufles de cygne, elle repartit en direction de sa chambre, pas trop mécontente de sa sortie mais foncièrement désespérée. Bien sûr qu'elle n'en avait pas assez. Elle l'aimait sincèrement. Elle l'admirait passionnément mais, s'il ne voulait plus rien savoir, que pouvait-elle faire ? Ramasser ses affaires comme il le lui avait suggéré et aller trouver refuge ailleurs.

Allongée sur son lit, elle pleurait lucidement sur son sort. Que faisait Jim ? Elle n'entendit rien pendant de trop longues minutes puis perçut des craquements de parquet qui se rapprochaient peu à peu. Jim était sorti de son lit et traversait le salon de la suite, là, précisément où Elizabeth Taylor s'était, un soir, étouffée parce qu'elle manquait d'air. Un médecin, déniché en urgence au bar par son mari affolé, était monté dans sa chambre et l'avait secouée par les pieds, en la tenant la tête en bas, pour l'empêcher de s'asphyxier. Ce faisant, il lui avait sauvé la vie. Marianne ne savait pas encore que l'histoire s'avérerait prémonitoire. Pas une seconde, elle n'aurait pensé que Jim pût, après ce qu'il venait de lui dire, se lever et venir vers elle. Elle s'attendait à tout sauf à cela. Que lui voulait-t-il, à nouveau, maintenant ?

Chapitre 21

Jim, en pyjama, se rapprocha de son lit et lui caressa les cheveux en la priant de l'excuser. « J'ai été méchant, je te demande pardon ! » lâcha-t-il dans un souffle. Elle n'en demandait pas plus. Après avoir touché au tréfonds du désespoir, elle vécut, là, ce qu'elle considère, aujourd'hui, comme le moment le plus ensoleillé de toute son existence. Elle retrouvait l'homme qu'elle aimait et avec lequel elle souhaitait vivre à jamais.

Dans l'avion privé qui les ramenait, le lendemain, à New York, il lui fit des confidences. Il avait, en fait, été influencé par ses cabinets d'avocats qui lui avaient indiqué qu'il ne pouvait, de retour aux États-Unis en provenance de Grande-Bretagne, installer la baronne dans son grand appartement de Manhattan. À Atlantic City, il s'agissait et d'un appartement de fonction et d'un hôtel. À New York, c'était différent, il s'agissait de sa résidence personnelle. Si la baronne y posait le pied et s'ils venaient, plus tard, à se séparer, elle pourrait, qu'il le voulût ou non c'était la loi américaine, lui réclamer des mille et des cents jusqu'à la moitié de sa fortune. Et les avocats désireux de le protéger financièrement ne voulaient pas de ça, ce qui expliquait le séjour à rallonge de six semaines à Londres.

Il fallait donc arranger la situation. Les avocats avaient tenté de trouver une solution satisfaisante, ce qui expliquait aussi que, ne sachant comment s'en sortir, Crosby avait pris la tangente en la sacrifiant et en se sacrifiant par la même occasion. La baronne Brandstetter n'ayant plus de domicile légal sur le globe terrestre sinon sa petite maison suisse, venait, en effet, habiter aux États-Unis, pays qui n'était pas le sien et où elle ne possédait rien sinon l'amour de son amant. Il y avait un pas qu'il fallait sauter et une forme d'engagement à prendre.

Jim ménagea la chèvre et le chou : il installa Marianne à New York dans une très belle suite de l'hôtel Pierre, somptueux palace, où le lendemain soir de leur arrivée, ils dînaient en amoureux dans un coin de la salle à manger à une table voisine de celle où dînait également, de façon privée, Juan Carlos, roi d'Espagne.

Téléphonant à Gerry à Acapulco, la baronne apprit que Brandy ne tolérait pas que son nom fût prononcé en sa présence et que toutes ses ex-copines, envieuses et folles de jalousie, à l'exception de Karine Aleman, s'étaient liguées contre elle et lui cassaient des mines entières de sucre sur le dos.

Elle habita pendant trois mois au Pierre, ne s'en échappant que pour effectuer deux escapades à Paris afin d'y faire des achats. L'hélicoptère de Resorts International se posait directement sur la piste de Kennedy Airport et la baronne embarquait à bord du Concorde sans avoir à présenter son passeport. À Paris, elle habitait au Plaza-Athénée, le palace de l'avenue Montaigne, et dévalisait non les maisons de haute couture (elle n'avait pas le temps de revenir pour les essayages) mais les boutiques de mode où elle demandait que ses achats fussent livrés à l'hôtel et les factures adressées directement à Resorts International, où elles étaient réglées, sans discuter, rubis sur l'ongle, par Grace, la secrétaire de Jim, sur la cassette personnelle du patron.

Respectueux des règlements, Crosby ne faisait pas émarger sa maîtresse sur les fiches de paie de la société et ne l'entretenait pas non plus avec l'argent de Resorts International. Il prenait tous les frais de Marianne à sa charge. N'ayant jamais beaucoup d'argent sur lui, comme tous les gens très riches, il faisait régler ses dépenses directement. Il ne couvrait pas Marianne d'or mais elle n'avait pratiquement rien à régler, même pas en liquide. Où qu'elle passât, il lui suffisait de signer et les choses de la vie lui appartenaient. Elle effectuait ses achats dans les boutiques des hôtels du groupe et apposait son paraphe sur la facture qui montait immédiatement à la direction.

Un jour, Jim, avec malice, lui fit remarquer qu'elle buvait beaucoup de champagne, ce qui lui paraissait bizarre car, en principe, elle n'avalait pas une goutte d'alcool. Pas gênée pour un dollar, elle lui expliqua qu'elle avait trouvé un stratagème ingénieux pour offrir du champagne à ses amis. Chaque matin, au petit déjeuner, quand elle était à l'hôtel à Atlantic City ou à Paradise Island, elle commandait une bouteille de vin de Champagne qui lui était apportée dans un seau. Après avoir signé la note, elle sortait la bouteille de la glace, la stockait dans un bas de placard et, lorsqu'elle en avait réuni une douzaine, elle les offrait à des copains qui en étaient friands. Il sourit. Marianne l'amusait comme une enfant.

Un autre jour, il lui fit pareillement remarquer qu'elle lui coûtait la somme astronomique de quatre mille dollars par mois en transports urbains. Soit près de la même somme en euros. Et elle de lui expliquer, ingénument, que ne voulant pas gaspiller ses liquidités à payer des taxis pour circuler dans New York, elle avait constamment recours à son service de limousines et n'utilisait pas d'autres véhicules que des automobiles d'au moins dix mètres de long pour se déplacer à travers la ville. Il sourit pareillement et régla de sa poche le montant total des factures de son service de limousines qui, deux années plus tard, pour elle seule, grimpaient à six mille dollars par mois, soit six mille euros, l'équivalent de plus de quarante mille francs. Elle lui fit alors aimablement remarquer qu'elle n'utilisait pas tous les jours les limousines puisque, le samedi et le dimanche, lorsqu'ils résidaient à New York, elle allait faire de la bicyclette dans Central Park et, quelquefois, même, réussissait à faire en sorte qu'il mît la roue du vélo qu'elle lui avait acheté dans la sienne et qu'ils allassent, guidon contre guidon, se promener jusqu'au zoo qu'il n'avait d'ailleurs jamais visité avant qu'elle l'y emmenât.

Marianne, à cette époque, au milieu des années quatre-vingt, menait donc très grand train sans bourse délier.

Au bout de trois mois de vie fastueuse à l'hôtel Pierre, il se décida à lui ouvrir les portes de son appartement de

Manhattan et à l'y installer à temps complet. Marianne triomphait. Elle était dans la place. Elle constata pourtant que la place en question n'avait rien d'excessivement fabuleux. La situation, certes, était exceptionnelle, quatre cents mètres carrés dans le gratte-ciel appelé « Imperial House », au cœur du cœur de Manhattan, à trois blocs de Central Park, sur la soixante-neuvième rue, entre Lexington et la Troisième Avenue, mais l'endroit était à rénover. La décoration lui en parut singulièrement défraîchie. En fait, elle avait vingt ans d'âge et avait été plus ou moins surveillée par l'ancienne favorite qui y avait mis sa patte et qui vit maintenant à Paris.

Marianne trouvant évidemment le décor hideux et pétri de souvenirs qui n'étaient pas les siens, se résolut à tout réaménager. Elle fit ainsi venir la décoratrice en chef du Grand Hôtel et Casino d'Atlantic City et lui demanda téléphones et adresses des fournisseurs afin de bénéficier de matériaux à des prix intéressants. Elle acheta des antiquités et commanda canapés, fauteuils et rideaux. Profitant d'une absence de quelques jours de Jim, parti à Paradise Island (ce fut la seule fois où, exceptionnellement, elle ne l'accompagna pas afin de pouvoir rester dans l'appartement pour surveiller), elle fit tout modifier et, une fois les achats installés, trouva que l'ensemble ne manquait ni de chic ni de classe. L'appartement était devenu entièrement blanc, lumineusement repeint et garni de mobilier immaculé. Il n'y avait pas une tache de couleur à l'exception du parquet de bois qui avait été teinté plus foncé.

Ravie de constater que la facture totale, grâce à ses contacts auprès des fournisseurs, ne s'élevait qu'à quinze mille dollars, quinze mille euros (soit plus de cent mille francs, ce qui lui avait, en somme, fait réaliser des économies substantielles), elle choisit de ne pas être là au retour de Jim afin qu'il en eût, seul, et la surprise et le choc.

Et bien lui en prit. Il l'appela, en effet, alors qu'elle se trouvait sous le casque chez son coiffeur et elle ne fut pas sourde. Ce fut l'une des deux seules fois de leur existence commune où il cria vraiment très fort. Elle tint le combiné éloigné de son oreille tandis qu'il tempêtait en hurlant d'une voix de stentor : « Mais qui t'a autorisée à faire ça, mais qui t'a autorisée à faire ça ? ». Fidèle à sa théorie, elle laissa et passer l'orage et glisser les vociférations sur son dos telles des gouttes de pluie sur le plumage d'un canard. Le soir même, elle rentrait à l'appartement et retrouvait Jim d'une humeur de rêve, installé comme un pacha sur un moelleux fauteuil couleur de coton floconneux en train de se boire un whisky *on the rocks*. Il ne manqua pas de la féliciter pour la belle ouvrage qu'elle avait accomplie. Elle s'assit à son côté, se lova dans ses bras et but du lait mêlé de miel. Elle avait un appartement somptueux, des résidences secondaires qui n'avaient rien à lui envier, des revenus, des économies, une garde-robe, des bijoux que personne ne voulait lui piquer, du moins pour le moment, et, surtout, un amant qui la comblait et qu'elle aimait plus que tout.

Laissant errer son regard par les baies vitrées surplombant la ville illuminée, elle se prit, en cet instant précis, pour la reine du monde. Elle était heureuse et amoureuse d'un homme d'exception qui était fou et fier d'elle. Plus rien désormais ne pouvait l'atteindre. Elle serait indestructible. Face au sommet de l'Empire State Building avec lequel elle ne pouvait que traiter d'égale à égal, la baronne n'oubliait qu'une seule chose. Elle oubliait qu'elle avait, comme tout un chacun, une ennemie mortelle qui, d'ici peu, allait jeter à bas ce château de cartes patiemment édifié en fracassant ce rêve comme une boule de cristal qu'elle aurait laissé tomber du haut de son vingt-cinquième étage.

Chapitre 22

Alors qu'ils disputaient tous deux, peu après, une partie de golf en fin d'après-midi sur le parcours du terrain de Paradise Island construit à proximité immédiate de l'océan, Marianne perçut que Jim peinait à la suivre. Il paraissait très essoufflé ainsi qu'il l'avait déjà été à trois ou quatre reprises auparavant en faisant du sport en sa compagnie à Monaco. Traînant les pieds, il avait paru ne plus pouvoir respirer et cherchait désespérément de l'air, frôlant même l'asphyxie. Il s'était arrêté et avait dû s'asseoir. Elle avait attendu, ne sachant que faire. Les choses étaient revenues dans l'ordre et il l'avait rassurée.

Elle n'y avait pas attaché une importance démesurée mais elle gardait ces incidents en mémoire, tout comme elle n'avait pas oublié, la première fois qu'elle l'avait vu nu dans sa suite de l'Hôtel de Paris à Monaco, que cet homme costaud portait une longue cicatrice, assez récente, en forme de demi-lune sur la partie droite de son dos. Lorsqu'elle l'avait interrogé à ce sujet, il avait parlé d'une opération de rien du tout pour un motif bénin qu'il valait mieux oublier. C'était, visiblement, un mauvais souvenir dont il ne souhaitait pas raviver la mémoire et dont personne, parmi les proches de son entourage, ne semblait être au courant. Elle choisit donc de ne pas le remettre sur le tapis.

Mais lorsque, quelques mois plus tard, elle le vit, ce jour-là, sur le gazon de son île des Bahamas, à quinze mètres de l'Atlantique, manquer d'air au point d'être obligé de s'allonger à court de respiration et traverser toutes les nuances possibles d'un teint oscillant entre le livide et le verdâtre, elle comprit qu'il avait un sérieux problème et qu'elle devait le gérer. Décidée à ne pas attendre à demain, elle lui demanda ce qu'il en était exactement. Elle voulait la vérité. Pleine et entière.

Il hésita puis, devant son insistance, allongé dans la splendeur de l'herbe, il se décida à lui expliquer qu'effectivement les médecins avaient détecté chez lui de l'emphysème et qu'il devait se surveiller. La maladie avait, au fil du temps, endommagé son poumon droit : il avait été opéré, ce qui expliquait la cicatrice et une partie en avait été retirée. Les chirurgiens avaient été obligés d'en sectionner un morceau et ne lui avaient pas caché qu'il était en sursis et nullement à l'abri d'une aggravation. La maladie avait été stoppée mais pas éradiquée.

Marianne se documenta sur le sujet en achetant et en lisant des ouvrages médicaux spécialisés sur l'emphysème et, vis-à-vis de Jim, elle choisit, d'emblée, de minimiser radicalement les développements futurs du mal. À chaque alerte, elle lui répétait que ce n'était pas grave et que son malaise allait passer afin qu'il ne fût pas perturbé et pour qu'il finît lui-même, à force de l'entendre, par le croire. Elle apprit pourtant, grâce à ses lectures, qu'il ne s'agissait pas d'une affection anodine mais de complications dangereuses se traduisant par la distension en bulles de l'alvéole pulmonaire dont les parois, envahies, étaient peu à peu détruites. Ce qui finirait par l'empêcher totalement de respirer. Comme Howard Hughes, Crosby glissait, lentement mais sûrement, vers une érosion de son corps et de ses capacités physiques.

Elle décida de ne rien changer, en apparence, à leurs relations mais la nouvelle bouleversa profondément son quotidien. Elle commença, petit à petit, par appréhender la précarité de l'instant. Leur vie commune risquait, à chaque minute, d'être modifiée mais elle résolut, en plein accord avec Jim, de faire comme si de rien n'était.

Crosby était le P-DG d'une société cotée en Bourse, guettée à tous moments par des multitudes d'acheteurs, de repreneurs, de concurrents, d'associés prêts à la croquer toute crue et ne se privant pas d'ailleurs de multiplier les pièges boursiers, les rachats d'actions en sous-main et, au sein même du conseil d'administration, les renversements d'alliances. Il ne fallait point qu'ils sussent ce qui se tramait. La nouvelle d'une maladie atteignant gravement Crosby au point de mettre sa santé en danger et sa vie en péril pouvait ouvrir la porte à tous les chambardements, précipiter sa chute, accélérer son déclin et amener la faillite. En outre, il ne voulait absolument pas refréner ses activités et tenait, comme auparavant, à continuer à travailler pour agrandir son empire. Il était toujours à l'affût d'aménagements et d'embellissements, de création d'établissements et de rachats d'immeubles à transformer.

Donc, lorsque Marianne fut parfaitement au courant de la situation, renseignée et par Jim et par ses lectures, tous deux décidèrent de n'en rien laisser paraître à qui que ce fût sinon, d'évidence, aux médecins qui l'avaient opéré et qui le surveillaient de près. Et le fait que son amie fût la seule personne au monde, sa famille l'ignorait, à savoir qu'il y avait une issue fatale plus ou moins proche à redouter, à connaître avec précision son état de santé la rendit encore plus proche à Jim et plus chère à son cœur.

La baronne, qui adorait son amant, s'attacha à lui davantage. Elle idolâtrait l'homme d'affaires brillant, le capitaine d'industrie entreprenant, mais découvrir que le colosse d'airain pouvait avoir des pieds d'argile et besoin d'elle comme un bébé d'une nourrice la fit chavirer. Elle vit dans cette épreuve envoyée par le ciel – Marianne est croyante –, un signe lui permettant de renvoyer l'ascenseur à Jim en lui offrant la possibilité de lui retourner toutes les marques de tendresse et de gentillesse qu'il avait multipliées à son égard depuis qu'il l'avait rencontrée. Sous des dehors de femme forte que l'adversité avait formée et forgée, Marianne était, en fait, comme tous les êtres à l'allure inébranlable : une créature sensible et vulnérable.

Elle fit en sorte vis-à-vis les collaborateurs du P-DG que rien ne changeât et jamais nul ne se douta de rien. Ce qui, vu les occupations de Crosby, son mode de vie, ses obligations mondaines, la fréquence de ses déplacements et le nombre des gens qui gravitaient autour de lui, relevait du prodige absolu.

Pour ne pas arranger les choses, le secrétaire du patron, Allan, qui ne supportait pas d'avoir été évincé de son entourage immédiat, menait la vie dure à Marianne. Il multipliait à son encontre les chausse-trappes et les pièges qui ne contribuaient pas à rendre plus aisée son existence, déjà pas facile, dans un monde d'hommes intéressés seulement par le désir de faire du profit. Elle le surprit, ainsi, un jour, en train de monter contre elle une pétition qu'il demandait de signer à tous les employés de l'hôtel et du Casino. Pas un n'apposa son nom sur la feuille mais Allan ne rendit pas les armes pour autant. La baronne s'évertuait, elle, à lui rendre coup pour coup. Mais, à ce petit jeu, elle n'était pas disposée à jouer car elle avait d'autres soucis.

Dans les appartements de Jim, aussi bien à Atlantic City qu'à New York ou à Paradise Island, elle avait maintenant à gérer, au quotidien, la vie d'un malade. En utilisant les entrées de service, à des moments comme les milieux de nuits où les employés ne traînaient pas dans les bureaux ou les couloirs, la baronne fit livrer des tanks d'oxygène accompagnés de l'appareillage de bouteilles, de tubes et de tuyaux allant avec. Crosby n'ayant pas voulu qu'une seule personne fût dans la confidence, Marianne qui souffrait, par résurgences, des séquelles de son hépatite, devait, fatiguée à l'extrême, manipuler et déplacer elle-même, seule, ces bouteilles d'oxygène lourdes de soixante à quatre-vingts kilos. Et ce, d'abord tous les deux mois puis, ensuite, chaque semaine. Des transporteurs les apportaient par camion, les descendaient de la plate-forme et les déposaient, à l'extérieur des bâtiments, sur de petits chariots à roulettes, puis les poussaient dans l'ascenseur et les couloirs du neuvième étage. Souvent pliée en deux par la douleur et laminée par la fatigue, la baronne se débrouillait seule pour installer les énormes réserves dans les appartements privés avant de redescendre elle-même les chariots jusqu'aux issues de secours où les transporteurs les réceptionnaient. Ces réserves permettaient, quand Crosby menaçait de s'asphyxier, de pallier ses malaises qui n'étaient, cependant, pas encore très fréquents en leur première année de vie commune. Mais, en femme pratique et compagne amoureuse, la baronne préférait prévenir que guérir.

Lorsque les crises commencèrent à se rapprocher, Marianne prit, chaque jour pendant plusieurs semaines, le chemin d'un hôpital new-yorkais spécialisé dans le traitement des affections des voies respiratoires afin d'y suivre un stage la rendant capable d'apporter à son malade les soins de première urgence en cas de crise soudaine. Elle y apprit à utiliser au mieux les tanks d'oxygène, à manipuler les bouteilles, à les brancher, à les changer, à en régler la pression et à soulager le malade. Confortée dans l'idée qu'elle ne devait pas le stresser davantage, elle choisit de ne jamais l'inquiéter et de lui éviter toute angoisse. Quand Jim avait une crise, à la longue, maintenant, elle ne paniquait plus. Sachant parfaitement ce qu'elle avait à faire, elle ne contribuait pas à l'affoler par une agitation désordonnée, mais lui parlait calmement, lui souriait et faisait, si l'on ose dire, baisser la pression. Ce n'est que lorsque la fréquence des crises alla en s'amplifiant que la situation devint plus compliquée et plus dangereuse.

En attendant, Jim et Marianne tenaient évidemment à ne pas se quitter. Et Jim voulait continuer à mener sa vie comme il l'entendait. Comprenant qu'elle se devait de l'aider à ne pas se sentir malade, elle voulut revenir avec lui à Monaco. Ils séjournèrent donc à nouveau à l'Hôtel de Paris, appréciant le calme de la principauté et la beauté du panorama.

Marianne fit alors la connaissance d'une femme qui allait devenir une grande amie, Anja Lopez. Cette dernière, qui avait été mariée au célèbre compositeur d'opérettes Francis Lopez, ne sortait jamais sans revêtir des tenues insensées allant du jaune poussin au rose layette, avec chapeaux, plumes, sacs et chaussures assortis.

Anja sortit beaucoup avec Marianne et Jim qui l'invita à venir séjourner à Atlantic City. Anja qui envisageait d'acheter un appartement à New York promit de faire le voyage jusqu'aux États-Unis l'année suivante. Alors qu'ils se promenaient à la pointe de la vigie, Jim dit à Marianne qu'elle serait bien installée là, comme Anja, dans la principauté après sa disparition. Anja se mit alors en tête de les aider à trouver un appartement qui leur conviendrait. La baronne vivrait dans la sécurité, le luxe et la sérénité.

Elle emmena Jim ensuite en Suisse visiter les lieux de sa jeunesse et habiter sa petite maison située à la montagne entre Genève et Lausanne. Lorsqu'ils arrivèrent, Marianne qui avait fait préparer les lieux pour le recevoir, remarqua que les mauvaises herbes envahissant sa terrasse n'avaient pas été enlevées par le jardinier. Elle s'en occupa donc elle-même. Amusé, il la regarda faire en souriant – il l'aimait parce qu'elle ne faisait rien comme les autres femmes –, avant de vaciller, atteint par un malaise, et d'être obligé de rentrer s'allonger sur le lit de l'une des chambres. En branchant son masque à oxygène, Marianne regretta de l'avoir emmené en un coin si perdu. Comment faire si la crise s'aggravait ? Heureusement il récupéra. Le climat des montagnes était excellent. Elle voulait qu'il respirât l'air le plus pur possible mais elle s'empressa de quitter les lieux et de précipiter le retour aux États-Unis.

Lorsqu'ils se retrouvèrent sur le sol américain, Jim voulut montrer, lui aussi, à Marianne les lieux de son enfance. Il prit donc, sans chauffeur, lui-même au volant, la décision de l'emmener à Spring Lake, en bordure de l'océan, dans le New Jersey. Chemin faisant, il lui annonça une surprise : la présentation officielle à sa mère. La baronne faillit s'évanouir de ravissement en entendant la nouvelle. Malheureusement, sur la route, Jim fut victime d'un nouveau malaise. Il dut s'arrêter, se reposer, reprendre de l'oxygène et faire demi-tour.

Marianne faillit encore s'évanouir, mais de dépit cette fois. Elle en fut malade à son tour, car elle savait que si Jim renâclait tant à prendre une épouse, c'était parce qu'il avait très peur du mariage à cause de sa mère qui lui avait toujours dit qu'elle voulait pour lui uniquement le dessus du panier. Le fait qu'il se soit décidé à emmener Marianne chez sa mère comme pour une sorte d'examen de passage approfondi laissait espérer, pour bientôt, la bague au doigt. Car elle était sûre qu'elle aimerait la mère de Jim et que la mère de Jim l'aimerait.

Madame mère, dont elle avait vu la photo encadrée sur le bureau de son fils, était une femme allurale et autoritaire, aussi élégante que distinguée, ne quittant jamais ses gants et son chapeau en public et ne sortant jamais sans maquillage. Elle en imposait avec ses tenues bien coupées mais Marianne ne doutait pas qu'elle saurait la mettre dans sa poche.

Elle finit par rencontrer Mme Crosby lors de l'assemblée générale des actionnaires à laquelle elle n'avait pas été conviée mais elle savait que, ce jour-là, dans le plus vaste des salons du Grand Hôtel d'Atlantic City, serait réunie toute la famille de Jim, mère, sœurs et frères au premier rang, pendant qu'il résumerait le bilan de l'année écoulée et présenterait les perspectives de l'année à venir. Marianne, fine mouche, attendit que la séance eût débuté pour se faufiler dans la salle. Les avocats, ahuris et irrités, la virent entrer mais aucun n'osa intervenir. La connaissant comme ils la connaissaient, ils ne voulaient pas qu'elle montât sur ses grands chevaux et se mît à pousser des cris stridents tandis que les agents de sécurité l'alpagueraient. Et puis peut-être, était-elle dans la salle à la demande et avec l'accord de Crosby ? Les avocats n'avaient rien contre Marianne mais ils étaient payés pour penser qu'en cas d'une rupture violente, elle pouvait lui être préjudiciable financièrement en réclamant d'importantes pensions alimentaires, occupation très pratiquée par les femmes américaines. Mais, avocats du patron ou pas, ils passeraient un très mauvais quart d'heure si, en ce moment précis, ils prenaient l'initiative de la faire expulser : le chômage leur tendrait les bras dès le lendemain matin. La baronne se souvient quand même que, lorsqu'elle passa près des avocats médusés avec son inimitable démarche à la fois chaloupée et sautillante, elle lut dans les yeux de ces gens qui paraissaient n'avoir pour occupation principale que de mettre Jim en garde contre elle une forme certaine d'admiration. « Elle est vraiment très forte ! » semblaient-ils tous penser en la regardant gagner le premier rang des assistants tandis que Jim discourait sur le podium.

Elle attendit la fin du débat au cours duquel, par son brillant et son brio, son amant, une fois encore l'épata.

Il savait écarter les questions embarrassantes, couper la parole aux importuns et ne pas gaspiller son temps. Elle apprit d'ailleurs, grâce à lui, à aller à l'essentiel. À la fin de la réunion, Marianne, dans la cohue, joua des coudes, poussa les gêneurs et se retrouva nez à nez avec la mère de Jim, flanquée de ses deux filles qui, elles, connaissaient la compagne de leur frère. La famille entière était d'ailleurs au courant de l'existence de la baronne qui avait, auprès de chacun de ses membres, plutôt la cote. Elle ne les embêtait aucunement et, surtout, ils n'ignoraient pas, sans savoir les tenants et les aboutissants exacts de la maladie de leur frère, que la baronne lui apportait beaucoup de réconfort et le soignait avec dévouement. Et puis, avec elle, Jim était heureux.

Maline, Marianne avait chaussé des escarpins à semelle plate et lissé sa chevelure rejetée en arrière à la façon d'une collégienne : elle affichait un maintien sage comme une sainte figurine d'image pieuse à laquelle on aurait donné le bon Dieu sans confession. Elaine, la sœur de Jim, fit un pas vers elle et la présenta à sa mère en laissant tomber, sans autre protocole : « Mère, la baronne ! » Marianne s'inclina comme elle l'avait fait à Londres devant la reine d'Angleterre mais son cœur battait bien plus la chamade qu'auparavant, à Buckingham Palace. « Je suis si heureuse de vous rencontrer ! » déclara en souriant Mme Crosby à une Marianne qu'on aurait dit transformée en dame d'œuvres partant enseigner le catéchisme. « Je sais ce que vous faites pour mon fils » ajouta-t-elle.

En un éclair, Emily Crosby avait jaugé et jugé la baronne. Elle l'avait trouvée décidée et volontaire, énergique et touchante, franche et convenable. Entre les deux femmes, le courant passa d'emblée.

À ces mots de celle qu'elle espérait pour future belle-mère qui valaient toutes les bagues de fiançailles du monde, Marianne afficha un sourire ravi et un maintien modeste... et se dit qu'elle marchait, à grands pas chassés, en direction et du bureau d'état civil de la mairie et de l'autel du curé.

Chapitre 23

Noël approchant, la baronne voulut, deux années s'étant écoulées depuis son divorce, récupérer ses affaires laissées à Acapulco au domicile conjugal. Elle pensait la période de l'avent propice à l'angélisme. Son ex-mari lui fit pourtant dire qu'il avait tout mis dans des poubelles et qu'il n'y avait plus le moindre ruban lui ayant appartenu encore sous le toit du palais tropical. Elle accusa le coup. Jim la consola en lui expliquant qu'elle aurait toujours tout ce qu'elle voudrait et ne manquerait jamais de rien.

Il traversa une petite période de rémission. Marianne surveillait sa nourriture et lui évitait toute graisse, tout sel et tous sucres. Le sport qu'il continuait de pratiquer avec modération lui gardait un corps musclé et une allure svelte. Il affichait une ligne de jeune homme, mangeait des steaks hachés à minuit et conservait une clairvoyance intellectuelle de premier plan. Marianne n'avait qu'une peur, à savoir que l'oxygène, vînt, un jour de manque, à ne pas parvenir jusqu'au cerveau et que Jim sortît diminué cérébralement de la crise. Le voir réduit à l'état de légume, un risque qu'il courait, l'épouvantait. À force de lui répéter qu'il pouvait tout faire, qu'il était en excellente santé si ce n'étaient ses poumons fragiles, elle pensait parvenir à l'en persuader pour qu'il cessât de se ronger les sangs.

Il avait l'habitude de partir en croisière, deux fois l'an, avec un groupe d'amis, sur le yacht d'Henry Ford, le *Lisboa III*, que Jim lui louait pour l'occasion. Mais au bout de trois semaines, Crosby quitta le bateau, ne supportant plus les gens, qui n'y étaient pourtant pas plus désagréables que d'autres. Leur laissant l'équipage à disposition et les réfrigérateurs emplis, il rentra à la maison. Comme Howard Hughes, avec lequel il avait, décidément, d'énormes points communs, il ne supportait plus d'avoir trop de gens autour de lui et les visages inconnus lui faisaient peur.

Les vahinés, muselées par la baronne, n'appelaient plus guère, à moins d'être kamikazes au dernier degré. Marianne avait maintenant à se méfier non plus des créatures inconnues d'elle mais des connues qui rôdaient dans les parages, à savoir les femmes et de ses associés et de ses avocats qui avaient de multiples occasions de voir Crosby en privé. Et dont certaines qui, dans le passé, avaient été ses maîtresses ne demandaient pas mieux que de remettre le couvert. Marianne qui changeait périodiquement les serrures afin que les anciennes clés ne pussent resservir savait bien qu'elles voulaient toutes le lui piquer. Elles n'hésitaient d'ailleurs pas : même devant la baronne, beaucoup se jetaient au cou de Jim et lui faisaient des numéros de rentre-dedans insensés.

La baronne avait adopté, comme parade et comme défense, la technique du lavage de cerveau de son fiancé.

Ne manquant ni d'esprit ni de répartie, elle envoyait ses rivales au tapis en deux tirs de phrases bien ajustés et, conversant avec Jim, parachevait son œuvre en assassinant la créature dès que cette dernière avait le dos tourné. Il y avait toujours chez chacune un détail qui clochait et qu'elle savait, mine de rien, épingler comme personne.

Préoccupé et par ses affaires et par sa santé, Jim se montrait totalement naïf face aux manœuvres opérées par ces créatures n'ayant pas froid aux yeux désireuses de lui mettre le grappin dessus. Ces femmes que Marianne appelait, pour les distinguer des vahinés, « les chipies », la rendaient folle. Certaines, il y avait dans le lot une somptueuse ex-Miss America, avaient du brillant et de l'allant. Dès que la baronne quittait une pièce où se trouvait du monde et y revenait trois minutes plus tard, elle retrouvait son compagnon entouré et devisant gaiement, mais sans malice, avec quelques « garces » qui l'avaient agrippé et qu'elle ne pouvait renvoyer d'une chiquenaude ou chasser à coups de sac à main.

Elle qui excellait à savonner la planche aux intruses et à éliminer les rivales par une ou deux phrases assassines, devant ou derrière elles, avait d'autant moins le cœur à plaisanter que les crises, trois années après leur rencontre, ne cessaient de se rapprocher.

Une excellente amie de Marianne, Vera Rauschnitz, que Jim avait adoptée car elle était gaie, intelligente, volubile et dévouée, lui apportait, à chacune de ses visites, de la viande fraîchement hachée préparée avec une sauce à la moutarde d'une façon qui n'appartenait qu'à elle. Elle adorait la baronne qu'elle connaissait depuis longtemps et qui le lui rendait bien. Et si elle ignorait les développements exacts de la maladie, elle savait que Jim n'était pas en bonne santé. Un jour à New York, elle mit les pieds dans le plat en demandant à Jim ce qu'il avait prévu pour Marianne s'il venait à disparaître. Glacial, il lui répondit qu'elle pouvait s'en aller. La discussion close, la baronne fut reconnaissante à Vera de son intervention et sut qu'il était important de savoir se garder des amis proches et chers.

Ils partirent tous deux avec un groupe de collaborateurs de Resorts pour les Rocky Mountains enneigées où Jim souhaitait acheter un hôtel en altitude afin de le transformer en casino de station de ski. Ils visitèrent l'endroit mais Jim dut, en cours d'inspection, s'arrêter, s'appuyer contre un mur et s'asseoir. Marianne comprit ce qui se passait mais, devant les collaborateurs, quelques directeurs de la société et les vendeurs, son compagnon ne pouvait rien dire de peur de voir écourtée la visite et annulée la vente. Marianne eut la présence d'esprit d'attribuer ce malaise passager à l'altitude, Crosby n'y étant pas habitué puisque ses possessions immobilières étaient jusqu'alors toutes situées au niveau de l'océan, précisa-t-elle en souriant à demi. Il resta donc assis pour souffler et la baronne entraîna la petite troupe à sa suite, après qu'il lui eut demandé de finir l'inspection des lieux à sa place. Elle mena la visite au pas de l'escargot, s'attardant même, au risque de passer pour une emmerdeuse patentée, dans les cuisines du sous-sol, afin de lui laisser le temps de récupérer sa respiration et de prendre de l'oxygène à l'aide de la petite bouteille qu'elle avait cousue à l'intérieur de sa veste (comme à l'intérieur de toutes les autres) car il ne portait jamais, fût-ce en plein hiver, de manteau.

Un autre jour, Marianne crut la dernière heure de Crosby arrivée alors qu'ils devaient revenir par hélicoptère à Atlantic City depuis Philadelphie où ils avaient assisté à un mariage. Elle avait, comme toujours, fait suivre dans son sac de l'oxygène portable mais le mauvais temps, une forte turbulence en provenance de l'Atlantique, empêcha la machine de s'envoler tandis que Jim utilisait, dans la cabine, sa dernière bouteille. Il n'y eut bientôt plus d'oxygène. Marianne priait pendant que Jim perdait peu à peu ses couleurs. Elle adjura le pilote de décoller et, profitant d'une légère accalmie dans un ciel menaçant, ils purent en catastrophe arriver à bon port.

La vie, cependant, continuait. Une tempête d'un autre genre se leva dans les jours qui suivirent au neuvième étage du Grand Hôtel et Casino. Marianne, qui ne quittait pas Jim d'une seconde sinon la nuit pour dormir (elle avait fait installer des sonnettes d'alarme aux deux chevets du lit de Crosby et dans sa salle de bains), entendait, bien évidemment, tout ce qui se disait lors des réunions d'affaires. Comprenant qu'une opération financière particulièrement juteuse se préparait autour d'actions mises en vente à bas prix et allait déclencher, à l'arrivée, un bénéfice phénoménal, la baronne téléphona à son banquier genevois pour lui demander de lui acheter deux cent mille francs suisses de ces actions, ce qui devait lui assurer un profit plus qu'intéressant. Elle savait qu'elle aurait déjà pu, en de multiples occasions, procéder de la sorte, n'ignorant rien des grandes manœuvres financières de son amant mais, jusqu'alors, elle s'en était abstenue. L'opération lui rapporterait un pactole.

Toutefois, se ravisant, inquiète du tour que l'affaire risquait de prendre, elle regretta son geste et raconta ce qu'elle avait manigancé à Crosby. D'abord sidéré, il explosa littéralement de colère. Ce fut là la seconde et dernière fois où il cria à cause d'elle. Il la menaça de ses foudres. Elle crut que les murs allaient s'écrouler sous ses hurlements de plus en plus violents. « Tu es complètement folle ! Tu es totalement malade ! » tonnait-il en arpentant son appartement. « Tu vas me faire mettre en prison. Je vais être arrêté à cause de toi. La brigade financière aura vent de ce trafic, mènera une enquête et viendra jusqu'ici. C'est la catastrophe ! » Marianne, pourtant maîtresse d'elle-même en toutes circonstances, fut affolée et comprit qu'elle avait dépassé les bornes. Elle téléphona immédiatement à son banquier et lui demanda d'annuler l'ordre qu'elle lui avait donné. Par chance, il n'avait pas encore acheté les fameuses actions. Jim se calma dès qu'il sut la transaction arrêtée. L'affaire fut oubliée.

Il eut, peu après, à affronter un autre cataclysme. Des juges américains prétendirent que Pindling, le Premier ministre des Bahamas, avait un peu tapé dans la caisse et reçu des pots-de-vin, notamment de Resorts International. La société de Jim eut à se défendre de cette accusation et prouver qu'il n'en était rien, ce qui était le cas.

Le procès eut lieu à Trenton dans le New Jersey, comté dont dépendait judiciairement Atlantic City. Crosby, ses collaborateurs et ses avocats ainsi que Marianne vinrent s'y installer et occupèrent deux étages de l'hôtel Hyatt, recouvert de neige. Il faisait froid et les flocons qui ne cessaient de dégringoler se transformaient en gadoue grise. En marchant dans les rues, elle ramassait cette boue froide et sale dans ses bottillons et devait ainsi rester des heures et des heures, matin et après-midi, au côté de Jim pendant toute la durée des audiences dans la salle du tribunal de Trenton avec les pieds glacés, tout comme en sa jeunesse lorsqu'elle arpentait la campagne enneigée des environs de Nuremberg et qu'elle restait des journées entières avec de vieux journaux trempés dans ses chaussures de bois.

L'enjeu était énorme : si la société Resorts était reconnue coupable d'avoir versé des pots-de-vin, la licence de jeux serait retirée à ses casinos et il lui faudrait fermer boutique. Les journées entières étaient donc occupées à assister aux débats et les nuits à constituer les dossiers pour préparer l'audience du lendemain. Pour transmettre les documents confidentiels, de sa suite aux chambres de l'hôtel transformées en bureaux pour les avocats du groupe, Crosby n'avait confiance qu'en Marianne : c'était donc la baronne qui les portait à l'un et à l'autre.

Elle sut aussi calmer les angoisses de Jim et endiguer ses crises, ayant fait suivre dans sa suite de l'hôtel toute son installation à oxygène. Elle l'habillait, lui insufflait de l'énergie, montait la garde autour de lui afin que personne ne le vît fatigué et amoindri.

Après six semaines passées ainsi au cœur de l'Amérique profonde, le président du tribunal rendit un jugement qui innocentait totalement la société de Crosby en la disculpant d'avoir versé des pots-de-vin au Premier ministre Pindling qui fut, lui aussi, blanchi de toute accusation.

Pour fêter l'événement, Jim emmena Marianne à New York. Il la fit danser au Club 59 où leur voisin de table était sans arrêt auréolé de flashs d'appareils photographiques. Jim, intrigué, se pencha vers lui pour demander la raison d'une telle célébrité. « Parce que je suis censé avoir tué ma femme qui est actuellement dans le coma ! » Vingt ans après, l'épouse du monsieur est toujours dans le coma et l'énigme du drame survenu chez Claus Von Bulow qui défraya la chronique mondiale et inspira un film n'est toujours pas résolue.

Jim organisa également pour Marianne deux dîners dans le plus chic des clubs privés de New York avec deux de ses chanteurs préférés : Placido Domingo, d'abord, et Frank Sinatra ensuite. Ce dernier avait un contrat le liant à la société de Crosby qui lui versait trois millions de dollars pour venir deux week-ends (de trois jours) par an sur une scène d'Atlantic City. Depuis au moins dix ans. Marianne passait ses soirées avec lui à l'issue de ses galas. En compagnie de ses musiciens, il allait sempiternellement s'installer au bar principal et y restait des heures, jusqu'au petit matin. Maîtresse de maison, la baronne venait l'applaudir, le saluer et s'asseoir avec lui sur les tabourets qu'elle affectionnait tant. Le nez dans son verre et la tête dans les étoiles, Sinatra passa ainsi des parties de nuit à lui raconter ses débuts, précisément à Atlantic City lorsqu'il se produisait à dix dollars la semaine dans des établissements installés sur la promenade du bord de mer. Curieusement et contrairement à la légende, il ne cherchait pas de filles, du moins à cette période-là. Il est vrai qu'il avait dans les soixante-dix ans et qu'il était habitué à n'aller se coucher qu'au lever du jour. Il ne courait après aucune danseuse, n'en faisait pas chercher non plus par ses acolytes et remontait se coucher dans sa suite comme un monsieur vertueux.

Au célèbre et mythique Club 21 de New York, dans la cinquante-deuxième rue, entre la Cinquième et la

Sixième Avenue, là où se trouve stockée la plus belle cave à vins du monde que les propriétaires font visiter avec fierté à leurs clients les plus illustres, les Sinatra et les Crosby, si l'on peut dire, dînèrent donc de hamburgers à la sauce aux morilles (le plat était à cinquante dollars) à la fameuse table 115, en haut de l'escalier, que convoitaient toujours Joan Crawford et Jacqueline Kennedy Onassis. Marianne était assise à côté de Frank qu'accompagnait sa femme Barbara. Au cours du dîner, la baronne voulut converser en italien avec le chanteur qui lui dit qu'il le comprenait très mal et n'en parlait plus un traître mot. L'atmosphère était cordiale. Marianne s'enhardit à lui demander ce qu'il en était de la légende lui attribuant des accointances étroites avec la mafia.

Il la regarda, stupéfait, comme s'il la découvrait, ébahi que quelqu'un osât aborder devant lui un sujet pareillement tabou. Elle ne se démonta pas et le regarda droit dans les yeux, attendant la réponse à sa question. Il tapa sur la table et éclata de rire. Il lui sembla qu'il forçait un peu la note. Riant beaucoup, riant fort, riant trop. S'adressant à sa femme qui faisait face à Marianne, il lui dit : « Non mais, tu te rends compte de ce qu'elle me demande ? » Barbara Sinatra sourit puis se mit, elle aussi, à rire mais Marianne attend toujours la réponse à sa question. Retombant sur ses pattes, elle remarqua l'énorme carafon de bouteille que portait au doigt la veuve de Zeppo Marx remariée au chanteur. C'était un diamant pur dit « blanc bleu » appelé aussi « James ». Gros comme une noix, il devait valoir près de trente carats. La baronne complimenta la femme du chanteur en soulignant qu'il s'agissait là d'une sublime pierre rayonnant d'une superbe lumière. « Mais vous devriez avoir la même, ma chère ! Vous pourriez avoir la même ! » lui répliqua Barbara Sinatra en glissant un regard de côté à Crosby. En guise de bague, la baronne portait un anneau de (vraies) perles qui faisait de l'effet mais que son interlocutrice contemplait d'un air un rien dégoûté.

De retour à l'appartement d'Imperial House, Crosby était furieux. À cette époque, Sinatra cherchait à obtenir plus d'argent de la part de Resorts International. Il voulait, en effet, que les trois millions de dollars qu'il touchait pour ses deux week-ends annuels à Atlantic City fussent portés à quatre. Il y avait, en même temps que le dîner, une négociation serrée en coulisses avec son avocat. Jim s'était inquiété en entendant Marianne évoquer les relations de Sinatra avec la mafia à l'idée que tout pût s'effondrer puis il avait entendu les commentaires de Barbara Sinatra au sujet des diamants et, dès lors, il pestait contre elle. « Je suis allé avec eux au Brésil car Frank y chantait au Copacabana Palace et tandis que je voyais sa femme acheter des kilos et des kilos de bijoux, le pauvre homme était obligé, à soixante-douze ans, de s'époumoner à chanter pour qu'elle pût avoir ses diamants. C'est stupide de supporter ça ! » râlait Crosby. Il râla tant et plus, précisant au passage à Marianne qui n'en demandait pas tant qu'il ne lui achèterait jamais de caillasses comme celle de Barbara Sinatra, qu'il finit par se cabrer sur une idée fixe. Puisque c'était comme cela, jamais il ne donnerait à Sinatra le million de dollars supplémentaires que ce dernier réclamait. Barbara en serait quitte pour s'acheter de moins gros bijoux.

L'avocat de Frank, Mickey Rouden, avec lequel Marianne jouait au backgammon à Acapulco, eut beau tempêter et menacer, rien n'y fit. Jim ne céda pas. Mais malheureusement (ou heureusement, selon le point de vue), trois mois plus tard, le contrat de Sinatra avec Resorts International était rompu et le chanteur se produisait dans l'établissement concurrent, le Golden Nuggett.

Pour effectuer la liaison entre New York et Atlantic City, Resorts International avait mis en service une ligne aérienne régulière avec hélicoptères de trente places qu'empruntaient les clients du Grand Hôtel et Casino. À la différence des avions arrivant à Atlantic City qui devaient atterrir sur la piste de Margate, les hélicoptères de Resorts, c'était l'avantage, se posaient sur la piste réservée à cet effet, devant le perron du Grand Hôtel de Resorts International. Et Jim possédait, en plus, un hélicoptère privé dont se servait Marianne pour aller faire ses courses parfois dans la journée, gardes du corps sur les talons, à Manhattan.

Elle y emmena un jour Sinatra qui s'était échappé pour quelques heures, et qui, hors d'Atlantic City, ne marchait pas d'une enjambée sans être protégé par ses agents de sécurité tenant tout le monde éloigné de lui. Pendant le trajet aérien, le crooner raconta à la baronne ses débuts difficiles, à Hoboken dans le New Jersey d'abord où il était né de parents immigrés italiens, puis à Atlantic City ensuite dont il lui avait déjà parlé et où, embauché comme commis dans un journal, il arrondissait ses fins de semaine en chantant dans des cabarets de deuxième ordre sur la longue promenade du bord de mer et en participant comme amateur à des concours qui allaient, petit à petit, le faire connaître puis lui valoir un engagement dans l'orchestre d'Harry James.

La baronne adorait aussi la voix de Dean Martin qui devait être, de tous les chanteurs américains, celui qui venait depuis le plus longtemps à Atlantic City. Il gagnait, lui, deux millions et demi de dollars pour trois week-ends de galas. La baronne eut peu de contacts avec lui car, contrairement à Sinatra, il ne sortait qu'exceptionnellement de sa suite et s'y enfermait constamment en se faisant monter des caisses et des caisses de whisky.

Marianne adorait aussi Luciano Pavarotti qui faisait, lui, monter des pâtes en toutes sortes de sauces, ainsi que Diana Ross qui faisait, elle, monter des jouets pour ses enfants qui la suivaient en tournée, du moins jusqu'à Atlantic City, et avec lesquels elle s'amusait sans quitter sa chambre jusqu'au milieu de l'après-midi. Sammy Davis Junior, Ella Fitzgerald, Stevie Wonder et Ray Charles venaient également chanter, plusieurs fois l'an, au Casino de Resorts International à Atlantic City où se produisaient également, deux fois par jour, des spectacles de girls à demi nues que Jim n'allait jamais voir car ils devaient, inconsciemment, choquer son esprit puritain.

Quoi qu'ait pu en penser Barbara Sinatra, la baronne possédait, outre son alliance en vraies perles, de très beaux bijoux. Jim qui détestait faire des achats et notamment se rendre chez les joailliers, au su et vu de la terre entière, les faisait venir en son appartement et offrait à Marianne ce qui lui plaisait.

La première fois que se présenta son amie Andrea, de chez Harry Winston, la baronne choisit une paire de boucles d'oreilles représentant chacune une lune en diamants composée de vingt-cinq pierres, toutes d'un carat, pour une valeur, à l'époque, de quarante mille dollars.

« Tu ne préfères pas que je t'offre des actions en Bourse ? demanda-t-il en signant le chèque comme à regret.

— Non, répondit-elle. En Europe, une femme préfère des bijoux à des actions.

— Eh bien, les femmes européennes sont bêtes, répliqua-t-il, car, avec le montant de cette paire de boucles d'oreilles, elles pourraient acheter des actions qui, dix ans plus tard, leur permettraient de s'offrir cent paires de boucles d'oreilles semblables. La Bourse, c'est comme ça ! »

De ce jour, la baronne décida de s'intéresser à la Bourse et, en dépit de quelques bas et grâce à quelques hauts, elle ne l'a jamais regretté. Elle a même, parfois, réussi à faire la culbute.

Chapitre 24

Au début de leur relation, Marianne avait demandé à Jim dans quel coffre-fort de ses appartements elle pouvait ranger ses bijoux. Jim avait haussé les épaules et lui avait répondu qu'il n'y avait pas besoin de coffre-fort à Atlantic City, pas plus qu'aux Bahamas : les deux endroits étaient aussi bien protégés que les réserves d'or de Fort Knox. Les hommes de sécurité, appartenant à une troupe de gaillards spécialement entraînés sous la direction de Robert Peloquin, suffisaient amplement selon lui à assurer la protection des gens et des biens.

« Tant qu'ils seront là, à surveiller et à rôder, tu n'auras besoin de rien et tes bijoux seront plus en sécurité que dans un coffre de banque. Tu peux les laisser sur la table de nuit, si tu veux ! » Et il est vrai que rien ne fut jamais dérobé.

Rentrant en tenue de jogging un soir d'une promenade sur le front de mer, Jim et Marianne s'arrêtèrent devant un petit snack du hall, demandèrent deux hot dogs et partirent sans payer parce qu'ils n'avaient pas d'argent sur eux. Au grand dam de la serveuse qui réclama son dû. Jim lui expliqua qu'il était le patron mais cela ne suffit pas à convaincre l'employée. Jim réexpliqua à nouveau qui il était. La serveuse s'en souciait comme d'une guigne et, patron ou pas patron, il lui fallait ses quatre dollars. Marianne pas plus que Jim n'avait de billets. La serveuse menaça d'appeler la police pour effrayer les deux voleurs afin d'obtenir son dû et, voyant qu'ils n'obtempéraient pas, cria comme une damnée et fit venir les agents de sécurité. Quand Jim fut reconnu, la serveuse crut que le plafond s'effondrait. Elle s'attendit à être virée sur-le-champ. Au contraire, le patron la félicita pour sa façon de défendre les intérêts de sa société et, le lendemain, elle reçut et de l'avancement et une gratification.

Après avoir parlé au téléphone avec son amie Maïka qui vivait à Marbella, Marianne eut l'idée de faire engager son copain d'alors qui lui jouait de la guitare sous les étoiles le soir lorsqu'elle était en vacances dans le sud de l'Espagne.

Celui-ci, un certain Julio Iglesias, était devenu une star internationale et le numéro un des chanteurs latinos. Elle en parla à Jim qui donna son accord de principe et elle appela Julio. Un contrat fut négocié. Pour un cachet de trois millions de dollars, Iglesias avait à passer, annuellement, trois week-ends de trois jours à Atlantic City. Il ne se fit pas prier pour commencer ses galas aux premières dates disponibles.

La baronne retrouva donc son ami espagnol qui débuta son tour de chant en dédiant sa chanson initiale à « la femme du patron de l'endroit ». Devant les mille trois cents spectateurs du grand auditorium, Marianne, aux premières loges, était aux anges. Elle fut aux petits soins pour Julio, s'occupant elle-même de faire nettoyer ses smokings et apposer un rideau noir devant sa fenêtre afin qu'il pût dormir dans l'obscurité absolue. Après chaque récital, ils dînaient ensemble avec Crosby qui le trouvait très charmeur avec les femmes auxquelles il faisait œil et voix de velours.

Toujours accompagné par des filles superbes qui n'étaient jamais les mêmes, Julio revint à Atlantic City et alla aussi chanter aux Bahamas. Alors qu'il demandait, en se posant à l'aéroport de Nassau, à qui pouvaient bien appartenir ces centaines de petits avions immobilisés près des pistes et dans les hangars à perte de vue, la baronne lui expliqua qu'il s'agissait de tous les appareils confisqués par la police pour trafic de drogue. L'ambiance aux Bahamas tenant à la proximité de Cuba et de Miami était très différente de celle d'Atlantic City, moins guindée, plus décontractée, moins conventionnelle, plus permissive. Iglesias s'étonnait lorsqu'il dînait dans la maison de Crosby, à Paradise Island, de ne pas voir de majordome pour servir à table. Marianne expliquait qu'elle voulait la paix le soir chez elle. Crosby, comme Howard Hughes, faisait en sorte que sa tranquillité et son intimité fussent respectées. Comme il détestait les domestiques, les repas étaient apportés par les livreurs de l'un ou l'autre des restaurants du Grand Hôtel de Resorts International, selon la spécialité qui avait été choisie, et la baronne dressait le buffet, assurant même le service lorsqu'il le fallait. Ils auraient pu avoir vingt domestiques mais ils n'en voulaient aucun. Iglesias en était stupéfait. Un soir Julio, qui avait apporté son nouveau disque, désirait d'autant plus le faire écouter que l'une des chansons avait été composée en l'honneur de Marianne. Il fut ulcéré, et quasiment malade de jaunisse, en constatant que les baffles de la chaîne stéréo ne fonctionnaient pas et en entendant Jim, patron de salles de spectacles et commanditaire de galas, déclarer que le silence était, en fait, la plus douce des musiques. Régine, grande amie de Marianne qui depuis vingt ans fréquentait ses discothèques de par le monde, glissa à l'oreille de cette dernière que Julio avait beau râler, chez lui, personne ne faisait la cuisine.

Marianne avait fait venir Régine à Atlantic City afin qu'elle y ouvrît une boîte de nuit. Cette dernière avait donc été engagée par Resorts International qui la payait et Jim souhaitait qu'elle créât un autre club aux Bahamas. Du coup, la baronne demanda à émarger, elle aussi, sur les feuilles de paye de la société, arguant que tout le monde, autour d'elle, percevait des salaires et qu'elle seule ne touchait rien. « Mais, toi, tu ne travailles pas ! » lui fit gentiment remarquer Jim. Ce à quoi Marianne répliqua que réussir à dénicher, à la surface de la terre, des gens aussi doués, chacun dans son domaine, que Julio Iglesias et Régine méritait une rétribution. Personne d'autre qu'elle n'avait eu l'idée de les faire engager et personne d'autre qu'elle n'était parvenu à les trouver et à les inciter à venir. Des imprésarios touchaient de l'argent au départ, les intéressés étaient rémunérés au passage et la société faisait du profit à l'arrivée. Elle ne voyait donc pas pourquoi le maillon qu'elle était dans cette chaîne d'argent s'en trouvait oublié. Jim se rendit à ses raisons et la baronne ne perçut pas un salaire mensuel mais un cachet, par trouvaille à son actif, de vingt-cinq mille dollars.

Marianne envoya une partie de ces sommes à son fils auquel elle adressait régulièrement de l'argent afin qu'il reçoive la meilleure des éducations. Laissé à la garde de son père, le fils de la baronne était inscrit dans les écoles les plus huppées de Suisse. Marianne, connaissant l'existence instable qu'elle menait, ne voulait pas de la même vie pour son enfant. Elle souhaitait qu'il fût bien installé, à l'abri de toute agitation et en pleine nature plutôt que d'avoir à grandir au milieu d'un monde faisandé. Il a, depuis, pris de l'âge et passe beaucoup de son temps au Pérou. Il est d'ailleurs marié à une Péruvienne et vit, heureux, sans histoires.

La baronne emmena Jim voir d'autres médecins, les plus grands spécialistes des États-Unis, comme elle l'avait fait en Suisse et en France, pour recueillir d'autres avis sur sa maladie. Mais les diagnostics étaient tous pessimistes : la guérison n'était pas envisageable.

Elle l'emmena également en cure de régénération à Marbella, au sud de l'Espagne, où il paya une fortune pour manger des clopinettes. Elle revit au célèbre Marbella-Club le prince Alphonso de Hohenlohe, premier mari de la princesse Ira de Fürstenberg, qui vivait alors avec l'actrice américaine Jackie Lane, ex-partenaire d'Elvis Presley et mère de sa petite fille Ariane. Elle y retrouva également la princesse Soraya qui venait en villégiature, emmenant en avion depuis Paris son chauffeur et sa dame d'honneur, et qui organisait de très élégantes réceptions dans sa maison de vacances.

Elle rencontra également en Espagne Son Altesse Royale le comte de Barcelone. Comme elle lui plut beaucoup, pendant que Jim se reposait, le père de Sa Majesté le roi Juan Carlos d'Espagne invita Marianne à venir chasser avec lui. Mais elle n'était guère douée et n'avait pas envie de tuer des animaux. Le comte de Barcelone la trouvant très différente des autres señoritas, demanda à la revoir. Puis la baronne et Jim repartirent aux États-Unis. À peine avaient-ils débarqué que le comte téléphonait à Atlantic City et annonçait son arrivée à New York. Marianne emprunta l'hélicoptère de Jim qui l'autorisa à aller retrouver Son Altesse Royale à Manhattan. Elle se promena avec le comte, une fois, deux fois, trois fois, venant même parfois à New York seulement pour déjeuner en sa compagnie.

Et arriva ce qui devait arriver. Un jour qu'ils dégustaient tous deux un soufflé aux framboises au Hemsley Palace, le père du roi d'Espagne proposa à la baronne allemande de devenir sa maîtresse et d'entamer avec lui une liaison qui l'enchanterait. Amoureuse de Jim, Marianne déclina la proposition et ne revit plus qu'épisodiquement le comte de Barcelone, ex-prétendant au trône auquel il avait renoncé en faveur de son fils.

L'une des dernières fois où Marianne, avant le drame, utilisa l'hélicoptère de la société pour aller à Atlantic City fut au retour d'un après-midi passé à faire du shopping chez Bloomingdale's, l'un des plus chic magasins à rayons multiples de New York. Elle s'était acheté quatre grands chapeaux qu'elle avait fait empaqueter dans une énorme boîte.

Jim avait, lui aussi, passé l'après-midi en réunion d'affaires à New York et devait rentrer à Atlantic City, très pressé de réunir ses collaborateurs. Il lui avait donné rendez-vous à l'héliport mais les achats et les embouteillages la firent arriver avec plus d'une heure de retard. Il fulminait donc dans l'appareil dont les pales tournaient dans le vide. « Tu me coûtes des milliers de dollars parce que tu n'es pas fichue d'être à l'heure » gronda-t-il avant de paraître horrifié par la vue de l'énorme boîte qu'elle dissimulait tant bien que mal mais qu'il lui fallut bien introduire dans la cabine de l'hélicoptère, ce qui ne se déroula pas sans une nouvelle explosion de colère.

« Mais qu'est-ce que tu peux bien trimballer làdedans ? » rouspéta-t-il avec véhémence. Elle lui dit la vérité. Il s'agissait de chapeaux. D'immenses chapeaux. Grands comme des parasols. Il en resta coi, ne voulant pas la croire et désirant voir. Il l'avait déjà vue avec des chapeaux mais à l'intérieur des hôtels du groupe, les mondanités n'en imposaient pas vraiment le port. Elle ouvrit alors l'énorme boîte pendant que les pales tournaient toujours et que s'envolaient les dollars de la compagnie.

Il vit et il crut. Il parut stupéfait et épaté, avant de se mettre à éclater de rire en disant : « Mais c'est formidable, tu es comme maman, tu adores les chapeaux. Une femme qui porte des chapeaux est toujours une femme formidable. Nous allons lui téléphoner pour le lui dire ! »

Elle s'installa alors sur le siège à côté de lui, posa l'un de ses quatre chapeaux vaste comme un abat-jour sur ses mèches blondes et, en pareil équipage, l'hélicoptère mit le cap sur le Grand Hôtel et Casino d'Atlantic City. Mais devant le perron, le chapeau posé sur la tête de la baronne s'envola à cause du vent qui soufflait fort. Un chauffeur de taxi qui passait le récupéra. Elle lui donna un pourboire en riant et, en remettant en place le grand bibi cabossé, sourit. La baronne ne savait pas que, ce faisant, ils venaient de s'envoyer dans les airs pour la dernière fois.

Chapitre 25

C'est en revenant à Atlantic City que Jim fut atteint d'une crise plus grave que les précédentes.

Quand Marianne fut réveillée en pleine nuit par la sonnette reliée à sa chambre, elle courut dans celle de Jim et le trouva allongé sur le sol de sa salle de bains en très mauvais état. Elle parvint à l'asseoir tant bien que mal et lui insuffla de l'oxygène en même temps que de l'énergie. Dans l'attente de l'arrivée du docteur installé à proximité immédiate, elle le réconforta ainsi qu'elle avait pris l'habitude de le faire afin qu'il se sentît rassuré.

Elle avait découvert un truc qui fonctionnait à tous les coups. Jim avait un début de calvitie sur le sommet du crâne et cet endroit de sa peau, selon la couleur qu'il prenait, se révélait toujours annonciateur de la crise à venir ou du soulagement qui, en principe, suivait. Elle lui détailla donc toutes les couleurs de l'arc-en-ciel par lesquelles passait sa peau afin de lui redonner du moral. Elle lui raconta qu'elles évoluaient vers le rose pâle.

comme celle d'un gros poupon et parvint à lui arracher un pâle sourire.

Mais le cœur était, cette fois, moins bien accroché. Elle éprouvait une peine incommensurable pour cet homme qui s'accrochait à chaque centimètre cube d'air en luttant pour rester en vie. La crise étant plus grave que d'habitude, le médecin prit la décision d'hospitaliser Crosby à Atlantic City dans un service de réanimation où il serait surveillé vingt-quatre heures sur vingt-quatre. Marianne resta à son côté de sept heures du matin jusqu'à neuf heures du soir sans bouger, cela durant cinq semaines. Il refusa qu'elle couchât dans la chambre sur un lit d'appoint, comme elle l'avait proposé. Jim n'était pas du genre à accepter ce type d'arrangement. La baronne le quittait donc juste le temps d'aller manger à la cantine de l'hôpital, ne pouvant le faire sur place. Chaque soir, attristée, elle rentrait au Grand Hôtel en longeant le bord de mer. Une fois, elle fut accostée et attaquée par deux costauds qui lui dérobèrent son sac à main et tentèrent de la dépouiller de son manteau de fourrure. Lorsqu'ils voulurent le lui arracher, elle se débattit et, en criant, leur allongea de grandes paires de claques et des coups de pied qui leur firent prendre la fuite. Le lendemain, Jim exigea que des gardes du corps l'accompagnassent à l'aller comme au retour.

Son état, à la longue, ne s'améliorait pas mais au moins il ne s'aggravait pas et fut jugé stationnaire. Les médecins pratiquèrent une trachéotomie, découpant un rond gros comme une capsule de bière au milieu de sa gorge afin de lui permettre de respirer plus librement. Il se sentit un peu mieux et put rentrer à l'hôtel et y séjourner pendant six mois, assez fatigué. Personne, jamais, ne sut ni ne s'aperçut que cette intervention avait été pratiquée. Seule, la baronne, avec, évidemment le chirurgien, était au courant. La chemise boutonnée et une cravate nouée sur son col, l'ouverture opérée dans sa peau était totalement indécelable.

Lorsque Crosby avait à présider un conseil d'administration, afin qu'il ne fût pas terrassé par une crise en plein milieu, la baronne avait inventé un dispositif ingénieux et compliqué. Enfermée dans une pièce réservée à cet effet plusieurs heures avant que le réunion ne débutât, installant Jim à son bureau elle faisait courir, depuis la chambre, passant sous la porte et sous le tapis jusque sous le fauteuil, un tuyau de plastique relié aux caissons d'oxygène. Le tuyau était scotché contre la chaussette de Jim et grimpait, le long de sa jambe, de sa cuisse, de son ventre, de sa poitrine et de son cou. Il arrivait jusqu'à la gorge, à l'endroit de la trachéotomie, en laquelle il insufflait de l'oxygène pour l'organisme du malade. Crosby, ainsi, n'avait pas de crise et, jamais personne ne décela quoi que ce soit, même pas ses collaborateurs qui se demandaient bien pourquoi Marianne assistait désormais à tous les conseils d'administration sans quitter des yeux, une seconde, Jim assis dans un fauteuil dont il ne se levait pas.

Un jour, Marianne remarqua que Jim s'agitait et tentait de lui expliquer quelque chose en tournant la tête à demi vers elle, assise derrière lui. La baronne comprit alors que James Morris Crosby, P-DG de l'un des plus grands empires de distractions du monde, cloué sur le siège directorial de son bureau manifestait une sérieuse envie d'aller aux toilettes. Il avait besoin mais ne pouvait, évidemment, bouger. Quarante personnes étaient assises autour de la gigantesque table rectangulaire et aucune ne se doutait de quoi que ce fût. Marianne regarda sa nuque et posa sa main sur son épaule. Il reçut le message et baissa les yeux. Lorsqu'il les releva, il comprit qu'elle avait saisi ce qui arrivait. Dans son dos, la baronne avait le regard embué de larmes et ses yeux scintillaient de pleurs prêts à couler. Elle craquait complètement pour l'homme qu'elle avait choisi d'aimer et qu'elle trouvait aussi superbe que sublime. Dans son costume bleu nuit avec son nœud de cravate impeccablement noué, Jim Crosby était en train de faire pipi sous lui, sur le tapis. Elle l'admira, alors, en cet instant, plus qu'elle ne le plaignît, éprouvant envers lui plus de fierté que de pitié.

Au long des mois qui suivirent, Marianne resta constamment au côté de son compagnon puis, avec son plein accord, lorsque reprirent les crises, le fit transporter au New York University Medical Center. La baronne resta à son côté à longueur de journée, arrivant de bonne heure et repartant le soir à Imperial House car il ne voulait toujours pas qu'elle dormît sur un lit d'appoint.

Un jour, sachant qu'il adorait la soupe de moules et n'avait plus l'occasion d'en goûter, elle en prépara une dans sa cuisine avec, ainsi qu'il l'aimait, beaucoup d'oignons, d'ail et de persil. Elle enveloppa, comme elle l'avait vu faire dans l'avion de Monrovia à Freetown par les femmes de diamantaires libanais, sa casserole de soupe de serviettes et de torchons pour la conserver au chaud. Elle demanda à Ray, le chauffeur, de passer les vitesses surmultipliées et de la conduire à l'hôpital en appuyant sur le champignon car elle tenait à ce que sa préparation de moules n'arrivât pas froide. Portant sa casserole à bout de bras comme s'il s'agissait des reliques du Saint-Sacrement, elle monta dans l'ascenseur et se dirigea au fond du couloir recouvert de linoléum bleu vers la chambre de Crosby. Devant la porte, elle entendit qu'il parlait avec sa sœur Elaine qui l'aimait bien et qu'elle aimait bien mais qui, elle l'apprit plus tard par les avocats, lui expliquait qu'il laissait beaucoup trop à Marianne dans son héritage par rapport aux quatre années et demie qu'elle avait passées avec lui. Une infirmière lui ouvrit la porte et, triomphalement, elle pénétra dans la chambre du malade avec sa casserole dont le fumet masqua immédiatement les odeurs d'éther. « Tu vois, Elaine, dit alors Jim, en se mettant à rire, tu vois bien que Marianne n'est pas qu'une enquiquineuse ! »

Elaine avait apporté à Jim la cassette de la construction du tout nouvel ensemble hôtel et casino du groupe à Atlantic City mais ne parvenait pas à l'enclencher dans le magnétoscope. Marianne s'y essaya et y réussit, à la satisfaction de Jim, lequel lâcha de nouveau à sa sœur : « Tu vois bien, Marianne, elle sait tout faire ! » Et tous trois regardèrent les premières images du « Taj Mahal » dont une caméra vidéo avait filmé douze étages sortis de terre. Le coût de cette construction devait s'élever à cinq cent vingt-cinq millions de dollars.

La copine de Marianne, Vera, qui était aussi devenue celle de Jim, vint également le voir très souvent à l'hôpital où elle apportait sa fameuse préparation de viande hachée dans une sauce à la moutarde dont il se régalait. Mettant à nouveau les pieds dans le plat, elle lui redemanda ce qu'il avait prévu pour Marianne au cas où il viendrait à disparaître. Il devrait prévoir de lui laisser son appartement car, après tout, disait-elle : « Elle est comme ta femme. » Jim répliqua que Marianne n'aurait rien à faire d'un appartement qui comptait sept pièces et, cette fois encore, glacial, ajouta à l'adresse de Vera venue avec son mari Wolfie qu'elle pouvait maintenant partir.

Un matin, lorsque la baronne arriva, Jim, la voix serrée, lui demanda de l'aider à résoudre un problème grave. Il venait d'apprendre qu'il devait se faire à nouveau opérer, ce qui n'était pas vraiment une surprise, et se voir enlever une partie du poumon gauche endommagé par des sortes de cloques qui, en durcissant, empêchaient les parois de respirer. Les médecins lui donnaient une chance sur deux de s'en sortir indemne. Il n'était pas âgé, cinquante-deux ans, mais n'était pas tout jeune non plus et son cœur avait déjà été fortement secoué par l'opération précédente. Il demanda donc à sa compagne de l'aider à prendre sa décision.

« Je ne peux rien pour ça ! lui répondit-elle tristement.

— C'est la décision la plus importante que j'ai jamais eue à prendre de ma vie et tu me laisses tomber ! soupira-t-il avec mélancolie.

— Je ne te laisse pas tomber, répliqua-t-elle, mais là, je ne peux pas t'aider ! » avant d'éclater en sanglots.

Une larme coula sur la joue de Jim. Et, seul, il choisit, sept années après l'intervention sur le poumon droit, de se faire opérer à nouveau et de se faire enlever, cette fois, une partie du poumon gauche.

Le temps pressait. La date fut fixée. Les jours précédant l'opération, Marianne demanda à passer les douze heures d'affilée à son chevet. Il accepta, ne voulant personne d'autre qu'elle pour le laver et pour régler son oxygène puisqu'il portait constamment un masque relié aux bonbonnes. Il trouva le moyen de lui demander avec quel genre d'homme elle vivrait, après lui. Marianne se tut et réfléchit. Elle savait que sa réponse revêtirait une grande importance pour lui. En le regardant dans les yeux, elle finit par énoncer qu'il n'y en aurait pas. Il lui demanda alors :

« Pourquoi ?

— Parce que tu es mon grand amour ! Je ne trouverai jamais quelqu'un d'aussi bien que toi. Quelqu'un d'aussi humain ! Quelqu'un que j'aimerai autant. Ce ne sera pas possible. Il n'y aura plus d'homme dans ma vie après toi, je te le promets !

— Je te comprends !, répondit-il, l'air heureux avant d'ajouter : la vie que tu as avec moi n'est pas celle d'une jolie femme de ton âge qui pourrait s'amuser !

— Plus personne, après toi, je te le promets ! », répéta-t-elle en écho.

Marianne savait, en lui tenant ces propos, qu'elle ne lui mentait pas et qu'elle s'efforcerait de tenir sa parole jusqu'au bout. Des hommes passeraient peut-être dans sa vie mais aucun ne resterait. Après lui, il n'y aurait place pour aucun autre grand amour. Il sembla heureux de sa réponse. Et trouva la force de sourire en lui disant : « Avec tout ce que tu as supporté avec moi, je comprends que tu n'en aies plus envie avec un autre. »

Il lui rappela alors, doucement, ce qu'il lui avait, un peu cérémonieusement, déclaré lors de leur dernier séjour à Paradise Island. Ils dînaient alors dans un restaurant du groupe au bord de la mer des Bahamas et Jim avait revêtu son plus beau costume, bleu foncé. Se penchant vers elle, par-dessus la table, il lui avait dit qu'elle ne devait avoir peur de rien, s'il venait à disparaître. « Tu dois comprendre que j'ai vécu avec d'autres femmes avant toi et que je veux aussi les coucher sur mon testament mais sache que tu es ma principale héritière ! » Ils s'étaient alors embrassé le bout des doigts.

Pendant que ses poumons se désagrégeaient, il n'oubliait pas celle qui l'aidait à ne pas totalement s'écrouler. La veille de l'opération, la baronne était évidemment très anxieuse. Lorsqu'une infirmière vint pour raser intégralement les poils de Jim, il lui demanda de vérifier auprès du chirurgien si cela était vraiment nécessaire. Le docteur Sunshine qui dirigeait l'équipe médicale ayant répondu par l'affirmative, Jim accepta mais, par pudeur, demanda à la baronne de ne pas assister à la cérémonie du rasage. Marianne en profita pour se rendre à la cathédrale Saint-Patrick, sur la Cinquième Avenue, allumer des cierges et prier pour lui.

Revenue dans la chambre, elle ne trouvait pas la force d'en partir. Elle embrassait le front de Jim, caressait ses mains puis sortait et revenait. Et elle recommençait. Trois fois, elle renouvela ce va-et-vient en promettant, à la dernière, de revenir le lendemain matin. Crosby lui fit jurer de n'en rien faire. Elle jura mais se dédit puisqu'elle réapparut avant l'aube.

Cachée dans le bureau vitré des infirmières, elle le vit quitter sa chambre sur un brancard. Abritée derrière un pilier du couloir, elle le suivit du regard jusqu'à ce qu'elle le voie disparaître dans l'ascenseur le menant à la salle d'opération. Les sœurs de Jim arrivèrent peu après, puis les frères et les beaux-frères dont l'un avait fait des études de prêtrise. Pour tromper leur attente et occuper leur esprit, ils jouèrent tous au backgammon. Pendant les six heures que devait durer l'intervention.

Attendant des nouvelles et n'en pouvant plus,

Marianne téléphona dans la salle d'opération où on lui répondit que M. Crosby connaissait de petits problèmes cardiaques. Elle attendit puis rappela une heure plus tard. La même voix lui expliqua alors que le patient avait, maintenant, de sérieux problèmes cardiaques. Elle revint s'asseoir à la petite table d'hôpital mais ne put rejouer. Le temps s'écoula, d'autant plus interminable que personne ne parlait.

Soudain, vers la neuvième heure après le début de l'opération, elle perçut un léger tremblement et vit comme une longue traînée blanche flotter en l'air au-dessus d'elle et s'échapper par la fenêtre. Sur le moment, elle n'osa rien dire mais elle eut, en cet instant précis, la certitude que Jim était mort et que son âme venait de lui dire au revoir avant de s'échapper. Jamais, elle ne crut aux fantômes et autres divagations de charlatans mais elle sut, alors, que le pire était arrivé car les âmes des morts qui s'échappent, selon elle, seuls ceux qui les aiment éperdument peuvent les voir s'en aller. Elle courut alors à l'étage du bloc opératoire où, poussant la porte du couloir qui y menait, elle vit l'anesthésiste en sortir. Son masque à la main, il enlevait son bonnet. Le chirurgien le suivait. Tous deux avaient l'air défait et fatigué. Sans réfléchir, Marianne se jeta sur eux en criant et en les tapant : « Tu m'avais promis de ne pas le laisser mourir ! » leur lançait-elle au visage. « Nous avons tout fait, tout tenté mais nous n'avons pu empêcher l'irréparable. Son cœur a lâché. »

En fait, Jim avait survécu à l'opération destinée à lui amputer le poumon de la partie malade et à lui en façonner un lui permettant de respirer et de vivre. Il avait même été conscient à son réveil, reconnaissant l'un des praticiens et l'appelant par son nom, mais, dans les secondes qui suivirent, il avait succombé à une crise cardiaque. Malgré les spécialistes et le matériel le plus perfectionné qui soit, personne n'avait rien pu faire. À l'âge de cinquante-deux ans, James Morris Crosby, l'un des hommes les plus riches des États-Unis, l'empereur des casinos, venait de perdre son dernier pari.

Marianne, hébétée, eut la force de remonter vers sa belle-famille en grimpant l'escalier quatre à quatre. Quand elle leur annonça la nouvelle, tous se mirent à pleurer. Une infirmière vint les prévenir qu'ils pourraient, s'ils le souhaitaient, voir le corps dans une vingtaine de minutes.

Lorsqu'elle se trouva face à la dépouille, Marianne, quasi somnambulique, embrassa le front encore chaud et caressa les mains glacées. Elle criait que ce n'était pas possible, pas vrai et se jetait sur le corps. Et puis elle vacilla et tomba à terre. Elle se réveilla seulement quand on lui jeta de l'eau sur le visage, comprenant que les médecins s'inquiétaient pour elle. Dans un état semicomateux, elle entendit ses beaux-frères téléphoner et, devinant, dans leur conversation, les mots « Bourse » et « actions », comprit que les sacro-saintes règles du business restaient, elles, bien vivantes.

Elle ne sait même plus comment les deux sœurs de Jim, désireuses de l'aider, lui firent quitter le New York University Medical Center, qui possède désormais une aile de bâtiment portant le nom de James Crosby suite au don qu'il lui a légué par une clause de son testament. Ni comment elles la reconduisirent à l'appartement. Elle ne voyait plus rien, n'entendait plus rien, ne sentait plus rien. Elle voulait seulement être seule.

Elle alla immédiatement dans la chambre de Jim et se coucha dans son lit. Incapable de dormir, elle passa la nuit à parler avec lui à haute voix. Au petit matin, épuisée, à bout de nerfs et de fatigue, elle ouvrit la fenêtre et voulut se jeter sur le macadam en bas où elle se serait fracassée comme une boule de cristal. Heureusement, une voix intérieure lui chuchotant de ne pas le faire et un sursaut d'éducation chrétienne lui rappelant que les suicidés étaient bannis du royaume de Dieu l'empêchèrent de plonger dans l'air frais de ce petit matin de printemps new-yorkais. C'était alors le 11 avril 1987 : le printemps s'installait doucement et l'homme de sa vie l'avait quittée.

Elle referma la fenêtre et retourna dans le lit. Et eut le sentiment de revoir tournoyer une dernière fois, comme pour un ultime adieu, la forme blanche. L'âme de Jim s'arrachait à elle avant de partir pour un éternel repos.

Son corps, embaumé selon le désir de la famille et de Marianne, fut le lendemain transporté à Atlantic City et exposé dans l'un des salons du Grand Hôtel et Casino afin que tous ses collaborateurs et amis puissent lui rendre un dernier hommage. Un office religieux fut ensuite célébré en l'église Saint-Nicolas d'Atlantic City, puis un cortège de vingt limousines suivit sa dépouille funèbre, par la route, jusqu'à Spring Lake où eut lieu quatre jours plus tard l'enterrement.

Mme Crosby mère, alors âgée de quatre-vingt-treize ans, qui tenait le coup en buvant des Manhattan, un mélange corsé de gin et de dry martini, conseilla à Marianne qui ne cessait de pleurer d'en boire un, bien tassé, pour acquérir des forces. Ce qu'elle fit sans parvenir pour autant à stopper son flot de larmes.

À l'église catholique, la baronne se trouva placée au premier rang des fidèles en compagnie de la famille. Toutes les ex-maîtresses de Crosby, sept dont une Allemande, une Suissesse, une Canadienne et quatre Américaines, vinrent, averties par le notaire sachant qu'elles figuraient sur le testament. Elles étaient, au coude à coude, assises en ringuette, les unes au côté des autres, sur un seul et même banc, au fond de la nef. Ouvrant la marche vers le cimetière, l'une d'elles accéléra le pas pour venir se placer à côté de Marianne, derrière le cercueil, et avancer dans son sillage. Un des avocats lui fit immédiatement réintégrer son rang, plus en retrait, dans la procession.

De retour de l'enterrement, Marianne repartit pour Atlantic City où elle voulait, sans plus attendre, récupérer ses affaires dans l'appartement du Grand Hôtel. Elle prit la ligne régulière d'hélicoptère, retrouva la suite du neuvième étage, y emballa ce qui lui appartenait, renvoya les caissons d'oxygène, dit au revoir aux employés avec lesquels elle avait sympathisé et qui pleuraient. Mais elle se vit refuser l'utilisation d'une limousine de la société pour repartir vers l'aéroport de Margate, distant d'une quinzaine de minutes. Elle était devant le perron, ses valises à ses pieds, sur la promenade du bord de mer en train d'essayer de héler une voiture lorsqu'un taxi s'arrêta devant elle. Le conducteur noir qui l'avait reconnue stoppa et lui demanda : « Vous n'avez pas de chauffeur, baronne ?

— Je n'en ai plus ! M. Crosby est mort, alors ! »

Elle eut l'élégance de ne pas préciser avoir appris par Grace, la secrétaire de Jim, qu'on ne devait plus la laisser emprunter les hélicoptères et les voitures de Resorts International.

« Mon temps est fini ! » précisa-t-elle avant que le chauffeur, celui-là même qui avait récupéré son chapeau grand comme un parasol envolé par un après-midi de grand vent, ne lui offrît de la conduire jusqu'au petit aéroport.

« Vous ne payerez pas ! » lui dit-il en l'invitant à monter à l'arrière de sa Ford jaune et en lui rappelant que les quelques fois où elle avait eu recours à ses services elle lui avait toujours octroyé de généreux pourboires. La baronne vérifiait ainsi l'un de ses préceptes selon lesquels un bienfait n'est pas toujours perdu. Et que certaines personnes, sur Terre, savent pratiquer l'art du renvoi d'ascenseurs, ce qui n'est pas donné à tout le monde.

En s'installant sur la banquette, Marianne n'éprouvait ni rancune ni ressentiment. Empruntant la promenade du bord de mer, elle se retourna pour embrasser une ultime fois, de son regard embué de larmes, la façade du Grand Hôtel et Casino et se jura de ne plus jamais revenir à Atlantic City.

Elle tint parole. De retour à New York avec ses affaires, elle réintégra et l'appartement de Jim et le lit de son amant où elle resta couchée pendant six mois. Elle ne voyait strictement personne et commandait tout à l'extérieur. Mais, maintenant, c'était elle, et sur ses propres deniers, qui réglait les factures du super-marché voisin lui livrant ses provisions hebdomadaires de nourriture biologique.

Pareille aventure la ramenait, des années et des années en arrière, aux débuts de sa carrière d'esthéticienne, à l'époque de la vache enragée qu'elle mangeait dans sa chambre de bonne, cette même chambre où régnait, comme on le lui avait fait remarquer, une détestable odeur de pauvre. L'horizon était à nouveau noir et, en plus, elle avait des bleus à l'âme. Son cœur était dévasté.

Chapitre 26

Au long des six mois durant lesquels elle demeura enfermée, rideaux tirés, la baronne ne fit rien. Rien de rien. Elle restait des heures durant prostrée dans la nuit noire à attendre que, de nouveau, se promenât dans l'air, autour d'elle, l'ombre blanche du fantôme de son amant.

Tous les jours, elle l'attendait. Tous les jours, cet éclat lumineux revenait la voir comme si l'âme de Jim, ne parvenant pas à la quitter, tournoyait, déboussolée, avant de tenter de trouver la paix. Marianne croyait en la réincarnation et savait qu'elle assistait en direct à l'un de ses phénomènes.

Depuis, elle a lu tous les livres de Shirley Mac Laine sur le sujet. L'actrice y explique que la réincarnation d'une âme n'est jamais immédiate et que cette dernière prend toujours du temps avant de se poser ailleurs. Mieux, à l'issue de longues conversations avec l'héroïne d'*Irma la douce* qui, des années plus tard, fut sa voisine d'appartement dans son immeuble de New York donnant sur Central Park, Marianne a acquis la certitude d'avoir vécu celle de Jim en direct.

Un beau jour, le notaire puis les avocats de Jim lui téléphonèrent. Le testament de Crosby avait été ouvert. La fortune qu'il laissait s'élevait à plus de huit cents millions de dollars. Ils s'empressèrent de lui préciser qu'elle n'avait pas et qu'elle n'aurait jamais le moindre souci à se faire. Tout avait été parfaitement réglé pour elle. Et à son grand avantage.

Les hommes de loi demandaient seulement à la baronne de prendre son mal en patience et d'attendre, pendant plusieurs mois qui allaient en fait s'étirer sur presque une année, avant que les partages et les affaires ne se réglassent définitivement. « Nous allons tout préparer. Cela nécessitera un peu de temps ! » lui déclarèrent-ils en chœur.

Elle attendit donc. Elle ne fit rien d'autre.

À la suite de ses six mois de dépression, Marianne avait perdu plus de six kilos. La première sortie que s'octroya la baronne, pâle et mincissime, fut pour rendre visite à la mère de Jim et s'incliner devant la tombe de son amant. Elle prit donc le train de New York pour Spring Lake, dans le New Jersey, sur ce que les Américains appellent l'« Irish Riviera » parce que se trouvaient rassemblées, face à l'océan Atlantique, de nombreuses et imposantes demeures de style victorien. Un trajet qu'elle fit, par la suite, à maintes reprises pour revenir en villégiature comme s'il s'agissait là de la seule distraction qu'elle daignât s'octroyer.

Mme Crosby venait à chaque voyage l'attendre à la gare au volant de sa Cadillac blanche. En tailleur mauve ou rose, avec gants et chapeau (à voilette) assortis, maquillée comme pour une soirée à l'Opéra, elle la conduisait elle-même, d'une façon extrêmement sportive pour ses quatre-vingt-treize ans, tamponnant systématiquement tout ce qui se trouvait à chaque coin de rue avec une préférence appuyée pour les grosses poubelles et les ailes de voitures. Elle accueillait Marianne chez elle, l'entraînait dans les magasins de chapeaux, l'amenait au Golf et au Tennis-Club, lui demandait de l'appeler Emily et lui conseillait, pour se remonter le moral, de boire les fameux Manhattan bien tassés dont elle raffolait. Elle observa celle qui aurait pu devenir sa belle-fille se remettre à faire du sport, effectuer son jogging sur la plage et ses brasses dans l'océan.

Les sœurs de Jim savaient que leur mère adorait Marianne comme si elle avait été sa fille. « Vous deux, vous vous comprenez d'un regard ! » avaient-elles l'habitude de dire. Mme Crosby, en mère aimante, était très reconnaissante à Marianne de tout ce qu'elle avait fait pour son fils. Elle lui trouvait aussi de l'esprit et du chic. « Il t'a laissé beaucoup. Parce que tu l'as aidé et parce qu'il t'a aimée. Tu l'as amplement mérité ! »

Un peu moins d'un an après la mort de Jim, sa mère suggéra à Marianne de revivre avec un autre homme et de l'épouser. Elle lui avait même déniché le candidat idéal. Pour elles deux. « Il sera très bien pour toi. Et aussi très bien pour moi ! Il possède une grande maison, une grosse fortune et un avion privé. Il n'y a qu'un ennui : il est marié mais, tu sais, le divorce, cela existe ! » lui déclara son ex-future belle-mère, dame d'œuvres allant tous les jours à l'église. Mais, évidemment, Marianne ne s'intéressa pas à ce soupirant non déclaré.

Le temps passait. Plus de dix mois après la mort de Jim, son testament fut enfin rendu public et ses volontés appliquées.

Crosby souhaitait deux choses. D'abord que sa famille, sœurs, frères et beaux-frères, continuent à contrôler son empire de casinos, d'hôtels et de compagnies de transport au capital supérieur à huit cents millions de dollars. Ensuite que celle qui l'avait aidé et aimé dans les moments les plus difficiles de sa maladie fût richement pourvue. Son testament soulignait ce qu'avaient été les deux pôles de sa vie. Sa société et sa fiancée. Il tenait à ce que toutes deux lui survivent en faisant plus que garder, l'une et l'autre, leur éclat.

Le temps que tout fût réglé, plusieurs amies de Marianne dont sa chère Vera Rauschnitz lui avaient demandé si elle avait assez d'argent, moyennant quoi elles lui en auraient prêté en attendant. La baronne n'eut pas besoin de donner suite mais apprécia d'avoir su se faire et se garder de vrais amis.

Son amie Anja Lopez, très chagrinée par la mort de Jim, téléphona un jour à Marianne pour lui annoncer sa venue à New York où elle désirait acheter un appartement mais aussi l'embrasser.

Marianne l'invita à séjourner chez elle et, dans cette perspective, fit débarrasser deux cabinets entiers afin qu'Anja pût accrocher sur des cintres les pièces les plus bigarrées de sa garde-robe. Puis elle l'attendit. Mais Anja n'arriva jamais. À la veille de son départ pour les États-Unis, l'hélicoptère la transportant avec un ami se mit en vrille et s'écrasa en mer face à la plage de Cannes.

Marianne qui se réjouissait très sincèrement de voir

venir sa chère amie fut effondrée en apprenant la nouvelle. Elle croyait qu'une malédiction funeste l'accompagnait et que tous ceux qu'elle aimait étaient appelés à disparaître tragiquement.

Selon la volonté et les termes écrits de la main même de Jim, Marianne Brandstetter recevait ses œuvres d'art, sculptures, peintures, antiquités, mobilier ainsi qu'une dotation de sept cent cinquante mille dollars spécifiquement affectée à l'achat d'un appartement qu'elle occuperait, de préférence à New York où ils avaient été heureux ensemble.

Gardant en mémoire les paroles de Jim, Marianne avait toujours su, évidemment, qu'elle recevrait quelque chose de Crosby mais, jamais, même dans ses espérances les plus folles, elle n'avait escompté qu'elle serait autant comblée. Si les sept ex-maîtresses de Crosby ayant assisté aux funérailles recevaient, chacune, des subsides plus ou moins importants, la baronne, elle, décrochait la timbale et touchait un pactole. Le pactole. Crosby précisait, en effet, qu'il désirait, après ces premiers dons, que tous ses avoirs fussent regroupés, totalisés et divisés en cent parts. Marianne Brandstetter, selon les termes de son testament, héritait de cinquante-sept d'entre elles. Les mandataires de Crosby recevaient par instructions écrites l'ordre de gérer les biens dévolus à la baronne afin de les faire prospérer au mieux de ses intérêts.

En se voyant octroyer ces cinquante-sept parts, la baronne recevait, en fait, par le biais de savants calculs, 190 000 des 390 783 actions de Jim dans le capital de Resorts International. Ce qui revenait à lui allouer vingt-quatre pour cent, soit le quart, du pouvoir de décision, en cas de vote, qui se trouvaient dès lors retirés du portefeuille du clan Crosby-Murphy. La famille s'en trouva très perturbée. Depuis que Jim était entré à l'hôpital, les concurrents, alléchés par l'affaire à saisir, n'hésitaient pas à afficher leurs appétits. Or la baronne, désormais, devenait détentrice d'un pouvoir phénoménal. Elle pouvait à elle seule faire basculer la société de Crosby dans les mains d'un rival. Elle devenait la clé de l'affaire et la reine de l'empire.

Aussitôt, les avocats américains de Marianne, tous d'origine suisse, lui conseillèrent de quitter les États-Unis pour un temps parce que sa tranquillité morale risquait de ne plus y être assurée. Elle serait, selon eux, soumise à de fortes pressions répétées.

Et, effectivement, des journalistes, ayant su trouver le numéro de téléphone de l'appartement se mirent à l'appeler sans cesse pour lui proposer des interviews ou l'inviter à des émissions de télévision. Où elle aurait à raconter son ahurissante histoire et irrésistible ascension. Des photographes poireautaient, des heures durant, devant les entrées de l'immeuble. La mort de Crosby, personnage d'autant plus public qu'il se tenait à l'abri de tout, auréolé de mystère ainsi que la nouvelle de son fabuleux héritage dévolu en partie à la fameuse baronne qui ne l'avait pas quitté au long des dernières années les plus secrètes de sa vie, excitaient les curiosités et enflammaient les imaginations.

De nombreux et riches hommes d'affaires, à commencer par le milliardaire Donald Trump alors marié à la blonde Ivana, ex-championne de ski en Tchécoslovaquie, amis de Marianne et Crosby, se mirent également à l'appeler. Jour et nuit. Mais elle se cachait derrière le répondeur.

Sachant ce qu'était le testament et la place qu'occupait désormais la baronne, tous cherchaient à décrocher son accord pour acheter soit des parts soit, peut-être même, la société dans sa majorité. Trump était, de tous, le plus insistant. Il parlait toujours d'une même voix, basse et étouffée, ne variant pas d'une intonation. Il la poussait à signer en sa faveur plus qu'en celle d'un concurrent « dans l'intérêt de Jim », disait-il en revenant sans relâche à la charge. Il lui conseillait même, pour faciliter les choses et accélérer la procédure, d'utiliser ses propres avocats. Il pratiquait également la surenchère puisque tous voulaient acquérir Resorts International et son fameux « Taj Mahal » qui, maintenant terminé, promettait de fabuleuses possibilités d'amortissements et de recettes.

Un soir, Donald n'y alla pas par quatre chemins. Il appela Marianne et lui déclara sans ambages : « Je te donne encore huit jours pour que tu me donnes ta réponse. Passé ce délai, je me désintéresserai totalement de cette affaire ! »

Marianne promit de réfléchir. Elle prenait le thé deux jours plus tard dans l'appartement d'Imperial House qu'elle occupait encore lorsque la femme de Trump lui téléphona. Une quinzaine de ses amies étant réunies chez la baronne pour un goûter, toutes purent entendre Ivana crier dans le combiné téléphonique. Elle défendait avec acharnement les intérêts de son mari et pressait Marianne parce qu'elle ne cédait pas assez vite ses actions à Donald. La baronne ne se fâcha pas pour autant. Elle admettait l'intervention d'Ivana et la comprenait car elle-même aurait agi pareillement et se serait battue avec autant d'énergie pour l'homme qu'elle avait tant aimé. Ivana était d'ailleurs à l'époque une relation mondaine. Elle est ensuite devenue par la force des choses, l'affinité de leurs caractères et des attentions constantes, une amie très proche et l'est restée depuis. Marianne l'adore. Elle apprécie son caractère énergique. Et Ivana le lui rend bien.

À la date convenue avec Trump, la baronne céda, vendit ses actions puis se prépara à s'envoler, ainsi qu'elle y avait été invitée, pour la Suisse. Le temps de clore le dossier et d'effectuer les versements nécessaires.

Afin de calmer la frénésie des journalistes qui ne cessaient de la harceler, elle accepta de paraître, pour une seule et unique fois, à la télévision. Parmi toutes les propositions qui lui étaient adressées, elle choisit celle de Cindy Adams qui animait le magazine d'information et d'interview de Channel 5, WNYW.

« A current affair », titre du programme, fut mis à l'antenne le lundi 15 décembre 1986 à 19 h 30 et catapulta les taux d'écoute de la soirée. Pour l'occasion, la chaîne acheta des pavés publicitaires dans les principaux quotidiens new-yorkais où s'étalèrent, le jour de la diffusion de l'émission ainsi que ceux qui le précédaient, des encadrés pleine page intitulés « La maîtresse à cent millions de dollars ». Une photo de la baronne trônait au beau milieu du pavé à côté d'un texte d'une simplicité désarmante. « Il était l'un des hommes les plus riches du monde. Maintenant, il est mort, laissant derrière lui une centaine de millions de dollars à sa maîtresse favorite. Rencontrez-la, ce soir ! »

Au cours de l'enregistrement de l'émission tournée

dans l'appartement de Crosby, un admirateur inconnu fit livrer à Marianne un énorme bouquet de mille roses rouges qui lui furent apportées devant la caméra. Cindy Adams lui demanda alors, à brûle-pourpoint, ce qu'elle pouvait bien faire aux hommes pour qu'ils se comportent avec elle de la sorte. Éludant la question, la baronne répondit suavement qu'elle adorait les roses et qu'elle en remerciait l'expéditeur. Afin d'éviter les emballements médiatiques et les débordements qui ne manqueraient pas de résulter de cette apparition d'une heure et demie sur le petit écran durant laquelle elle raconta les moments forts de sa vie avec Crosby, Marianne partit le lendemain pour la Suisse.

Elle séjourna dans sa maison proche de Lausanne pendant les fêtes de Noël et de fin d'année, puis laissa passer quelques semaines au cours desquelles, échafaudant des projets, rêvant à son futur, elle songea aux paroles de Jim l'incitant à aller s'installer à Monaco. Ensuite, ses avocats l'ayant invitée à retraverser l'Atlantique, elle revint s'installer à New York. L'appartement d'Imperial House avait été vendu pour un million huit cent mille dollars. Avec une partie de cet argent, selon les volontés de Crosby, pour sept cent cinquante mille dollars fut acquis un nouvel appartement que Marianne fit décorer à l'européenne. Autrement dit, avec une élégance tranchant par rapport aux appartements de riches Américains croulant sous les faux styles, les vraies dorures et les cascades de froufrous. Elle le choisit dans la partie la plus chic de Manhattan, donnant directement sur Central Park afin de pouvoir y effectuer son jogging quotidien.

L'appartement n'étant pas disponible sur-le-champ,

elle appela Donald Trump qui, entre autres propriétés, possédait le superbe hôtel Plaza, à cent mètres de sa nouvelle résidence, afin qu'il l'hébergeât le temps de l'achèvement des travaux. Trump mit à sa disposition une suite somptueuse avec deux pièces et un grand salon pour le prix d'une simple chambre. Il l'invita également à revenir à ses frais séjourner à Atlantic City et aux Bahamas mais elle refusa de revoir aussi vite les lieux où elle avait connu, avec Jim, les plaisirs des jours.

Elle finit par emménager dans sa nouvelle demeure et par s'y trouver bien. La pression de la presse, même si elle continuait, avait baissé d'intensité mais elle ne voulut recevoir aucun journaliste.

La première personne avec laquelle elle fit connaissance fut le footballeur O.J. Simpson qui habitait dans le même gratte-ciel qu'elle et qui, depuis son apparition dans le film-catastrophe *Tremblement de terre* avec Ava Gardner était devenu une star à Hollywood. La croisant fréquemment dans l'ascenseur, il invita à plusieurs reprises sa jolie voisine à venir boire un verre chez lui mais, tout en se montrant fort aimable, elle refusa, ne souhaitant pas, pour le moment, nouer des relations amicales avec qui que ce fût. Plus tard, elle suivit avec attention ses mésaventures lorsqu'il se retrouva d'abord suspecté, puis accusé du meurtre de sa femme à Beverly Hills, après avoir pris la fuite en direct devant les caméras de télévision, et enfin jugé en Californie. Elle continuait aussi à fréquenter ses amies proches dont Vera Rauschnitz et Ivana Trump.

Dans la solitude de son bel appartement new-yorkais,

Marianne repensait toutefois souvent aux paroles de Jim lui ayant assuré qu'elle serait au mieux installée après son départ, dans la principauté de Monaco. L'idée faisait son chemin. Elle souhaitait elle-même changer d'air et s'imaginait, apaisée, en cet endroit privilégié sur la Terre et où elle avait emmagasiné les plus exquis souvenirs de sa vie. De sa rencontre avec Jim, en passant par les parties de backgammon, la croisière vers Saint-Tropez, les matinées de sport jusqu'à leur unique après-midi d'amour à l'Hôtel de Paris, tout s'y trouvait lié à des moments enchanteurs. Monaco lui apparaissait, de si loin et de si longtemps, comme sa recherche du temps perdu et sa quête d'un bonheur à retrouver.

Elle se renseigna et apprit qu'il n'était ni facile ni donné à tout le monde d'habiter à Monte-Carlo. Reprenant peu à peu le dessus, elle eut l'idée de se rendre compte d'elle-même si l'existence, là-bas, lui plairait. Avant de décider quoi que ce fût, elle loua donc l'appartement d'une amie durant trois mois. Elle fit ses bagages et retrouva la Côte d'Azur qu'elle n'avait pas revue depuis presque trois années.

Et fut enchantée de son séjour. Elle s'y sentit plus en sécurité qu'à New York. Le paysage embaumait le citron, le climat était doux, l'ambiance plaisante et une colonie d'Américains et de Mexicains ou assimilés connus aux plus belles heures de la jet-set à Acapulco y coulait des journées paisibles en paressant au soleil. Marianne connaissait finalement beaucoup de monde. La mort de Jim puis sa fortune soudaine, sue de tous, ainsi que la publicité tapageuse orchestrée à son égard l'avaient établie comme un personnage en vue. Dès lors, tout le monde lui courait après afin de la compter parmi les invités de ses coquetèles ou dîners. Elle découvrait ainsi qu'elle existait socialement par elle-même et plus seulement parce qu'elle était la compagne de James Crosby. En plus, à Monaco, elle pouvait pratiquer sans contraintes tous les sports auxquels elle excellait. Ski nautique et tennis se trouvaient sur place. Le golf à peine plus loin. Les nuits y étaient des fêtes. Et les plus beaux bals du monde s'y déroulaient à longueur de saisons.

L'idée de résider en cette principauté dont les frontières étaient, paraît-il, des fleurs une bonne partie de l'année la comblant au-delà du dicible, il convenait donc de la mettre en pratique rapidement.

Elle repartit pour New York en ayant arrêté sa décision. Elle conserverait son appartement et sa maison mais résiderait, désormais, le plus clair de son temps dans la principauté de Monaco. Son choix étant fait, elle entreprit des démarches et se lança dans les procédures en vigueur. Il lui fallait être acceptée comme résidente. Mais auparavant, elle devait également régler d'autres points, non de détail, mais d'importance qu'elle n'avait que trop laissés traîner. Et ce, depuis trop longtemps.

Chapitre 27

Le passé se rappela à son bon souvenir quand l'opportunité survint de revenir à Acapulco. Marianne s'attendait bien un jour ou un autre à être confrontée à sa vie d'avant et aux gens qu'elle avait, en d'autres temps, tendrement aimés.

Si elle n'avait plus aucune nouvelle de Brandy depuis longtemps, tout juste savait-elle par des relations rencontrées à Monaco qu'il se portait au mieux, occupait toujours son palais tropical aux abords désormais agrémentés de plaques de ciment où ses hôtes illustres avaient apposé l'empreinte de leurs mains. Elle savait aussi qu'il n'était pas remarié. Éprouvant subitement des bouffées de tendresse rétrospective pour ce mari qui ne lui avait jamais fait de mal ni causé le moindre tort et qu'elle avait abandonné, elle pensa qu'elle le reverrait sans déplaisir mais fut taraudée par une question : que pouvait-il bien penser d'elle ? Avait-il, lui, la moindre envie de revoir celle qui avait été sa femme ? Et comment l'accueillerait-il ? Elle avait appris qu'il avait commencé à collectionner les fiancées suédoises mais qu'aucune ne s'était installée au château à demeure.

Elle n'eut pas le loisir de s'interroger davantage au sujet du colonel-baron Brandstetter. À peine de retour à New York, les senteurs de Las Brisas revinrent flotter vers elle quand son amie Karine Aleman, veuve de l'ex-président de la République du Mexique, Miguel étant décédé, l'invita à se rendre au mariage de sa fille Alejandra qui épousait un riche banquier. La baronne hésita avant d'entreprendre le voyage mais comme elle aimait Karine et sa fille, elle se décida.

Même si la perspective de revoir son ex-mari et ses ex-copines la stressait quelque peu. Elle ignorait où elle allait reposer les pieds. Le premier avait divorcé d'elle sans son consentement, avait jeté ses affaires à la poubelle et lui avait interdit de porter et son nom et son titre. Et il n'aurait pas varié d'un iota si les avocats de Jim n'étaient parvenus à lui faire entendre raison. Depuis plus de trois ans, elle n'avait pas donné la moindre nouvelle à Brandy et, depuis plus de trois ans n'en avait reçu aucune de sa part. Quant aux ex-copines, elles avaient toutes pris fait et cause pour son ancien mari, mettant la fugueuse à l'index, la vouant aux gémonies et coupant tout contact avec elle, à l'exception de la fidèle et délicieuse Karine. Marianne sait depuis par expérience qu'il convient de se méfier de ses meilleures amies. Toujours. Les coups en traître viennent plus souvent d'elles que des ennemies.

À la fois curieuse et angoissée, nostalgique et inquiète, la baronne partit donc pour le Mexique. Elle effectua le voyage en avion privé avec son ami Tony Murray qui, également invité à la cérémonie, lui avait offert de l'emmener et de l'héberger à Acapulco dans sa maison face au Pacifique après la cérémonie. Partis de New York, ils atterrirent à Cuernavaca où se déroulèrent trois journées de festivités pour les noces d'Alejandra, une fille formidable que Marianne adore et revoit toujours. Elle a d'ailleurs, à l'automne 2001, déjeuné avec elle et sa grand-mère à Innsbrück. Par chance, mais peut-être était-ce reculer pour mieux sauter, Brandy et ses ex-copines n'assistèrent pas à la cérémonie. Ce qui ne tempéra pas pour autant les inquiétudes de Marianne.

Installée chez Tony à Acapulco, la baronne empoigna son courage et le téléphone à deux mains. Interrogative quant à l'accueil qui lui serait réservé par son ex-mari qu'elle avait trompé et abandonné, elle l'appela en choisissant de prendre le ton le plus naturel possible. Elle ne reconnut pas la voix du domestique qui décrocha. Et demanda à parler au baron Brandstetter. Par chance, le majordome ne chercha pas à savoir « de la part de qui ». Qu'aurait-elle répondu : « sa femme », « Marianne » ou « la baronne » ? Il annonça qu'il allait prévenir Monsieur. Madame attendit. Elle n'eut pas à s'annoncer, il reconnut sa voix tout de suite. Et, avant qu'elle eût pu déclarer quoi que ce fût, elle s'entendit inviter à venir sur-le-champ boire un verre à la maison. Et il raccrocha.

Le ton avait été bien plus chaleureux qu'elle ne l'espérait. Jamais elle n'aurait imaginé qu'elle serait ainsi accueillie par le baron qui s'était comporté comme si elle était partie une heure auparavant acheter des piments rouges sur le marché et qu'elle en revenait en chantonnant. En un mot comme en cent, Brandy lui avait parlé comme si rien ne s'était jamais passé.

Mais peut-être la rencontre physique serait-elle moins cordiale. Ne l'avait-il pas en fait conviée à le rejoindre dans la maison dont il était le maître que pour mieux régler ses comptes à l'abri des regards ? Tout pouvait arriver.

Elle se fit néanmoins conduire jusqu'au palais tropical qui avait été le sien. Lorsqu'elle franchit la haute et lourde porte de bois sculpté, elle avança crânement mais resta sur ses gardes. Les souvenirs heureux du temps jadis se bousculaient dans son esprit. Quand Brandy arriva, en chemise blanche et pantalon noir, elle remarqua immédiatement qu'il avait toujours les mêmes sublimes yeux couleur de turquoise. Élégant comme un homme du monde, il manifestait une joie sincère et une générosité appuyée qui lui plurent et la charmèrent. Lui ouvrant les portes d'une demeure dont elle connaissait par cœur les moindres recoins, il lui proposa un coquetèle de fruits frais et continua à se comporter comme si aucun nuage n'avait jamais terni leur relation. Elle fut même bouleversée qu'il l'invitât, au fil de la conversation, à faire chercher ses affaires chez Tony pour les apporter jusque chez lui.

Ils parlèrent. Non pas de tout et de rien, car ils ne parlèrent pas de tout. Mais du beau temps, de l'actuel Président Reagan. Et de l'ancien Président Nixon. Marianne avait assisté à l'un de ses dîners d'anniversaire au fameux Club 51, alors qu'il n'était plus Président en compagnie d'une vingtaine de convives et, évidemment, de Jim qui avait toujours été, même aux pires moments, l'un de ses plus farouches partisans. Brandy faillit demander comment son ex-femme s'était retrouvée là, mais il s'arrêta à temps. S'il n'avait pas compris, il se doutait. Et il valait mieux éviter les sujets qui fâchent. Celui du divorce, tabou, ne fut pas abordé. La rencontre ressemblait à celle de deux vieux copains de régiment, républicains en diable, se tapant sur l'épaule, sur le bras et sur le ventre en évoquant les bons souvenirs des temps anciens.

Brandy, débordant d'affection, semblait tellement heureux de revoir Marianne qu'il lui proposa de l'accompagner, le soir même, à un dîner que donnait l'ex-copine de son ex-femme, la baronne de Portanova, en sa très belle demeure où quarante personnes étaient employées à longueur d'année. De la dénommée Sandra, aujourd'hui décédée, Marianne ne gardait pas le meilleur des souvenirs car, lors de son départ, cette dernière ne lui avait pas fait de cadeaux mais la baronne ne voulait pas raviver des querelles anciennes. Elle calqua son attitude sur celle de son ex-mari et choisit de passer l'éponge. Ne voulant toutefois pas être accueillie chez les Portanova comme un chien dans un jeu de quilles, elle téléphona à l'autre baronne. Et l'obtint rapidement. À peine lui eut-elle dit qu'elle était de retour à Acapulco chez Brandstetter que Sandra s'exclamait ne pouvoir y croire, jurant cette nouvelle ahurissante au dernier degré.

Marianne expliqua alors que Brandy voulait l'amener au dîner mais qu'elle tenait auparavant à vérifier qu'il n'y avait pas l'ombre d'un problème et qu'elle y serait à la fois bienvenue et bien accueillie. Sandra se récria tant et plus que Marianne, celle que toutes les femmes d'Acapulco avaient après son départ appelée « la méchante », accepta la proposition de Brandy, assurée qu'il n'y aurait pas de scandale à son arrivée.

S'il n'y eut pas d'esclandre, il y eut néanmoins un

drôle de remue-ménage, expression appropriée, lorsque les ex-époux Brandstetter pénétrèrent, la baronne au bras du baron, dans la salle de bal des Portanova. Ils étaient collés l'un à l'autre, comme deux petits bengalis sur une branche. L'assemblée crut à un mirage et chacun se pinça. La maîtresse de maison fit taire la musique des mariachis et, à haute voix, les annonça à l'assistance avant de claironner, incrédule : « Mais c'est incroyable, vous êtes toujours aussi amoureux vous deux ! » Marianne, en fait, n'était plus folle de Brandy mais lui trouvait toujours autant de charme et d'intelligence. Elle séjourna quelques jours dans sa maison qu'il lui indiqua comme étant à nouveau la sienne. Une demeure où elle serait toujours, à l'entendre, chez elle.

Elle apprécia le retour en grâce et la gentillesse de la proposition. Elle savait qu'elle userait de l'invitation mais aussi que sa vie n'était plus ancrée au Mexique. Elle avait pris une autre direction. Moins exotique. Elle appréciait infiniment son ancien mari, qui avait tout d'un être profondément élégant et lui montrait qu'il savait pardonner avec grande classe, mais elle restait marquée et meurtrie par son aventure avec Jim. Elle ne pouvait refaire, ainsi et ici, sa vie. Ni revenir sur ses pas.

Promettant à Brandy de revenir le voir et de ne pas rompre les liens, elle repartit donc, un rien nostalgique et plutôt mélancolique, pour New York. Depuis, elle est restée en contact avec lui au point de devenir l'une de ses meilleures amies. Elle lui a même, pour boucler des affaires, prêté de l'argent qu'il ne lui a pas rendu et qu'elle n'a jamais réclamé. Mais en principe, elle héritera un jour du palais tropical.

Si, à Manhattan, elle avait des amis, un appartement

et des souvenirs, elle était intimement persuadée que, pour elle, la vie, une autre vie, pourrait non pas recommencer mais se poursuivre ailleurs. Cet ailleurs, c'était Monaco.

Peu après son retour à New York, elle assista, comme elle en avait l'habitude, à la soirée de charité annuelle de son amie la princesse Yasmin Aga Khan. La fille du prince Aly Khan (dont le père prenait des bains de pied dans le hall de l'hôtel de Yann à Genève) et de l'incandescente Rita Hayworth, organise, chaque année, à la suite du décès de sa mère survenu en 1987, une soirée en faveur de l'Association Alzheimer's Disease International dont elle est la présidente. Le Gala Rita Hayworth, coordonné par l'association et régulièrement programmé à New York (et aussi à Chicago), a déjà permis de réunir des millions de dollars pour combattre la maladie. Des amis communs, lors de la soirée, présentèrent la baronne à la princesse. Laquelle est, à l'image de Marianne, une grande sportive. Elles se retrouvaient d'ailleurs autrefois aux Bahamas où la baronne venait jouer au golf sur le terrain de Paradise Island, du temps de Jim. Depuis, ayant fortement sympathisé, elles s'adonnaient à leurs activités favorites ensemble. Yasi avait invité Marianne à venir habiter et skier dans sa propriété de l'Utah et lui avait offert, pour la remercier de partager son combat et ses dons, plusieurs cassettes vidéo des plus beaux films de sa mère. Marianne non seulement adore Yasmin mais en plus l'admire.

Au lendemain de la soirée de charité, cette année-là, la baronne s'envola donc pour Nice. Et vint s'installer à Monaco. Décidée, cette fois, à y rester pour de bon, elle acquit, d'abord, un appartement à la résidence Europa, place des Moulins, qu'elle garda quelque temps avant d'en acheter un autre dans la résidence Roccabella, sur la route du bord de mer. Mais, au final, elle a préféré s'installer à l'hôtel Loew's devenu le Monte-Carlo Grand Hôtel où elle loue, désormais, une suite à l'année dont elle paye le loyer chaque mois... qu'elle l'occupe ou non.

Monaco l'enchanta d'emblée. Elle aima la principauté dès son premier séjour avec Yann. Y demeurer à longueur de semestre la séduisit au-delà de tout. Les gens s'y montrent amicaux, les relations chaleureuses. Et la vie facile.

La baronne avait, tandis qu'elle était encore mariée à Brandy, lors d'une soirée donnée par les Portanova dans les salons de l'Hôtel de Paris, été officiellement présentée au prince Rainier et à la princesse Grace avec laquelle elle avait parlé du Mexique où elle résidait alors. Elle avait admiré la classe folle et l'allure inouïe de la princesse à l'occasion d'autres fêtes comme les bals de la Croix-Rouge auxquels elle avait assisté chacun des étés où elle se trouvait présente.

Lorsque Marianne vint s'installer à Monaco, en 1988, la princesse Grace était tragiquement décédée depuis six ans. Les bals reprirent et la baronne, autant par devoir que par plaisir, assista à tous. De la Croix-Rouge, bien sûr, en août. De la Rose au printemps. De la Société protectrice des animaux que parraine la princesse Antoinette, sœur du prince Rainier. De la colonie allemande en présence du prince Ernst-August de Hanovre, mari de la princesse Caroline.

À Monaco, comme toutes les femmes du monde, Marianne peut se permettre d'arborer les joyaux de la Couronne. Elle les aura au cou, aux oreilles, aux poignets et aux doigts en partant de chez elle et elle les portera pareillement en revenant, sans craindre quoi que ce soit en traversant la principauté, même dans ses coins les plus obscurs.

Ayant toujours rêvé d'une Rolls-Royce, elle s'acheta donc une Corniche blanche qu'elle conduisit elle-même et dont elle se servit comme d'une trottinette, n'hésitant pas à l'utiliser pour de toutes petites distances. Elle roule désormais dans le dernier modèle Bentley, une décapotable bleu nuit.

À Monaco, elle se fit des amis et en retrouva d'anciens, du temps où elle y avait séjourné d'abord avec Yann puis avec Brandy et enfin avec Jim, tel Massimo Gargia qu'elle connaissait depuis bien longtemps et qui s'était un temps occupé de ses relations mondaines.

Déjeunant un beau jour d'été dans le jardin de l'Hôtel de Paris, elle rencontra Robert Hossein qui avait élu pendant deux mois domicile sur le Rocher. À la demande et à l'invitation du prince souverain auquel le lient des relations d'amitié, celui qui reste l'immortel Joffrey de Peyrac de Michèle Mercier dans *Angélique, marquise des Anges* au cinéma mettait en scène, pour le sept centième anniversaire de la principauté, le principal spectacle des festivités, à savoir une comédie musicale commanditée par le Palais avant d'être, par la suite, reprise au théâtre Mogador à Paris.

Avec sa fougue iconoclaste, Hossein, découvrant l'énorme bague de rubis (à propos où était-elle donc passée s'interrogeait-elle, cet hiver, à Miami ?), portée par la baronne déjeunant en tenue élégantissime à la table voisine, s'empressa de dire à haute et intelligible voix qu'il regrettait de ne pas avoir un sécateur entre les mains pour lui couper le doigt et rafler le bijou. Il prononça ces mots avec tant de vérité réaliste et de distance drôle que la baronne ne put s'empêcher de sourire et de faire miroiter sa bague dans les rayons du soleil pour faire des appels de phare au plus célèbre homme de théâtre de France. Il eut le bon esprit d'en rire, de se lever de table et de venir présenter non pas ses regrets mais ses hommages à la baronne qui les agréa et l'invita à s'asseoir à son côté. Naquit entre eux une véritable amitié.

À chacun de ses séjours à Paris, ils déjeunent ou dînent ensemble. Et lorsque Robert vint, récemment, jouer *Huis Clos* au théâtre Princesse Grace de Monaco, le comédien tint à appeler la baronne pour l'inviter à assister à la représentation et souper ensuite avec lui au restaurant Chez Rampoldi.

À l'époque, Hossein, sous les lambris damassés de l'Opéra dessiné par le même Charles Garnier qui a conçu celui de Paris, répétait *La Vie en bleu*, inspirée des aventures et des amours de Pablo Picasso, au temps de ses galères parisiennes dans le monde artistique. Par goût de la provocation et aussi parce que la réalité historique était comme cela, il montrait *Guernica*, l'un des plus célèbres tableaux du monde, et faisait chanter à ses interprètes qu'il était bon d'« être communiste et de mourir pour ses idées ».

Venant voir Robert travailler et assister aux répétitions, Marianne crut la dernière heure des nantis de la terre venue. Elle savait depuis longtemps, toutefois, qu'elle n'était pas le genre humain des progressistes. Le soir de la première, assise en robe du soir gris perlé sous la loge princière, au côté de son amie Gina Lollobrigida qu'elle avait hébergée à la résidence Rocabella, alors que la salle marquait un temps d'arrêt avant d'ovationner le spectacle au baisser de rideau, elle nota que le premier à s'être levé et à applaudir fut le prince héréditaire Albert, prouvant par là même qu'il ne manquait ni d'humour ni de goût. La comédie chantée, réglée comme du papier à musique, était épatante et Marianne qui n'avait jamais vu de mise en scène de Robert en fut éberluée.

Assise, lors du dîner qui suivit, à côté de Marina Picasso, la seule des héritiers Picasso à s'être déplacée pour la circonstance, elle vérifia une autre de ses certitudes, à savoir qu'il faut toujours admirer les gens qu'on aime afin de les aimer davantage.

Retraversant parfois l'Atlantique pour passer quelques semaines à New York, elle était alors très amie avec Margaux Hemingway, petite-fille d'Ernest et ex-mannequin devenue actrice, qui se faisait appeler Margot. Marianne l'aimait et l'admirait, ayant toujours été fan de cinéma et de ceux qui le pratiquent. Leur banquier (et amant) commun les avait présentées l'une à l'autre. Marianne lui offrit un manteau de velours noir et l'invita à Acapulco.

Mais Margaux passait des heures à appeler son psychanalyste car elle commençait à connaître différents problèmes, notamment avec les garçons qui la regardaient moins depuis qu'elle avait énormément grossi. Marianne passait, elle, des heures à tenter de la convaincre de se rédimer, voulant la faire maigrir pour qu'elle redevienne la superbe fille qu'elle avait été.

Margaux voulait seulement voir des sorciers mexicains, ce qui rappela à Marianne la période où avec deux amies elle empruntait l'hélicoptère privé de Jim pour aller passer cinq jours d'affilée dans une sorte de monastère de gourous situé dans le Massachusetts où elle apprit les secrets du yoga et les bienfaits des céréales. Les séances de spiritisme furent renvoyées aux calendes grecques lorsque l'une des copines, pendant que Marianne écrivait à Crosby un poème qu'il aima beaucoup et fit encadrer, désira coucher avec le gourou qui, lui, voulait bien coucher avec une femme mais avec l'autre copine. Il fallut battre en retraite.

Margaux continua, à New York, à rendre visite à des illuminés chez lesquels elle traînait Marianne dès qu'elles avaient fini de manger dans un restaurant de Lexington où l'actrice avalait sa nourriture en se couchant par terre.

Un jour, elle la conduisit chez une demi-folle qui voulait à tout prix leur vendre des amulettes. Pour s'en sortir, la baronne paya plus de deux cents dollars une cochonnerie de collier constitué d'une grosse améthyste entourée de perles noires puis tira Margaux, totalement déboussolée, hors du taudis. Dans le taxi les ramenant vers Central Park, la malheureuse fut agitée de vibrations soudaines puis ouvrit la portière et disparut, en pleine rue, au milieu de la circulation. La baronne n'en eut plus aucune nouvelle. Elle appela ses numéros sans jamais savoir où la joindre. Personne ne pouvait la retrouver. C'est peu après qu'elle apprit son suicide dans sa maison de Californie.

En mémoire de son amie disparue qu'elle regrette de ne pas avoir aidée davantage encore, elle a versé de l'argent à des œuvres combattant les causes du mal qui l'avait emportée.

De la même façon, généreuse avec ceux qu'elle aime, elle organisa, plus tard, un déjeuner au Relais Plaza de Paris pour pousser des financiers à aider Robert Hossein à monter son spectacle sur de Gaulle et boucler son budget de production.

Reconnaissant, le metteur en scène l'invita au souper de gala hyper-privé qui suivit la première de la pièce au Palais des Sports, en présence de Jacques Chirac, président de la République, et en compagnie du milliardaire François Pinault, producteur du spectacle et de sa femme Maryvonne dans le restaurant de Jean-Claude Brialy.

À Monaco, l'été où elle fit la connaissance de Robert, Marianne se découvrit une autre nouvelle amie. Hossein lui présenta, en effet, Candice Patou. Avec cette jeune femme à la peau pâle comme une opaline et belle comme un ange, la baronne s'entendit plus qu'à merveille. Chaque matin, de Monaco, toutes deux partaient vêtues de shorts courts et de T-shirts en Rolls-Royce décapotée. La baronne garait sa voiture au Beach Club, faisait du ski nautique puis, prenant le chemin du bord de mer vers l'Italie, toutes deux se mettaient à courir le long du littoral, grimpant par le chemin des douaniers jusqu'à la frontière avant de revenir par Roquebrune Cap-Martin. Soit, à bonne allure, au moins vingt kilomètres. Marianne continue d'ailleurs cet exploit, pratiquant chaque jour du sport à outrance pendant plusieurs heures.

L'autre parcours qu'elle aime accomplir est celui du terrain de golf situé sur les hauteurs de la principauté où elle joua un jour avec Kevin Costner.

À Monaco, aujourd'hui, la baronne a entrepris une nouvelle vie. Celle d'une femme du monde qui, ayant connu des aventures de toutes sortes en apprécie désormais d'autres. Différentes mais aussi exceptionnelles que les précédentes.

Dans un pays de fêtes et de rêves, au milieu des têtes couronnées, à soixante-cinq ans, elle n'en finit pas de découvrir les grâces et les cruautés de la jet-set, mélange cosmopolite de milliardaires américains, d'aristocrates européens, de présentatrices de télévision italiennes, de couturiers britanniques, de sportifs allemands, d'acteurs espagnols et d'actrices françaises, les nationalités des qualifications étant totalement interchangeables. En ce demi-monde, parfois grand, parfois beau, univers impitoyable et paysage carnassier, les coups de toutes sortes (d'ongle, de cœur, de griffe, de gueule, de bec) sont légion. La baronne, habituée à la jungle des hommes, sachant nager pour avoir affronté à contre-courant les vagues de tous les océans, s'y meut comme un poisson dans l'eau.

Gonflée à bloc, bourrée de vitamines, elle vit une autre vie. Et y connaît d'autres histoires. Les pieds sur terre.

Chapitre 28

Marianne finit par remettre la main sur sa bague de rubis du début, perdue sur le bateau transatlantique. Nullement égaré, le bijou se trouvait en fait au beau milieu du sac d'amandes grillées acheté à Santa Cruz de Ténériffe retrouvé dans le fond d'une valise qui avait, immédiatement, été placé dans le réfrigérateur de l'appartement lors de l'arrivée à Miami Beach.

Sur le navire, rangeant sa bague d'une main et picorant des amandes de l'autre, la baronne s'était mélangé les pinceaux et avait enfoui, par mégarde, sa pierre précieuse au fin fond du sac de plastique. Et l'y avait oubliée.

Voulant un matin après son arrivée grignoter une amande, elle se dirigea vers son réfrigérateur, l'ouvrit et plongea sa main aux ongles pas très longs mais nacrés dans le sac du marché de Santa Cruz de Ténériffe. La bague était glacée lorsqu'elle la toucha distraitement. Elle la prit entre ses doigts et, croyant croquer une grosse amande qui aurait attrapé un sérieux coup de soleil, la porta en bouche, crut qu'il s'agissait d'une noisette et manqua de s'y casser une dent qui s'en trouva fissurée.

C'était, pour de bon, la catastrophe. D'autant que le dentiste attitré, ceux de Miami ne convenant pas, se trouvait à New York. Il faisait chaud et beau à Miami Beach. Froid et pluvieux à Manhattan. Elle décida néanmoins de s'y rendre pour une ou plusieurs séances dentaires. Elle n'eut pas de mal à trouver une place d'avion pour la semaine qui suivait.

À l'approche des fêtes de Noël et du nouvel an, peu de vacanciers étaient arrivés à Miami Beach. Et encore moins en repartaient. Ils se révélaient, en raison des peurs toujours vives suscitées par les attentats du 11 septembre et les courriers à l'anthrax, nettement moins nombreux que les années précédentes.

La baronne était ravie de rester à Miami Beach sept jours supplémentaires. Elle put ainsi, le matin, courir en solitaire ou presque sur la plage immaculée nantie de ses lunettes noires grosses comme des pelles à tarte, de ses baskets (dernier modèle) à coussins d'air, sa bouteille d'eau minérale en thermos de plastique sous le bras et ses dreadlocks blonds flottant au vent du large. Des dreadlocks qu'elle avait fait refaire chez une coiffeuse locale, laquelle lui avait remis six perles et demandé, pour sa peine, quatre fois le tarif pratiqué dans l'île de Catalina.

Elle faisait son jogging d'une bonne heure et demie sur le sable à l'endroit où une sorte de piste l'a tanné, le long d'Ocean Drive, longeant d'un côté les hôtels Art Déco aux couleurs de l'arc-en-ciel, de l'autre les cabanes de bois des surveillants de plage, frôlant les groupes de gays musclés bronzant sur leurs serviettes en éponge.

Revenant trempée, elle enchaînait avec une seconde heure et demie de gymnastique dans la salle super-équipée avec professeurs particuliers occupant tout le vingt-neuvième étage de sa tour protégée par des agents de sécurité privés en uniforme. Elle croquait une pomme entre deux exercices puis montait surveiller la cuisson de sa nourriture que la bonne, Anna, mettait sur le feu.

Pour garder la taille d'une guêpe et emmagasiner de l'énergie, la baronne ne se nourrissait, comme sur le bateau, que de légumes biologiques, de yaourts au soja, de pain noir et de thé vert. Ne mangeant jamais de viande et ne buvant jamais d'alcool, elle se faisait macérer des soupes de carottes et de céleris, de petites tomates et de branches de fenouil cuites dans de l'eau purifiée. Et avalait le mélange arrosé d'huile d'olive vierge.

Elle passa quelques après-midi à jouer au golf sur le terrain de Fisher Island. Et à faire du ski nautique dans la baie à côté de la marina. Elle revit ses amies, assista à une dizaine de parties de millionnaires auxquelles elle se rendait en confiant la clé de son cabriolet Jaguar à son cavalier.

Elle reçut des appels téléphoniques d'Ivana Trump d'Aspen et de la princesse Yasmin Aga Khan de l'Utah et passa le réveillon de Noël avec Tony Murray, ses femmes, ses enfants et sa famille au grand complet. Son vieux copain qui sait vivre avec tout son argent comme peu de milliardaires en ont l'idée et le faste l'avait conviée à partager son repas de fête, le soir du 24 décembre, dans le club extrêmement privé, décoré à la façon d'un manoir britannique croulant sous les branches de sapins, les boules givrées, les nœuds de velours rouge, de l'île des milliardaires de Fisher Island, l'équivalent en superficie de la principauté de Monaco, île ratissée comme les jardins de Versailles et surveillée comme la Cité Interdite de Pékin au temps des empereurs. Les meubles étaient couverts de neige artificielle mais les membres du personnel garant les voitures à l'extérieur travaillaient en bras de chemise coloniale. Il l'avait ensuite invitée à partir avec son avion privé à Acapulco mais la baronne refusa, étant depuis des mois invitée à retrouver ses amies de West Palm Beach qu'elle n'avait pas revues depuis des lustres.

Avec Tony, comme chaque année, elle partirait, plus tard, le 8 février, pour une croisière de dix jours sur son bateau *The Seabourne Goddess*, entièrement prise en charge par le milliardaire auquel elle avait déjà acheté comme présent une superbe couverture de fausse fourrure pour couvrir ses jambes le soir sur les chaises longues du pont arrière tandis que Patrick Bruel, venu pour la circonstance, chanterait.

Elle partit fêter le réveillon du 31 décembre chez Ann Fisher dont on dit qu'elle possède, avec son mari Jérôme, ex-propriétaire de la marque de chaussures pour femmes Nine West, la septième fortune du pays. Elle passa une soirée délicieuse, en robe longue, dans une demeure de rêve dessinée par la maîtresse de maison qui avait demandé à ses invités d'enlever leurs chaussures à l'entrée pour ne pas propager de microbes à l'intérieur.

Le lendemain, Manfredo et Jasmine Horowitz l'invitèrent à déjeuner à Mar-a-Lago. Dans le club privé de Donald Trump. Dont le droit d'entrée s'élève à des milliers de dollars. Le buffet comportait notamment langoustes à volonté et trois sortes de caviar en lesquels chacun puisa à sa guise. Donald, casquette de golfeur sur la tête et fille à physique de mannequin au bras, vint l'embrasser et la présenta à sa jeune et jolie fiancée en disant : « C'est une femme sensationnelle ! »

Plus tard, elle revint à Miami Beach, mit des coussins de velours rouge dans sa valise pour sa chambre à coucher de New York, emporta un appareil pour presser de l'ail cru acheté ici ainsi qu'un autre sac d'amandes grillées nouvellement entamé et prit le chemin de l'aéroport. Ayant passé la porte d'enregistrement, elle se tourna, l'air affolé, vers celui qui l'avait conduite en agitant désespérément la main. Montrant son doigt, elle articulait aussi discrètement qu'on peut le faire à cinquante mètres de distance sous les yeux d'une foule qui assistait, médusée, au spectacle de son embarquement à retardement : « Mon saphir ! mon saphir ! » Son cavalier fit des signes.

Elle comprit que celui qui l'avait accompagnée lui faisait signe de fouiller dans son sac d'amandes.

Elle hocha la tête, portant la main à sa joue et toucha sa dent. Le dentiste new-yorkais aurait du travail.

Elle se mit à courir pour rejoindre le stewart de la compagnie qui la menait personnellement à son siège. Elle le rattrapa, le dépassa et se retourna.

Elle souriait alors. Un peu à tout, beaucoup à rien. À sa peur de reprendre l'avion pour la première fois depuis le 11 septembre. À la perspective de retrouver son amie la flamboyante baronne Gabriella qu'elle adorait et qui arborait les plus belles émeraudes du monde pour dîner au Club 21. À ses déjeuners mondains prévus après la semi-retraite sportive en Floride. À son avocat qui allait lui aligner un beau gros chèque. À ses séances de patin à glace sur la patinoire de Central Park. Aux cartes de vœux qu'elle avait reçues mais auxquelles elle n'aurait pas le temps de répondre.

Elle riait toute seule à l'idée de ses nouvelles aventures qui, commencées à Monaco, continuaient puisque les lendemains, déjà, étaient d'autres jours. Et que les diamants, comme les rubis et les saphirs, sont éternels.

Miami Beach, le 15 janvier 2002.

Impression réalisée sur CAMERON par

BUSSIÈRE CAMEDAN IMPRIMERIES

GROUPE CPI

à Saint-Amand-Montrond (Cher)
pour le compte des éditions Flammarion
en avril 2002

N° d'édition : FF825101. — N° d'impression : 021635/1.
Dépôt légal : avril 2002.

Imprimé en France